情感、想像與詮釋

古典小說論集

許建崑　著

陳 序

在我案頭上，擺著兩部即將在兩岸同步問世的書稿，一部是許建崑兄的《情感、想像與詮釋：古典小說論集》，一部是龔敏學棣的《小說考索與文獻鉤沉》，兩位勤奮的作者一位人在台中，一位人在香港，同時都在等著我寫一篇序。他們都知道我一定難以拒絕他們的要求，但他們也都不知道我此刻正打著怎樣的一個如意算盤：我只準備為這二部新書寫一篇序就好。

我結識許建崑兄甚早，時間大概是在 1996 年，「撮合」我們的是東海大學的資深教授吳福助老師。當初他找我幫忙審查一篇論文，我絲毫不敢懈怠，極其認真地完成前輩所交付的任務，審查意見寫了不少，肯定、讚美那篇論文的話多到記不住，印象最深的是我曾挑剔文中的一個錯字（作者誤把床「第」寫成床「第」）；突然有一天，許建崑兄主動說要謝謝我教他「床第」之樂的正確寫法，嚇了我一跳。從那回起，我們每次見面常要重述一次「床第」之事來取樂。後來在一而再、再而三的歡樂相處之中，我也更加認識他在明代文學、古典小說、現代文學、兒童文學等領域的諸多建樹。

他這次結集的新書《情感、想像與詮釋：古典小說論集》，收錄了他研究〈虬髯客傳〉、〈杜子春傳〉、〈霍小玉

傳〉等唐人傳奇和「三言」、《水滸傳》、《西遊記》、等明代小說的八篇力作。建崑兄重視古典小說寫作素材的借取與再造，擅於探析小說作品的深層結構和寫作技巧，所以他的論文常常出入於版本、作者之間，又躍然於心理分析與技巧鑒賞之上，讀來既有深度又有新意，令人愛不釋手。

我認識龔敏學棣的時間，也是在 1996 年，那年他從香港到台灣留學，之後擔任我的研究助理，協助我進行古典小說的整理，民間文學的調查，以及各項研討會的舉辦。他後來有幸轉赴天津南開大學追隨名師李劍國教授攻讀博士學位，正是緣起於 2001 年「中國域外漢文小說國際學術研討會」的接待工作，我當然是有意安排他親近大師的，而他的誠懇與好學也確實留給劍國老師深刻的美好印象。

他這次結集的新書《小說考索與文獻鉤沉》，收錄了他關於《東西晉演義》、《東西兩晉志傳》、《片璧列國志》、《封神演義》等古典小說，《新編三國志鼓詞》、《楊文廣征南》、《三國志玉璽傳》等鼓詞彈詞，以及明代陸西星、楊爾曾和現當代黃人、孫楷第、金庸、古龍等名家名作暨相關書目文獻的考索鉤沉，共有十六篇之多。這十六篇煞費他苦心的考辨性論文，都是他近年內發表在兩岸三地學術期刊的精彩之作，讀者很容易可以從中尋獲許多新的材料、新的發現。

比較許建崑兄的《情感、想像與詮釋：古典小說論集》與龔敏學棣的《小說考索與文獻鉤沉》，大家不難看到這二部書在內容上不無關聯。例如他們都關注古典小說的研究，建崑上溯自唐人傳奇，龔敏下探到當代武俠，明代小說則是

交集所在，他們在各自的論文裡都討論到《水滸傳》與馮夢龍。又如當他們在討論馮夢龍時，也都同樣引用了徐朔方先生編的《馮夢龍年譜》。更重要的是，二位作者對於基礎文獻的掌握能力也都很強，雖然論述的重點與方向不一，但治學態度之嚴謹卻又十分一致。

其實，許建崑兄與龔敏學棣是見過面的，時間是 2009 年 11 月 27～28 日，在台灣嘉義南華大學文學系所主辦的「明代文學與思想國際學術研討會」上，龔敏發表〈明代出版家楊爾曾編撰刊刻考〉時，建崑曾當場對他指出商榷的意見，只是龔敏那時大概並不曉得建崑兄跟我的交情；當然，直到現在，建崑可能也沒想到他在〈《虬髯客傳》及其肌理結構探析〉一文中引到饒宗頤先生〈虬髯客傳考〉，在〈「三言」故事對唐人小說素材的借取與再造〉一文中引到李劍國先生《唐五代志怪傳奇敘錄》，他們一位正是龔敏的老闆，一位正是龔敏的恩師。

人生就是這般奇妙吧！有緣，天南地北亦能共聚一堂；無緣，對面相逢說不定也僅止於擦身而過。

當許建崑兄與龔敏學棣的大作同時擺在我案頭時，我確實有感於《情感、想像與詮釋：古典小說論集》、《小說考索與文獻鉤沉》這二部內容扎實的書稿，在提供我相當豐富的知識見聞之餘，竟意外地把我的許多回憶拉在一起（包括對徐朔方先生的緬懷），所以我當下決定將祝賀二部新書（分別由台北萬卷樓圖書公司、山東齊魯書社出版）的小序寫成一篇。不知我者，大可責怪我的慵懶與忙碌，或追究我的笨

拙與取巧；知我者如建崑、龔敏，則請多揣想我是多麼盼望
經過這番的「撮合」，從此以後您們這二位明代文學、古典
小說的專家真能「締結良緣」啊！

國立成功大學中文系教授兼主任　陳益源

誌於 2010 年 7 月 7 日

目次

陳序

〈虬髯客傳〉及其肌理結構探析

一、〈虬髯客傳〉的原型與作者

〈虬髯客傳〉是唐代傳奇小說中的代表作。推究此作原型，最早形貌或見於唐末蘇鶚《演義》所載：「近代學者著〈張虬鬚傳〉，頗行於世。乃云隋末喪亂，李靖與張虬鬚同詣太原尋天子氣，及謁見太宗，知是真主。[1]」所謂〈張虬鬚傳〉，故事或同於〈虬髯客傳〉，但文字內容是否相同，並無憑證。

目前高中課本選入〈虬髯客傳〉，以「杜光庭」為作者。其實，前蜀杜光庭所纂集《神仙感遇傳》，中有〈虬須傳〉一篇，文字較今日所見〈虬髯客傳〉簡略。首句以「虬鬚客道兄者，不知名氏」為始，就題意上省察，則較扣題。饒宗頤先生謂：「此文置於〈明皇十仙〉之下，〈東明油客〉之上，文字多怪力亂神之語。[2]」葉慶炳先生謂：「可以推知〈虬髯客傳〉乃據《神仙感遇傳》之〈虬鬚客〉增飾而成，並非杜氏所作。〈虬鬚客〉情節較簡，文采亦遜；主題則兩文一致。[3]」以〈虬鬚客〉較為簡略，因而「推論」為祖本，可能性極高，但亦非絕對正確。

又宋代范公偁《過庭錄》記載：童年曾讀〈黃鬚傳〉，李靖同黃鬚訪真主於汴州，而該書已佚。《四庫提要》卷一四一則謂：「〈黃鬚傳〉即李靖、髯客事，而（范氏）稱為已

1　《蘇氏演義》，見於《四庫全書》、《函海》、《榕園叢書》。

2　見饒宗頤〈虬髯客傳考〉，《大陸雜誌》18卷1期。

3　見葉慶炳《中國文學史》第二十章〈唐代傳奇與變文〉。

佚之異書，則偶誤記耳。」饒宗頤先生說：「二書所言，雖為一事，而傳聞異辭，情節小異。虬傳觀奕事在太原，黃鬚傳則云在汴州。虬傳多誌年月，與史籍牴牾殊多，而所述視黃鬚傳為詳，似虬傳即據黃鬚傳加以增飾者。[4]」這樣的猜測，是可以被接受，但未必為唯一的可能。

〈張虬鬚傳〉、〈虬須傳〉、〈黃鬚傳〉都可能是〈虬髯客傳〉的原型，但也有可能是節縮改編之版，孰先孰後，難以遽下論斷。

探討作者為誰，共有四種說法。

（一）杜光庭（850-933）

見洪邁《容齋隨筆》卷十二、《宋史》〈藝文志・小說類〉、明顧元慶《顧氏文房小說》、近人周豫才、汪辟疆、張友鶴選輯傳奇集，譚正璧《中國小說發達史》，均從此說。洪氏所見係杜光庭輯《神仙感遇傳》中文字，不同於〈虬髯客傳〉，當不能隨意代換。杜光庭應試不第，遂入天臺山為道。唐僖宗召見，充麟德殿文章應制。職務不大，但為宗教領袖。從幸蜀。節度使王建建前蜀，遂留於蜀廷，賜號廣成先生。後主時，授傳真天師，崇真館大學士。解官隱青城山，號登瀛子。杜光庭若撰文諂媚唐主，豈非嘲諷王建？杜氏所編尚有《仙傳拾遺》、《王氏神仙傳》、《武成混元圖》、《道德經廣聖義疏》、《廣成集》、《壺中集》、《諫書》、《歷代

---

[4] 同註 2。又《四庫提要》卷 141 子部小說家類二：「〈黃鬚傳〉即李靖、虬髯客事，而（范氏）稱為已佚之異書，則偶誤記耳。」此亦猜測之語。

忠諫書》等等[5]。其作品多半以編輯他作為務，著重宗教意義，充滿方士氣息。顯然表彰太宗真命天子的本意，小於道家的符籙應讖之說。

（二）張說（667-730）

宋人所編《豪異秘纂》有〈扶餘國主〉一篇，實即〈虯髯客傳〉，署名張說。元陶宗儀重校《說郛》、明袁宏道輯《虞初志》、清馬俊良輯《龍威秘書》、無名氏輯《五朝小說》、《唐人說會》、《說海》，及近人胡適、陳作鑑皆從之。張說為睿宗時中書門下平章事，監修國史。拜中書令，封燕國公。與蘇頲（許國公）皆為文章大家，合稱「燕許大手筆」。葉慶炳先生認為：任相時天下太平，無寫作動機；就文字形式技巧，亦為後期傳奇作品。陳作鑑先生的辯解是：「張說見太平公主用事，蕭至忠、崔湜等人亂政，所謂『人臣之謬思亂者』，當指這些人；不用到晚唐亂政時而作。[6]」陳氏論見，實有牽強之嫌。至於現存唐傳奇作品，大多成於代宗大曆至懿宗咸通年間（766-873），很難找到張說時代的傳奇作家，葉氏之見亦為可信。

（三）裴鉶

唐僖宗（874-888）時人，乾符五年（878）曾以御史大夫為成都節度副史。主此說者，僅見李宗為《唐人傳奇》、

---

5 杜光庭生平事蹟考述可見於嚴一萍《仙傳拾遺》的序文。收在《道家研究資料》第一輯。

6 見陳作鑑〈太原三俠事蹟與 髯客傳作者研究〉，《暢流》30卷9期。

王國良《唐人小說敘錄》。王先生說:「南宋朱勝非《紺珠集》卷 11 所摘《傳奇》遺文 12 條,其中〈紅拂妓〉一條即刪節〈虬髯客傳〉而成。葉廷珪《海錄碎事》、周守忠編《姬侍類偶》,摘引〈紅拂妓〉此則,亦註明出自《傳奇》。」所以他做了個結論:「〈虬髯客傳〉係裴鉶《傳奇》中的一篇,作者當為比蘇鶚年輩稍早之裴鉶。[7]」裴鉶《傳奇》已佚,《紺珠集》所摘僅遺文,而且變成「刪節版」的〈紅拂妓〉,如何遽信?

(四)無名氏

《太平廣記》卷 193 收錄〈虬髯客〉,篇末注「出〈虬髯傳〉」,無作者姓名[8]。《崇文總目》、《通志》,亦不題撰人。近人饒宗頤、葉慶炳先生同此說法。

這樣的名作,不能確定作者姓名,難免遺憾。但如果在沒有發現更明確的證據之前,本持實事求是的精神,還是以「無名氏」之稱為佳。

二、〈虬髯客傳〉的故事架構與創作技巧

〈虬髯客傳〉的故事架構,大抵如下。首段,寫隋末時局混亂,煬帝南幸江都,楊素留守,有竊國之心。二段為李

7　見王國良〈虬髯客傳新探〉,《幼獅月刊》48 卷 3 期。

8　王國良引清人王應奎〈柳南隨筆〉及嚴一萍先生〈太平廣記校勘記〉,「髯」字應為「鬚」字。饒宗頤亦有考述,遂改稱〈虬鬚客傳〉,然坊間刊本既已作〈虬髯客傳〉,似不必要再改回,免增二次困擾。

情感、想像與詮釋
古典小說論集

靖謁見楊素，以求重用。三段為紅拂夜奔李靖，尋求終身託
付。第四段，李靖、紅拂出奔，遇虬髯客於靈石旅舍。紅拂
沉穩的接見虬髯，三人得以兄妹相稱。飲酒之際，虬髯取負
心漢頭顱及心肝於革囊，切肝共食。並探詢太原真人。靖以
李世民答，遂約太原相會。第五段，因劉文靜見李世民於太
原，知為真命天子，猶不死心，約西京再會。第六段，靖於
京師酒樓見虬髯及其道兄，得獲贈銀，安頓紅拂，再約太
原。第七段，迎李世民，時道士與劉文靜下棋，輸卻全盤。
道士勉虬髯他圖，虬髯則與李靖、紅拂約見京師。第八段，
李靖、紅拂訪虬髯家宅，獲虬髯贈與家產，協助太宗李世民
匡定天下。虬髯則攜妻與一僕，乘馬而去。第九段，貞觀十
年，李靖官左僕射平章事。聞東南兵變已平，知虬髯獲扶餘
國，乃瀝酒遙賀。第十段，作者闡論，君權乃神授，非英雄
或賊寇所能企望。第十一段，補述李靖之兵法多半虬髯客所
傳。

　　較早談論〈虬髯客傳〉寫作技巧的，要算是胡適了。他
在〈論短篇小說〉文中，陳述許多古典小說的缺失，卻讚揚
〈虬髯客傳〉三個優點，分別是：（一）立意布局的高妙。
（二）歷史人物與虛構人物的雜混，讀來栩栩如真，開歷史
小說之新局面。（三）善於寫生的手法，人物生動活潑[9]。

　　近人劉開榮認為此作與袁郊〈紅線傳〉相比，多少有主
客不分明、秩序混亂、缺乏統一性及和諧性[10]。

9　見胡適文存卷 1。又余樂揚〈虬髯客的文學價值〉一文中亦加引述。

10　見劉開榮《唐人小說研究》第六章，王國良〈虬鬚客傳新探〉中亦加引
　　述。

　　再以現代短篇小說觀點來分析，似乎可以歸納出一些缺點：（一）主旨上，作者自行闡述「天授君權」的思想，而不是透過小說情節的安排來呈現。（二）題目為〈虬髯客傳〉，無法概括李靖、紅拂事蹟，倒不如稱作〈風塵三俠〉，來得切題。（三）受限於篇幅，很難有詳細的描寫，來鉤勒出人物的外形、面貌。

　　顯然各批評家著重的論點，不外乎情節的安排、人物的塑造，以及主題的闡釋。但以現代文學技巧分析之前，我們得先瞭解唐傳奇有其特殊的文體形式，而不能「削足適履」，去迎合現代小說所講究的「標準」。

　　唐傳奇屬於一種簡明精要的散文敘述，有時也夾雜著駢儷句法，以求文章節奏的韻律感。而文章短則數百字，長則一、二千字。為了要表達作者詩才、史筆、議論的才能[11]，文章中要夾雜詩詞、章奏或其他議論的文字。因為篇幅簡短，沒有多餘的文字來描寫事件、人物，乃追隨《左傳》的筆法，以對話與動作的方式，來使故事生動、人物活潑。文末作者現身加以評論，也是沿承先秦哲學、歷史等寫作筆法。

　　〈虬髯客傳〉字數近兩千字。以文章起承轉合的方法來看，首三段為起，寫時代背景與李靖、紅拂的相識。第四段

11 論者多半舉宋人趙彥衛《雲麓漫鈔》之見，云：「唐之舉人——溫卷，如幽怪錄、傳奇等皆是也。蓋此等文備眾體，可以見史才、詩筆、議論。」以傳奇小說溫卷，近人羅聯添先生已辨為無有。然而傳奇作品確可一窺作者寫作才華。白居易〈與元九書〉，亦云：「又聞親友間說，吏部舉選人，多以僕私試賦、判、傳為準的。」賦、判、傳，當同於詩筆、議論、史材之謂也。

為承,三俠相遇,約訪太原。第五、六、七段為轉,兩度往返太原、長安,為了要辨識真命天子。第八、九段為合,交待所有角色的下落。第十段為作者論評,為全文總結。作者的論評與前八段的故事關聯不大,顯得唐突,所以作者再加第十一段一小句:「或曰:衛公之兵法,半乃虬髯所傳也。」用來呼應先前的故事。

以小說情節技巧來分析:作者用了一個「遲開進點」,在文章的四分之一處開始展開故事,讓虬髯客出場,「戲劇時間」集中在造訪太原的活動上。兩度的尋訪、退回,運用了「發展—頓挫—退回—轉機」的技巧。「高潮」在故事的三分之二處,訪得真命天子。但目的為何?還留下一個「懸疑」。這個「懸疑」,在三俠相會於虬髯客家中才披露,是一種「延宕高潮」的技巧。

除了故事情節外,作者還有餘力去鋪寫八個場景:長安隋朝宮廷、京城旅邸、靈石旅舍、太原劉文靜家宅、長安酒樓、太原再見李世民、長安虬髯客家舍、李靖住宅。

作者能在極短的篇幅中,安排了這麼複雜的事件,堪稱「簡練」,不混亂讀者的「視聽」。劉開榮稱其「秩序混亂」,未必是實情。

就人物的描繪,也有特長。李靖以一介布衣上謁楊素,能獻策並斥責楊素的無理踞坐,顯現英勇豪邁。等到紅拂女投奔之後,李靖在功名與美女之間做了很大的抉擇。起先,李靖根本聽不進紅拂女的話語,只擔心:「楊司空權重京師,何如?」等到紅拂堅決地表示:「計之詳矣,幸無疑焉!」他才把眼光放在美女身上,然「不自意獲之,愈喜愈

懼。瞬息萬慮不安,而窺戶者足無停屢」。靈石旅舍,遇見虬髯的挑釁,以一句「公怒甚,未決,猶刷馬」,就表現出李靖的恐慌無措。從這些事件可以呈顯李靖雖是英雄豪傑,但為了尋求功名利祿,不免看不清事情真貌,遇事猶豫不決。[12]

　　紅拂女的造型,非常可愛。她長得很美,有殊色,髮長委地,「觀其肌膚儀狀,言詞氣性,真天人也」。她敢於把握自己的最愛。初次見李靖,從滔滔雄辯中,她睜大眼看清楚了,李靖是個可以託付終身的人,當機立斷,馬上向門吏問明住址。當她夜奔李靖住處,即言:「妾侍楊司空久,閱天下人多矣,無如公者。絲羅非獨生,願託喬木,故來奔耳。」對於李靖的畏怯,與貪戀楊素可能給予的從政機會,她也一語道破:「彼屍居餘氣,不足畏也。諸妓知其無成,去者甚眾矣……」。逃離汴京,途經靈石旅舍,她能在虬髯冒然闖入之時,「一手握髮,一手映身遙示公,令勿怒」,急急斂衽起問,化敵為友。虬髯的意圖何在,紅拂是清清楚楚的,她不會像李靖一般,只會嚅嚅的答道:「靖雖貧,亦有心者焉。他人見問,故不言;兄之問,則不隱耳。」足見紅拂沉穩的個性與識人之明,竟高出李靖許多。

　　相對於虬髯客,李靖、紅拂成了平凡人物。虬髯長得「中形,赤髯如虬」;平時騎一匹跛驢,但跑起來,「其行若飛,迴顧已失」。他的豪邁不羈,真讓衛道之士咋舌。他取

---

12 葉慶炳〈虬髯客傳的寫作技巧〉,認為李靖「怒甚,未決,猶刷馬」,是「有學養」、「嚴密監視虬髯客」。在《中國古典文學研究叢刊——小說之部》第二冊,頁172。以李靖個性觀察,未必有如此決斷的行為。

枕臥於陌生女子前，蓄意挑逗。見爐中煮物，即呼饑餓；食畢，將餘肉切碎餵食驢子。挖取負心漢心肝下酒，殘忍、野蠻、恐怖，溢於言表。貪狠毒辣的個性，在他遇見冷峻的紅拂，一時之間動了紅塵的慾念，卻在紅拂機靈的應對中被「封殺」了。遇見李世民，他「默居末座，見之心死」；再次相會，亦無一言。雖然他可以「紗帽裘裘」，雖然他有「龍虎之狀」，足為一方之主，也只有犧牲個人的野心，把財物贈給李靖夫婦，自己黯然離去。這樣強烈個性的呈現，只在千字左右的空間裡，足見作者文字轉圜的本事了。

太宗李世民出場，並沒有太多的描述。第一次出現：「使迴而至，不衫不履，褐裘而來，神氣揚揚，貌與常異」，第二次則：「俄而文皇到來，精采驚人，長揖而坐，神氣清朗，滿坐風生，顧盼煒如也。」作者側寫虬髯「見之心死」，以及道士「一見慘然」，斂棋稱降；來凸顯太宗的神聖而不可侵犯。用簡潔的古文筆調，來寫太宗的神態，再加上兩個詭譎的人物所表現的驚慌神色，來反襯太宗的神秘性。作者真正使用了「神來之筆」！

人物間的相互關係，更是精彩的設計。楊素「無復知所負荷」，對比李靖以天下治亂為心的行為。以李靖企圖投入楊素門下的曖昧，來對比紅拂的擇主而棲。以李靖、紅拂避難太原，來對比虬髯爭奪天下的豪情壯志。以拘謹保守的生活歷程，來對比叱吒風雲、愛恨激烈的行徑。然而，虬髯的威猛神奇，竟比不過太宗的神聖不侵。

故事的主旨，雖為作者自道之辭，合於原本傳奇小說必備的「議論」要項。但細細推敲，在「天授君權」的闡釋

外，整個故事進展，是安排在「尋找主人」的活動中。李靖獻策，希望依附權貴，而能一展抱負。紅拂夜奔，也是要找一個終身依靠。虬髯的尋找，則有許多旁騖。他主要「於此世界求事，當龍戰三二十載，建少功業」，卻忙著去尋訪真命天子，真遇上了，只得放棄個人的野心，遠走海外。他看見紅拂女時，已經為李靖「捷足先登」，所以狠狠的說句：「然吾故非君所能致也」，到頭來，他捐贈財物給李靖夫婦，無非是安慰自己內心所隱藏的情愛。就「尋找主人」的觀點來看，虬髯客根本無法完成個人的野心，使自己成為帝王、成為主人。作者寫作的對象不是李世民，而是諄諄告誡世人，連英偉如虬髯者，都不能取代唐太宗李世民，更何況連虬髯客都無法一較短長的草賊流寇呢。「虬髯客」做為最佳的標範，正是故事中所選擇的主角，而命之為篇，當之無愧。

三、不合史實的情節探討

〈虬髯客傳〉的分析，如果僅止小說故事層面的探討，顯然沒有切入其肌理。但如果只關切歷史素材的正確性，也忽略了小說之所以為小說的必要條件。作者「作意好奇，假小說以寄筆端」之際，並不是一成不變的抄襲歷史事件，而得經過「虛造幻設」的技巧，處理成動人的故事。

歷來討論〈虬髯客傳〉，多半陷於歷史取材的泥沼中。綜合各家所質疑的事件，排列如下：

（一）楊素不曾任「司空」之職，不曾「留守西京」，更不曾於當時接見過李靖。

《隋書》卷 48 楊素傳：「大業元年，由尚書左僕射遷尚書令，尋拜太子太師。明年，拜司徒，改封楚公，其年卒官。」饒宗頤引述萬斯同《隋將相大臣年表》，觀王楊雄自開皇九年（589）拜司空，至於大業年間；則楊素未曾官「司空」之職。

《隋書》卷 4 所載，煬帝大業十二年（616）七月甲子幸江都，楊素已卒十一年；而留守西京者越王楊侗、光祿大夫段達、檢校民部尚書韋津、右武衛將軍皇甫無逸、右司郎盧楚等人，而非楊素。

洪邁《容齋隨筆》卷 12 指出：「煬帝在江都時，楊素已死十餘年矣。此一傳大抵皆妄云。」蔣瑞藻《小說考證》引《花朝生筆記》云：「此傳與唐史不合。史稱大業十四年（618），文皇年十八起義兵，而煬帝以元年（605）幸江都，是時文皇甫六齡，安得謂二十，而有天子相乎？若以此幸為十二年事，則楊素之亡已久。且衛公嘗上高祖急變，豈能識太宗塵埃中耶？其為子虛，傳奇之舛謬，又不待論矣。」

（二）李靖於當時已仕於隋廷，非一介布衣寒士。入唐時，賴太宗救解，得不死；未曾因劉文靜而先識於太宗。

《舊唐書》卷 67 李靖傳云：「仕隋，歷駕部員外郎……

大業末,累除馬邑郡丞。會高祖擊突厥於塞外,靖察知高祖有四方之志,因自鏁上變,將詣江都,至長安道塞不通而止。高祖剋京城,執靖將斬之。靖大呼曰:公起義兵,本為天下除暴亂,不欲就大事,而以私怨殺壯士乎?高祖壯其言,太宗又固請,遂捨之。」宋程大昌《考古篇》卷 9 亦云:「李靖在隋,嘗言高祖終不為人臣。故高祖入京師,收靖,欲殺之,太宗救解,得不死。高祖收靖,史不言所以,蓋諱之也。〈虬髯傳〉言:靖得虬髯資助,遂以家力佐太宗起事,此文士滑稽,而人不察耳。」

故事中,李靖謂:「靖之友劉文靜者,與之狎,因文靜見之可也。」史傳所載,未見兩人有任何交集。

(三)扶餘國為無稽

《舊唐書》卷 199 上東夷傳云:「高麗者,出自扶餘別種也,其國都於平壤……(貞觀)五年(631)……毀高麗所建京觀,建武懼伐其國,乃築長城,東北自扶餘城,西南至海,千有餘里。……百濟國,亦扶餘之別種。」是扶餘者,漢時已存,在玄菟北千里,隋唐時已分裂為高麗、百濟。有扶餘城,則在兩國邊境上,今遼北昌圖縣內。〈虬髯客傳〉云:「當東南數千里外有異事,是吾得事之秋也……貞觀十年,(李)公以左僕射同平章事,適南蠻入奏曰:有海船千艘,甲兵十萬,入扶餘國,殺其主自立,國已定矣。公心知虬髯得事也。歸告張氏,具衣拜賀,瀝酒東南祝拜之。」故事中扶餘國地理位置顯然與史實不合。

（四）虬髯未傳李靖兵法

《新唐書》卷 93 李靖傳云：「其舅韓擒虎每與論兵，輒歎曰：可以語孫吳者，非斯人，尚誰哉？」事在年少時，毋須虬髯客所授而得也。

指出歷史小說中不合史實之處，是否為讀小說的唯一樂趣？答案應該是否定的，小說情節自然有別於歷史事實，否則便只是歷史的附庸。〈虬髯客傳〉的作者，竟能穿梭於歷史史料中，獨造一個有內在肌理結構的小說世界。

四、內在肌理結構的探討

要談〈虬髯客傳〉的內在肌理結構，應從主題談起。作者既仿司馬遷「史傳」，以及「寓言」的形式，在文章末段，現身闡述主題：「乃知真人之興也，非英雄所冀；況非英雄者乎！人臣之謬思亂者，乃螳臂之拒走輪耳。我皇家垂福萬葉，豈虛然哉！」肯定「天授君權」的思想，「真人」乃唐太宗，「英雄」則為虬髯客，「非英雄者」當為草賊流寇者也。這個「英雄」人物的條件，越接近「真人」，越不容易被賊寇所僭替。所以虬髯客的造型，不免以唐太宗為藍本。

杜甫〈贈汝陽郡王璡〉詩云：「虬鬚似太宗」（詩集卷十四）；又〈送重表姪王砅評事使南海〉，云其先人與唐太宗有交往：「上云天下亂，宜與英俊厚。向竊窺數公，經綸亦俱有。次問最少年，虬髯十八九。子等成大名，皆因此人手。

下云風雲合，龍虎一吟吼。願展丈夫雄，得辭兒女醜。秦王時在座，真氣驚戶牖。……」（詩集卷 20）此十八九少年而虬髯者，即秦王李世民也。晚唐段成式《酉陽雜俎》也說：「太宗虬鬚，常戲張弓矢」。宋洪邁《容齋隨筆》、錢易《南部新書》亦加援引立說，至程大昌《考古篇》，下了結論：「是虬髯乃太宗矣。」後人也都接受了這種看法。

但「虬髯客」除了是唐太宗的身影以外，是否還有其他的影射呢？一個與故事中心看似無關的人物——楊素，便呼之欲出了！

《隋書‧楊素傳》云：「素少落拓，有大志，不拘小節……叔祖魏寬異之，每謂子孫曰：『處道當逸群絕倫，非常之器，非汝曹所逮也。』……美鬚髯，有英傑之表……其妻鄭氏性悍，素忿之曰：『我若作天子，卿定不堪為皇后。』鄭氏奏之，由是坐免……素居永安，造大艦....伐陳....率黃龍數千艘，銜枚而下，敗戚欣。……率水軍東下，舟艫被江，旌甲曜日。素坐平乘大船，容貌雄偉，陳人望之懼曰：「清河公即江神也」……賜物萬段，粟萬石，加以金寶，又賜陳主妹及女妓十四人……王國慶據州為亂……素汎海掩至，國慶惶遽，棄州而走，餘黨散入海島，或守溪洞……代蘇威為尚書右僕射，與高炯專掌朝政....性疏而辯，高下其心……自餘朝貴，多被陵轢……貴寵日隆……家僮數千，後庭妓妾曳綺羅以數千。」（卷 48）

顯然可見，楊素有下列六項特點：（a）少有異志，（b）作天子之戲言，（c）專掌朝政，（d）美鬚髯，（e）有海戰的本領，（f）家僮、妓妾甚多。從楊素的長相、能力、抱負、

平時談吐、居於朝廷要津等等特質,所以要創造一個隋末混亂局勢,具有僭越王權,企圖「作天子」,楊素自然是最適當的人選。而這些特性,在虬髯客身上,全部都見到了。

如果質疑虬髯客個性豪邁,怎麼可以以楊素為其原型人物呢?在歷代筆記中,其實也能讀到楊素惜材、重義的事蹟。楊素欣賞封德彝才學,以姪女妻之。獎用驍勇之麥鐵杖,使官至太守。開皇九年(589),因戰功得獲隋高祖贈予陳後主叔寶之妹樂昌公主,仍歸還駙馬徐德言,使其夫婦團圓。[13]此與虬髯客資助李靖、紅拂,使其夫婦榮華富貴,也有異曲同工之處。

蓋蘇文,另一個疑似虬髯客原型的人。《新唐書‧東夷傳》載:「高麗,本扶餘之別種也……有蓋蘇文者,或號蓋金,姓泉氏,自云生水中以惑眾。性忍暴……殺(高麗王)建武,殘其尸投諸溝。更立建武弟之子藏為王,自為莫離支,專國……貌魁秀,美鬚髯,冠服皆飾以金,佩五刀,左右莫敢仰視……(太宗)帝不欲因喪伐罪,乃拜藏為遼東郡王、高麗王。帝曰:蓋蘇文殺君擅國,朕取之易耳,不願勞人,若何?」(卷220)

從所載幾項材料:(a)美鬚髯,(b)殺君擅國,(c)高麗,扶餘別種,(d)國已安定,太宗賜封;則虬髯客的形貌,佔扶餘國自立的事蹟,也有若干切合。

綜合上面的討論,作者依照太宗、楊素、蓋蘇文等人的形象及事蹟,來塑造「虬髯客」,使其對比於「真人」、「英

---

13 以上三事分別見於《太平廣記》卷169、191、166。

雄」、「賊寇」之間，增富了「真命天子不可替代」的主題思想，是無庸置疑的。但是否蓄意警告唐末「人臣之謬思亂者」，如龐勛、西突厥李克用等有力軍人[14]，恐怕可經「等量代換」而獲致，則非本文所探討。

至於選取李靖為穿針引線的人物，作者也有明顯的意圖。

《舊唐書・李靖傳》載：「仕隋，歷駕部員外郎……左僕射楊素拊其床謂曰：卿當坐此。大業末，累除馬邑郡丞，會高祖擊突厥於塞外，靖察知高祖有四方之志，因自鏁上變將詣江都，至長安道塞不通而止。高祖剋京城，執靖將斬之。靖大呼曰：公起義兵，為天下除暴亂，不欲就大事而以私怨斬壯士乎？……太宗又固請，遂捨之……（武德）四年，靖又陳十策，以圖蕭銑，高祖從之……（九月）賊舟大掠，人皆負重。靖見其軍亂，縱兵擊破之，獲其舟艦四百餘艘……（六年）惠亮、正通相次擒獲，江南悉平，於是置東南道行臺，拜靖行臺兵部尚書，賜物千段，奴婢百口，馬百匹....太宗嗣位，拜刑部尚書……（四年八月）為尚書右僕射，兼門下中書平章政事。……（十一年）改封衛國公....十四年，靖妻卒……二十三年薨於家，年七十九。」（卷67）

從這段史料看，可見作者取材（a）楊素的器重，（b）獻策，（c）水戰平賊，平江南，置東南道行臺，（d）得僕婢、財物甚夥，（e）曾官尚書右（左）僕射，兼門下中書平

14　見李豐楙〈唐人創業小說與道教圖讖傳說〉，《六朝隋唐仙道類小說研究》第六章，頁331。

章政事[15]。（f）封衛國公。

　　故事中，還出現了一個背景人物劉文靜，是為了與李靖
對比而設計的角色。

　　《舊唐書·劉文靜傳》：「及高祖鎮太原，文靜察高祖有
四方之志，深自結託；又竊觀太宗，謂（裴）寂曰：非常人
也！大度類於漢高，神武同於魏祖；其年雖少，乃天縱
矣！……後劉文靜坐與李密連姻，煬帝命繫於郡獄。太宗以
文靜可與謀議，入禁所視之。文靜大喜曰：天下大亂，非湯
武高光之才，不能定也。太宗曰：卿安知無人？但恐常人不
能別耳。今入禁所相看，非兒女之情相憂而已，故來與君圖
舉大計……文靜曰：……乘虛入關，號令天下。不盈半歲，
帝業可成。太宗笑曰：君言正合人意……自以才能幹用在裴
寂之右，又屢有軍功而位在其下，意甚不平……高祖聽（裴
寂）其言，遂殺文靜……時年五十二。」（卷57）

　　劉文靜於故事中，「素奇（太宗）其人」，為虬髯及其道
兄兩度引見唐太宗而已，僅為背景人物。他與李靖於唐高祖
時代皆有功勳，同時也是高祖欲殺之人；但由於他能洞燭李
淵父子成就事業，與李靖密報謀反一事，變成強烈得對比。
作者所以以虬髯、紅拂，再加上劉文靜，來襯托李靖少了
「識人之明」，似乎暗藏著譴責李靖的意義。

15　《舊唐書》卷3太宗本紀：「四年甲寅兵部尚書代國公李靖為尚書左僕射--
　　--八年壬寅命尚書右僕射李靖——觀省風俗」；同書李靖傳：「拜尚書右僕
　　射--八年，詔為畿內道大使，伺察風俗。《新唐書》卷2：「（貞觀）四年八
　　月甲寅，李靖為尚書右僕射」。則乾隆四年校刊《舊唐書》本卷3云「左
　　僕射」，實誤。

除了人物的精心設計之外，故事中所提時間、地點，也是刻意捏造，以使全篇故事統一於真假朦朧之間。如故事結尾：「貞觀十年，（李）公以左僕射同平章事。適南蠻入奏，曰：『有海船千艘，甲兵十萬，入扶餘國，殺其主自立。國已定矣！』公心知虬髯得事也，歸告張氏。具衣拜賀，瀝酒東南祝拜之。」歷來評論者，質疑扶餘國在東北，不在東南，可能抄寫舛錯；也有人要指出李靖不在此年官左僕射。要釐清這種「時空錯亂」的現象，得回到故事中心去。能接受虬髯騎驢，「其行若飛，迴顧已失」的事件嗎？虬髯及其道兄是否都有「特異功能」，能看相、望氣、爭戰天下？虬髯攜妻及一奴翩然而去，又如何有甲兵十萬，去攻扶餘國？這些事件都是虛構的，怎麼可以要求發生在真實的時空中？既然文中已有不可思議的人與事，作者蓄意混亂時空，以求「向壁虛造」的統一性，完成「虛構的真實感」，其意圖明顯而可見。

靈石旅舍，是個特別選定的場景。那兒有開放式的旅館，梳頭、躺臥、洗馬、煮肉，都在一處。可以「出市胡餅」，可以沽酒西肆，是一個交通休憩站。《新唐書》高祖本紀，則記載了這地點。大業十三年（617）起事，「癸丑發太原……丙辰次靈石，營於賈胡堡。」顯然靈石、賈胡堡，是個重要驛站，也是外國商人聚集的地方。作者選用了這樣的地理背景，讓風塵三俠的相會，變得極為逼真而可信。

虬髯客形象襲自唐太宗李世民、隋朝尚書右僕射楊素、扶餘別支高麗新主蓋蘇文，使「虬髯」的鮮明印記，指向主題。配角人物李靖、劉文靜的出場，與史實未必相符，卻支

撐著初唐兵馬倥傯的氣氛。文中標定的兩個歷史時間，大業
十一年（615）和貞觀十年（636）所生發諸事，都非真實，
但就故事的發展，都屬於「合理臆測」的時段。事件地點，
長安、太原、靈石，都是如假包換的唐代都城、市鎮，讓讀
者可以「信以為真」。這樣的肌理組構，與近年西方世界建
構漫漶歷史（Palimpsest History）的小說理論概念[16]，有異
曲同工之效。

五、結論

　　「天授君權」的思想，可以不可以被接受？即使是古時
之人，也未必全盤相信。歐陽修寫《新唐書、高祖本紀》
時，文末評論：「有德則興，無德則絕，豈非所謂天命者常
不顯其符，而俾有國者兢兢以自勉耶？唐在周、隋之際，世
雖貴矣，然烏有所謂積功累仁之漸，而高祖之興，亦何異因
時而特起者與？雖其有治有亂，或絕或微，然其有天下幾三
百，可謂盛哉！豈非人厭隋亂而蒙德澤，繼以太宗之治，制
度紀綱之法，後世有以憑藉扶持，而能永其天命與？」講求
「積功累仁」之道，訂定「制度紀綱之法」，而不為「天
命」的念頭所矇蔽，是傳統的儒家治世思想。即使在時興
「顛覆思考」的現代，也沒有多少空間可以發揮。

　　但如果以歷史演化觀點來看，古代封建王朝奪權的時

16　參見南方朔〈小說與歷史的魔幻關係〉，《中國時報》開卷版，81 年 12 月
12 日。

候，是須要「天命」來支撐的。有關李氏應讖當王的傳說，衍為道教李弘真君、金闕後聖李帝君信仰，儘管北魏寇謙之努力抑制，江南一帶仍為盛行。李弘可同音假借為「李紅」、「李洪」，或以水、洪水為象徵。大業十一年（615），有謠：「桃李子，紅水繞楊山」，隋煬帝疑李氏有「受命之符」，故誅李金才。李密、李淵、李軌等集團，皆運用圖讖之說，以興軍革命。

〈虬髯客傳〉沿承上述的圖讖思想，但捨李淵，而以李世民為「真命天子」，顯然不在凸顯「逐鹿中原」的正統性，而是為了「玄武門之變」，粉飾刺殺建成、元吉兄弟的醜事[17]。就這個角度來看，「天授君權」的權謀詭詐，進一步的被引申了。〈虬髯客傳〉的作者，成功的表達了另一層次的主題思想。

就寫作技巧而論，不管用文章分析法則或現代小說創作理論來看，文字的簡潔、典雅、轉圜有勁，情節鋪排緊湊而不雜亂，場景的跳接自然，人物塑造各具鮮活個性，都可得到相當正面的評價。歷來學者或有對照歷史事實，而評其故事光怪，不可遽信；須知作者以「傳奇」為務，而非撰寫「歷史」，經由個人咀嚼史材，重行編造。虬髯客的鮮明形象，所以能與書中各個角色，或平行類比，或相對而設，甚至是潛藏的、互為表裡的、血肉相連的關係存在。我們何不放棄「刻舟求劍」的探尋方式，不再用懵懂的態度來欣賞故事，也不要用冷峻的歷史癖好來磨損閱讀趣味，真正瞭解其

---

17 同註 13，頁 281-349。

創作主旨與深層的肌理結構，才能欣賞作者舞弄的創作才
華。

（原載《東海中文學報》11 期，頁 61-72，1994 年 12 月；
2000 年 1 月修訂）

參考書目

唐魏徵等撰《隋書》，台北：藝文印書館據清乾隆四年武英殿刊本影印。

後晉劉煦等撰《舊唐書》，台北：藝文印書館據清乾隆四年武英殿刊本影印。

宋歐陽修等撰《新唐書》，台北：藝文印書館據清乾隆四年武英殿刊本影印。

宋李昉等撰《太平廣記》，台北：文史哲，1981 年 11 月影印出版。

清楊倫輯《杜詩鏡銓》，台北：台灣中華，1975 年臺五版。

嚴一萍《道家研究資料》第一輯，台北：藝文，1974 年 2 月。

李豐楙《六朝隋唐仙道類小說研究》，台北：學生，1986 年 4 月。

王夢鷗《唐人小說校釋》，台北：正中，1983 年。

葉慶炳《中國文學史》，1971 年 7 月自印本，台北：廣文經銷。

劉開榮《唐人小說研究》，台北：台灣商務人人文庫，1968 年 2 月版。

劉瑛《唐代傳奇研究》，台北：正中，1982 年 11 月初版。

胡適〈論短篇小說〉，1918 年 3 月 15 日寫，《胡適文存》第一集卷 1。

曾振註譯《唐太宗李衛公問對今註今譯》，台北：臺灣商
　　務。1975 年 9 月初版。

陳作鑑〈太原三俠事蹟與虬髯客傳作者研究〉，《暢流》30
　　卷 9 期。1964 年 12 月。

余樂揚〈虬髯客的文學價值〉，《香港人生》20 卷 3 期。
　　1960 年 6 月

葉慶炳〈虬髯客的寫作技巧〉，《中國古典文學研究叢刊——
　　小說之部》，台北：巨流，1977 年 10 月一版。

王國良〈虬鬚客傳新探〉，《幼獅月刊》48 卷 3 期。

〈杜子春傳〉寫作技巧及其人神關係的探討

一、前言

　　唐傳奇中最有名的仙道類作品，應屬沈既濟〈枕中記〉、李公佐〈南柯太守傳〉與李復言〈杜子春傳〉。[1]〈枕中記〉寫開元七年（719）盧生於河北邯鄲道中遇道士呂翁，感慨自己蹉跎於人事。道士以囊中青瓷枕枕之，遂於蒸黍之間，遊歷幻境。娶妻生子、成就功名，雖為權宦所害，幸得洗雪。年至老耄，不得歸返，卒於任上。瞬間之夢，使盧生了悟「寵辱之道，窮達之運，得喪之理，死生之情」。

1　《杜子春傳》出處題款有二。一為宋《太平廣記》文末題：出《續玄怪錄》。一為南宋曾慥《類說》節錄，題名《貧在賣宵》，出《幽怪錄》。據程毅中《玄怪錄‧續玄怪錄》的點校說明，《幽怪錄》即牛僧孺《玄怪錄》，因避宋始祖名諱而改。而陳應翔刻《幽怪錄》四卷本四十四事，已混入原屬《續玄怪錄》之作，有《杜子春傳》等六篇。《新唐書‧藝文志》著錄，《續玄怪錄》五卷，李復言撰。續牛僧孺之作也。則李復言撰《杜子春傳》，應可信。惟李復言之名，中晚唐時有兩人。一與白居易同年，名諒，字復言，貞元十六年（800）進士登第，官至嶺南節度使，卒於大和七年（833）。生卒、登第時間皆早於牛僧孺，收在書中的〈麒麟客〉文中，紀年又晚於李諒卒年，有許多疑問。另一陳寅恪認為李復言為開成五年（840）應舉的進士。未知何者為確？又岳岳〈杜子春讀後〉云：明陸楫《古今說海‧說淵》別傳十〈杜子春傳〉，題稱鄭還古撰，《龍威祕書》因之。鄭還古字不詳，自號谷神子，唐文宗大和前後在世。家居東都洛陽，登元和（806-820）進士第。曾任太學博士、河中從事、吉州掾。曾注《老子指歸》十三卷，著傳奇集《博異志》。新文豐《叢書集成續編》211冊，〈杜子春傳〉收在「神異小說」中，作：「唐鄭還古撰。選自《藝苑》」依版式看，亦從清馬俊良《龍威祕書》第四集《晉唐小說暢觀》中影印刊行。《博異志》未見收〈杜子春傳〉，陸、馬二人，何以稱作者為「鄭還古」？無不可疑。

〈南柯太守傳〉寫貞元十年（794）東平淳于棼沈醉致疾，
忽入槐安國，尚金枝公主，授南柯太守。後以戰敗、妻死而
請罷郡，又為流言之累，遂歸廣陵。夢中倏忽，若度一世。
尋槐樹而得蟻穴；訪訊諸友，亦多病亡。乃「感南柯之虛
浮，悟人世之倏忽，遂棲心道門，絕棄酒色」。其父嘗以丁
丑年相約，槐安國王亦以三年為期；淳于棼果於貞元十三年
（797）而死。[2]〈杜子春傳〉寫周隋間杜子春落拓長安，遇
老人三次贈銀解困。感激之情，遂同登華山雲臺峰，助老人
守爐煉丹。戒以勿為幻象所惑，尤不可發聲。幻境中果受種
種試煉，後投生為女，嫁進士盧珪為妻，生子而為丈夫摔
死，失聲忘誓，大火燒屋，煉丹功敗垂成。這三個故事都讓
主角親歷幻境，了解人世間某些虛妄，重新省視，決定自己
的「生命歷程」。

　　三篇作品的寫作時代很接近，借取六朝筆記小說的原
型，來發揮個人的抱負，也是「大同小異」。〈枕中記〉的作
者沈既濟或寫於貞元元年（785）赦還京師之後，他經歷了
貶謫處州司戶參軍之事，看見了宰相楊炎賜死南荒的悲慘，
所以藉著干寶《搜神記》楊林入夢的故事，發揮為〈枕中
記〉，無非表達「追求人生之適，以至於幻滅」之慨；〈南柯

2　〈枕中記〉故事時間，《文苑英華》作開元七年，《太平廣記》作開元十九
　年。故事中涉及歷史事件，莽布支叛亂，悉抹羅（悉末朗）攻瓜州，在開
　元十五、十六年，故事中作開元七年，或較佳。寫作時間的考定見於王夢
　鷗〈枕中記及其作者〉。〈南柯太守傳〉作貞元七年九月因醉致疾入夢，而
　李公佐於貞元十八年見過淳于生。淳于生宿限在丁丑，則為貞元十一年。
　因此據王夢鷗〈南柯太守傳校釋〉第 5、37、66、67 條而改。在《唐人小
　說校釋》頁 179-187。

太守傳〉的作者李公佐則作於貞元丁丑十三年（797）主角
淳于棼死後不久，使用《搜神記》同書所載夏陽盧汾進入
「槐樹蟻穴」的形式，來表達「無以名位，驕於天壤間」之
意[3]。〈杜子春傳〉作者李復言，約在貞元十六年至開成年間
（800-840），借印度〈烈士池〉的故事，編寫本作，傳遞了
「吾子之心，喜怒哀懼惡慾皆忘矣，所未臻者愛而已」的哲
學思想。這三篇作品對人生問題的探討，表面上似乎相近。
然而王拓曾撰文指出〈杜子春傳〉所表現的人生觀異於〈枕
中記〉等所表現佛、道思想，他說：「如果〈枕中記〉是過
分神話的超人小說，〈杜子春傳〉便是一篇極人性化的小
說。李復言巧妙地在〈杜子春〉這篇小說中，從反面來否定
佛、道的這種（擺脫人與社會關係的）思想，而肯定人與人
之間的愛心。」[4]梅家玲亦撰文分析兩者不同的人生態度，
她說：「修仙、作法、施術、煉丹，畢竟只是佛、道思想中
最膚淺、庸俗的表象而已；就〈枕中記〉而言，它雖接受了
佛、道觀念中「人生如夢」的主題，可是卻把此一「人生」
限定在個人外鑠的功名富貴之上；而〈杜子春傳〉則就以人
生而固有的、恆常不變的情愛，打破了因求仙而生的種種幻
象，否定了棄絕所有、潛心修道的可能，遂使一切修仙、煉

---

3 王夢鷗〈李公佐作品敘錄──南柯太守傳〉，在《唐人小說校釋》頁 190。
　言「盧汾夢入蟻穴」一則，出自干寶《搜神記》，惟文殘佚不全。《太平廣
　記》卷 474 據焦璐《窮神秘苑》引《妖異記》載全文，此書雖晚出，然
　「夢入蟻穴」事必已早見。

4 見王拓〈枕中記與杜子春──唐代神異小說所表現的兩種人生態度〉一
　文，在《幼獅月刊》40 卷 2 期，頁 15-20。

丹、作法、施術的記述，皆成為凸顯人倫親情的點綴。」[5]
梅家玲發揚王拓的「人性」觀點，以「幻設技巧」來肯定
〈杜子春傳〉的主旨與寫作成就。

二、〈杜子春傳〉寫作技巧的探討

要比較〈杜子春傳〉與〈枕中記〉、〈南柯太守傳〉在思
想上的異同，首先要先從故事內容及形式結構的表現來觀
察，再探討作者的寫作企圖與讀者的接受心理，才可以談到
隱微的「意識型態」。

就〈枕中記〉而言，長度約一千兩百字，簡短的文字敘
述，很少轉圜空間。故事由現實世界、夢中世界組合而成，
然而「現實世界」用客觀描述的動態手法，由呂翁遇盧生，
閒談、借枕入夢、夢醒頓悟、謝歸，在「蒸黍未熟」極短時
間內的動作完成，佔全文三分之一；而「夢中世界」用散文
直接記敘，由盧生返家、娶妻、資財、進士登第、應制、歷
官、鑿河、征戰、飛語中傷、平反、再受誣害、自殺未遂、
皇帝知冤、察鑑賜爵、五子俱得名位、上疏乞歸、下詔不
許、死於任上組成，包含了士子仕進之途、官場傾軋、宮內
援引、歷史兵燹、疏詔上下諸事，極為濃縮的文字鋪排了人
生追求的總總，佔全文三分之二。表現繁瑣、拖沓、無趣的
事件，正見追求「生不帶來、死不帶去」的功名利祿，是一

---

5 見梅家玲〈論杜子春與枕中記的人生態度〉一文，在《中外文學》15 卷
12 期，頁 122-133。

椿荒謬的人生課題。但這樣二分的結構，就小說結構而言，是一種機械的、簡便的技巧。

〈南柯太守傳〉長約四千八百字，如果按照現實世界、夢幻的蟻國世界二分，則各佔四分之一、四分之三。在「現實世界」中介紹主角淳于棼身世，所居環境，「所居宅南有大古槐樹一株，枝幹修密，清蔭數畝」，槐樹洞中的「蟻國世界」，已隱然昭告。等淳于生恍惚之中醉臥堂東廡，二紫衣使者奉槐安國王之命迎迓，出戶指古槐穴而去；跨入「蟻國世界」的手法，可以說毫無斧鑿之痕。淳于生所以入槐安，得父命與槐安國王次女瑤芳成婚，則為主因。但其父早已歿於北蕃，如何可以請婚？婚禮中又何以能缺席主婚？作者一一設疑，又一一解疑，使讀者迷惑於真實與虛假之間，進入一個「不可能之可能」的世界。這一段情節，與《搜神記》中崔少府墓故事相較，盧生幼時喪父，卻能收得父信，要求與崔少府之女成婚，表現人鬼之途可以錯愕相通；成功地處理了進入「幻境」的可信度。為增加淳于棼於蟻國生活的可信，作者使遇故友周弁、田子華於國中，甚至有女眷攀話，謂曾相聚於禪智寺前。婚後遊獵靈龜山，又攜妻及友人赴南柯太守任。守郡二十年，德被百姓，後以檀蘿國入侵，周弁敗死；不日，妻又病卒，乃請罷郡。歸國中，讒言毀謗，國王允育子孫，任歸廣陵。淳于生始悟來時情景，流涕請還。主角於幻境已發悟，辭行還家，出穴，抵里閭巷口，入家門，見己身臥於東廡，驚畏不敢近。這樣的鋪寫，謹慎處理「出入幻境」的過程。及至二位使者呼喚其名數聲，始驚寤。不像〈枕中記〉以「是夕薨」三字，就跳回了「現實

世界」。回到「現實世界」，淳于棼告知兩位賓客，遂外出，同訪槐樹洞穴，掘土見蟻聚，若槐安、南柯，甚至所獵靈龜山、葬妻之蟠龍崗、敵國檀蘿，皆一一驗證。遣家僮訪周弁、田子華，知周暴疾死，田臥病床。以「現實世界」之事，證「蟻國世界」之可信。其實「現實世界」或「蟻國世界」，都是作者應用「假作真時真亦假」的幻設技巧，充份表達「人生如夢，夢如人生」的思想意識。

〈杜子春傳〉長約兩千字，介於〈枕中記〉、〈南柯太守傳〉之間，卻有獨特的風貌，童話般反覆遞疊的手法，壓迫著讀者陪伴主角杜子春一層一層去面對人生問題，在「山窮水盡疑無路」的情形下，又有強烈的「陡斷」，轉出另一個「局面」。它借取自婆羅門教原型故事，卻能同〈枕中記〉一樣，披上道教的外衣；它不只像〈枕中記〉、〈南柯太守傳〉一般流露佛、道觀念，而且還保有儒家特有的人倫觀念。試析如下：

（一）童話般層遞反覆的情節安排

杜子春以落拓浪蕩之人，見棄於親故。寒冬饑寒，遇老者，老者問給錢多少足敷去貧。子春以三五萬、十萬、百萬三次要索，老者皆言過少；乃張言三百萬，老者允諾。這樣的「取予」之間，違背世間常情，像極了《山海經》中「好讓不爭」的君子國。子春既富，蕩心又起，不復治生。從「乘肥衣輕」、「去馬而驢」到「去驢而徒」，一二年間空無一有。再遇老者，得錢千萬；先發憤謀生，縱適之情又起，三四年間貧過舊日。三遇老者，羞愧掩面，老者再予三千

萬。三度贈銀，子春頓悟「人間之情」，願意將老者對待他「不求回報」的愛，轉給宗族孤兒寡婦，不再使「親戚豪族無相顧者」的慘劇繼續發生。所以他向老者說：「吾得此人間之事，可以立孤孀，可以足衣食，於名教復圓矣。感戀深惠，立事之後，唯戀所使。」他願意以此生之年供老者使喚。

老者約與來歲中元，相偕登華山雲臺峰，使護爐煉丹，戒不可發聲。子春坐定，老道士已去。即有大將軍率兵士來，逼問姓名而不對。大將軍怒去，俄有猛獸、毒龍等侵害，子春神色不動。忽又幻成風雨雷火撲來，子春端坐不顧。未頃，大將軍率牛頭獄卒等來，以叉心入鑊、剉殺其妻，逼其開口。子春仍不應，遂為大將軍殺死，魂入冥殿。閻羅王亦使受刀山劍林諸刑，忍不呻吟。後使投胎宋州單父縣丞王勤家為啞女，「生而多病，針炙、醫藥之苦，略無停日，亦嘗墮火墮床，痛苦不齊，終不失聲」。長大後，進士盧珪求娶，以「不言」為賢，遂嫁做人妻，恩情甚篤。數年，生男二歲。盧生抱兒與之言，竟怒撲其子於石上，「子春愛生于心，忽忘其約，不覺失聲云：噫！」在這段「煉丹」的幻境試煉，有自然災害的水、火、猛獸，也有人為惡勢力的代表大將軍。大將軍先帶著兵士來犯，後帶著鬼卒來襲；先威脅杜子春，中懲杜子春之妻，竟一寸寸用剉刀剉死，後斬殺杜子春。看起來混雜各種災難，其實也有層次類疊。到了閻王殿，先是獄中折磨，中則判發投生女子，備受摔跌、墜火、醫藥諸苦楚，後則由其夫撲殺愛子，使嘗盡人間苦難。讀者於前波災難之後，渴求解厄，另波災難相掩而

至，益生同情悲憫之心；如此反覆數次，甚至謫為女子再世，忽有男子盧生流露愛慕之情，願娶為妻，並且恩愛數年，以為杜子春能安享餘年，不意丈夫以所生嬰兒威脅，強迫開口吐聲，遂忘約毀誓，前功盡棄。這一段幻境中，竟有投胎轉世，猶如幻境中再生幻境；而且一事頓接一事，使情節壓力，如滾雪球，積聚快速，至於撞擊岩壁，又瞬間破滅，歸於虛空；故子春穿出幻境時，不費吹灰之力。

煉丹失敗後，紫燄穿屋，大火四合，屋宇全燬。老道士先責子春以「措大」，後「指路使歸」，勉以「子之身猶為世界所容」。子春愧疚，重上雲臺峰謝罪，卻也找不到道觀或人居的痕跡。誠如上段所述，雪球既已撞碎，無法像〈枕中記〉或〈南柯太守傳〉，依據「夢中所寤」，來調整主角在「現實世界」的生活態度。像童話一般層遞反覆的情節安排，使〈杜子春傳〉所以能別於一般仙道類的作品之外！

（二）跳出原型故事的拘絆

〈杜子春傳〉原型故事〈烈士池〉，源於唐玄奘西行見聞，載於《大唐西域記》卷 7。地點在中天婆羅尼斯國施鹿林東涸池。據聞數百年前隱士於此建壇，尋訪烈士為護爐煉丹。得一貧士，命入池盥沐新衣，並重金賄之。貧士感德，求「效命以報」，答允「一夕不聲」以護爐。法事徹夜，將曉，烈士忽發聲叫。云：受命至夜分，昏然如夢；因不應答，為前雇主所殺；託生南印度大婆羅門家，及長婚生子，仍以不言為怪；年過六十五，其妻怪其不言，殺子懲之，遂驚呼。事敗，以池水免火災，故稱「救命池」；因烈士感恩

而死，又謂「烈士池」。

　　類近情節的故事，在〈杜子春傳〉完成的時代，尚有裴
鉶《傳奇・韋自東》、薛漁思《河東記・蕭洞玄》、段成式
《酉陽雜俎續集・顧玄績》見世。〈韋自東〉約寫於唐懿
宗、僖宗（860-880）年間；故事以貞元年間（785-804）為
背景，韋自東遊太白山，棲止段將軍莊，殺夜叉。道士求為
守爐煉龍虎丹，以阻妖魔入洞。自東一殺巨蟒，再阻美女，
三為駕鶴道士所趁，藥鼎爆裂。道士慟哭，自東悔咎，二人
因以泉水滌鼎器而飲。自東復有童顏，後入南岳。全文一千
字，內容以「殺夜叉」、「煉丹護爐」各佔一半篇幅。〈蕭洞
玄〉以王屋靈都觀道士蕭洞玄煉「大還丹」，須訪得同心者
相助。貞元中（785-804）　抵揚州，舟船爭道，見終無為臂
折而未呻吟，乃與交結，並示還丹祕訣。後請護丹灶，「但
至五更無言，則攜手上昇矣」。終無為坐藥灶前，有道士、
群仙、妙女、虎狼猛獸、祖考、亡眷，次第前來威脅、誘
引。又為黃衫人帶入平等王地府，仍不語，遂託生長安貴人
王氏家，能文而不能言。小名貴官，官名慎微。年二十六娶
妻，生子在抱，為妻撲死石盤，遂「不覺失聲驚駭，恍然而
悟」。二人相與慟哭。文長一千二百字，三分之一篇幅「訪
尋終無為」，三分之二篇幅寫「終無為幻境受試煉」。〈顧玄
績〉背景在天寶中　（742-755），中岳道士顧玄績得酒徒守
爐煉丹之助，告以「忍一夕不言」。及五更，鐵騎來，斬
之。遂生大賈家，仍守戒不言，後娶妻生三子，為妻次第殺
之，遂失聲，「豁然夢覺，鼎破如震，丹已飛矣」。全文六百
字有餘，一半述顧玄績故事，一半引述唐玄奘〈烈士池〉故

事。[6]這三個故事情節有共通點：尋訪壯士、守爐煉丹、幻境試煉、受騙或發聲誤事，但因為篇幅較短、結構「雙頭」、文字描述簡省，造成寫作意圖不明的現象。

〈杜子春傳〉題目設定、人物動機處理、幻境設計，都能跳出原型故事的羈絆。就「題目設定」而言，〈烈士池〉以乾涸的水池遺跡為名，描述舊事軼聞；〈蕭洞玄〉、〈顧玄績〉均以道士之名為題，重點在道士的「煉丹神功」，足以創作「幻境」，試驗終無為、酒徒，證明眾人雖能「知恩圖報」、「忍隱不言」，但無法斷人間情愛，而無成仙之資；〈韋自東〉則以勇士名，然而以忠於道士之託，卻又受惑於道士，無法辨真假，自然無法成功煉丹。

故事均以訪壯士護爐以助，壯士們何以死心塌地為道士效命呢？〈烈士池〉以烈士困於前任雇主的契約，窮無立錐之地，因而感德於隱士襄助，允為工作；〈韋自東〉以韋自東勇敢殺夜叉，而見知於道士；〈蕭洞玄〉中，以終無為之忍勇而感佩，遂見用；〈顧玄績〉則利用貪財好利之酒徒，以助煉丹。〈杜子春傳〉中，老人三次贈金，幫助杜子春解脫人世困苦，似未以誘使工作為目的。杜子春愧怍之餘，心想：「吾落魄邪遊，生涯罄盡，親戚豪族無相顧者，獨此叟三給我，我何以當之？」老者讚許他能「立名教」、「助孤孀」，說：「吾心也！子治生畢，來歲中元，見我於老君雙槐下。」還給杜子春一段緩衝的時間，可以後悔，甚至可以毀約不到。老者在故事中始終是個背景人物；杜子春的心路歷

---

6 見段成式（803-860）《酉陽雜俎續集》卷4貶誤，頁235。

程才是主動線，他表現了堅定、無私，只求報恩的態度，成為最好的「動機處理」。

「煉丹護爐」的壯士，須從「現實界」進入「幻境」試煉。幻境多半分為兩層，一在「幻世界」，主角仍為本身；一在「轉生界」，主角投胎轉世為他身。忘約發聲，煉丹失敗，則甦醒於「現實界」。除〈韋自東〉只見「幻世界」三次試煉外，其他諸作都不離這種模式。〈烈士池〉在「幻世界」中，前雇主來慰諭，「忍不交言，怒而見害」，遂轉生南天婆羅門家；年六十五時，妻提劍殺子而驚呼。〈蕭洞玄〉在「幻世界」中，出現兩道士、群仙、十六齡少女、虎狼猛獸十餘種、祖考父母先亡眷屬、夜叉，黃衫人與二「手力」抓入地府，平等王判轉世；轉生長安貴人王氏家，年二十六娶妻，次年生子，為妻撲殺而失聲。〈顧玄績〉「幻世界」中，出現數鐵騎、攜儀衛隊若王者；因斬殺而入「轉生界」，生大賈家，娶妻生三子，為妻一一殺之。〈杜子春傳〉的「幻世界」、「轉生界」做了「有機」處理，使不可分割、省略。「幻世界」先出現大將軍帶著親衛數百人來犯，逼問名姓，「問者大怒，催斬，爭射之，聲如雷」，「俄而猛虎、毒龍、狻猊、獅子、蝮蛇萬計，哮吼拏攫而爭前」，「既而大雨滂澍，雷電晦暝，火輪……電光……目不得開」，「須臾，庭際水深丈餘，流電吼雷」，「未頃，而散」。將軍復引牛頭獄卒來，先威脅杜子春以叉插心入鼎鑊中；繼而縛其妻來，射、斫、煮、燒，乃至用剉刀一寸寸剉死，妻子哭泣、咒罵、求饒，只求杜子春開口而不能；後大將軍命左右斬殺杜子春，以其「妖術已成，不可使久在人間」。閻王接獲，先

以鎔銅、鐵杖、碓搗、磑磨、火坑、鑊湯、刀山、劍林諸刑待之，忍不呻吟，遂使轉世為女。看似混亂的「幻世界」，以大將軍出沒統合全局，先是逼問、箭射，中為鼎鑊刀叉威脅，繼而銼殺其妻以懲，終為斬首使入冥間；其中又夾入水、火、猛獸的自然災害。斥罵、哮吼、詛咒、號哭之聲，加上箭風、雷聲、電光、火輪，極盡聲光之描寫，使耳際震動，眼睛無法張望，再添上陰間刑罰、審判，使恐懼的感覺增強到極點。進入「轉生界」，杜子春生為宋州王勸女，多病，受針灸、醫藥之苦，又跌落床下、火堆，受盡折磨，不曾發聲。同鄉進士盧珪求為妻，家人以瘖啞拒之。盧生竟言：「苟為妻而賢，何用言矣，亦足以戒長舌之婦」，遂許嫁，恩情甚篤。數年後，盧生抱二歲嬰兒子挑引說話，仍不應，怒而撲殺愛子，乃驚呼、甦醒。在「轉生世」中，幼年受病苦，仍承前段「壓抑」的調子；及長，容色絕代，然以「不能言」為親友狎侮，既而盧生以其缺點視為優點，娶為妻，遂得以「紓緩」；又以盧生恩愛逾恆，同享人間之樂，「怨情」全消。這種反向的情緒安排，使讀者在鬆懈情緒、開放心防之後，錯愕間，感受盧生驟然「撲殺其子」的悲哀，引發更強烈的哀痛。至此，杜子春化身為女，表現「母子親情」，超越了烈士六十五歲「老年喪子」、終無為二十七歲時「撲殺幼子」、酒徒「連失三子」之苦痛。但全篇最佳的劇情處理，應在「幻世界」殺妻，與「轉生界」殺子，做了類比設計，使「割離情緣」的動作持續進行。就果報的觀念，嘗試加諸女性身上的痛苦；因為坐視妻子為人所殺；自己變成女性，就得在受失子之痛。就試煉過程的演進，先前

遵守誓言以致於坐視妻子之死，表現了對親情的曖昧；到後來喪子，痛徹五臟而發出噫聲，顯然對親情的認知，已經是內在的自覺。所以說〈杜子春傳〉的「幻境世界」是個「有機結構」，扣緊了儒家的「人倫」認知，而不是零散、無機的排列。

三、〈杜子春傳〉所表達的超越精神與人性世界

〈杜子春傳〉既有豐富的情節內容，企圖表達的主題意識，也超越了其他的相關作品。〈烈士池〉記見聞為主，說明烈士勝不了幻境試煉而自殺，成就烈士之名，留下地理遺跡；〈韋自東〉寫壯士勇猛，可以殺夜叉，但不能辨道家本宗；〈蕭洞玄〉、〈顧玄績〉寫道士求勇士捨命相報，護爐煉丹，惜勇士未能堅守戒令，功敗垂成，痛失成仙的機會。從〈杜子春傳〉故事的表象來看，似乎同於一般求仙訪道的作品；但仔細考察，追求「人倫親情」，才是〈杜子春傳〉的內在精神。

再檢查一次故事：杜子春流落長安東市，老人問之，子春「憤其親戚之疏薄也」；第二度見老人，子春「慚不對」，第三度見老人，子春「不勝其愧，掩面而走」；子春自思：「吾落魄邪遊，生涯罄盡。親戚豪族無相顧者，獨此叟三給我，我何以當之？」經過老人三次贈金，子春了解「金錢不是萬能」，無法救平人生的苦楚；而追求「親戚豪族能相顧者」，才能填補人間的不平。當子春毅然決然向老人說，如

果再給他錢，他要去照顧族裡的孤兒寡婦，他已從老人「無私的愛」，學會了「付出」。為了「償付」老者的「施捨」，子春也願意把自己的餘生「奉獻」給老人，聽老人使喚。原本放蕩的個性，經過反覆試煉，竟激發他性善的本質！後來，子春如約隨老人入華山煉丹。老者戒勿語，「言迄而去」。到底是誰煉丹呢？何以留子春一人面對幻境中各種試煉？隱忍不言，所為何事？子春幻境中所歷，並未述說，何以老人可以完全知悉？一連串的疑問，都指向杜子春是個「被試煉者」，老人藉著「煉丹」的種種幻象，來試煉子春！老人「煉丹」成功了沒有？從表面上來看，似乎失敗了；實質上，他練就了子春的「愛心之丹」。這樣的丹藥，可使人間有情有義，「召孤孀分居第中，婚嫁甥姪，遷祔族櫬，恩者煦之，讎者復之」；儒家的倫理、孝道，竟浮現在印度輪迴故事與道教衣袍之中。換句話說，〈杜子春傳〉憑藉恢宏有為的生命力，超越了宗教出世的精神，而勾劃了人世間最美麗的藍圖。

四、〈杜子春傳〉所表達的敬畏精神與宗教世界

王拓論文中讚美〈杜子春傳〉極具人性，他說：「人性建立在人與社會的關係上……而佛家、道家所持的理想和境界，則必須在擺脫這種關係之後才能獲得……如果必須滅絕人倫關係，甚至必須放棄人與人間的愛……對人反而會成為一種否定和傷害」，他確實掌握了〈杜子春傳〉闡揚人性的

特質，然而王拓續說：「李復言竟巧妙地在〈杜子春傳〉這篇小說中，從反面來否定佛、道的這種思想，而肯定了人與人的愛心」。

〈杜子春傳〉是否全然表達儒家人倫精神，而排斥佛、道思想？從故事的外貌來看，這種假設是不存在的。故事發生的地點，從長安向東行抵一百多公里的華山，由西嶽廟南行到谷口，有相傳陳摶居處的玉泉院，經張仙谷上行，沿途道觀多處，仙跡斑斑；至北峰，即雲臺峰，目前仍依山稜線修構道觀，有層層高疊之勢。祭祀西嶽大帝的金天宮，相傳太上老君煉孫悟空的老君廟，羅列各峰。在這充滿道教神話的山頂，演述〈杜子春傳〉，宗教氣氛自然濃厚。故事中的道觀，「彩雲遙覆，鸞鶴飛翔」，堂上有「藥爐高九尺餘，紫燄光發，灼煥窗戶，玉女九人環爐而立」，老人則「黃冠絳披」，並「持白石三丸、酒一巵」，令子春服之，使坐爐前，禁制發聲。從道場的佈置，以及服食、煉丹、禁制等法術施行，我們很難判斷作者「為反對道教，而鋪寫道術」的意圖。杜子春以「愛子之情」破戒發聲，那發自肺腑的噫聲，竟與道教或感悟、或悲抑、或招魂、或練氣所發出的呼嘯之聲，有異曲同工之處！[7] 道士所以對杜子春：「吾子之心喜怒哀懼惡慾，皆忘矣。所未臻者，愛而已。」表現了道家「忘情反本」的基本觀念。

至於文中似無佛教影子，然地獄刑罰與輪迴轉世之說，

---

7 道教煉丹、服食等法術的觀念，引自李豐楙《六朝隋唐仙道類小說研究》書中，尤其呼嘯的意義，來自第五章〈道教嘯的傳說及其對文學的影響〉頁228-233。本文杜子發出噫聲，雖非道術之一，卻也是悟道的一種表現。

原屬佛教。南朝王琰《冥祥記‧趙泰》已載趙泰遊地獄事，「所至諸獄，楚毒各殊」，有銅床鐵柱、炎爐巨鑊、劍樹高廣等等，並云殺生、劫盜、淫佚等投胎畜道。〈杜子春傳〉所見各種幻象，如雷電火石，閃爍其前；及入地獄，受盡鎔銅、鐵杖等酷刑，與趙泰故事所述相彷彿；轉世謫為女子，備受人間災害、病痛，與佛教闡釋人間之苦，如出一轍。變為女子，或許更能了悟佛法之精要呢！[8]

　　佛教的教理，談法性、法相、心法、行持。用來檢查杜子春的言行，倒有啟發。諸法緣生無性，無性緣生；杜子春在受贈、受試煉中，得有法性，然則杜子春所以能得識法性，是因為原有「自性」，本來具有，永不變滅的本性；試煉的結果，使他的「愛心」不用教導而自發。而人間法相分過去、現在、未來三世，由過去的「無明」而「行」的活動，種下主觀的「識」，客觀的諸「名色」，使眼、耳、鼻、舌、身、意之「六入」，能有「觸」、「受」諸感覺，造成第一重因果。因此又衍生「愛」、「取」、「有」，創造了「未來因」，導出未來世界「生」與「老死」的問題；此是第二重因果。從「無明」至「老死」共十二支，搭構了三世兩重因

8　故事中，閻王曰：「此人陰賊，不合得作男身，宜令作女人。」是轉世投胎為女子，有貶謫意義。相關故事尚見《太平廣記》卷 388 引《稽神錄》，載有洪州醫博士馬思道病，忽自歎曰：「我平生不省為惡，何故乃為女子？」死後，投生條子坊朱氏女。另有唐袁郊《紅線傳》，云前世為男子，行醫害死孕婦，「陰司見誅，降為女子」。然而劉洙源《佛法要領》書札頁 95，云女子知苦，更能悟佛法：「大抵末世學法，女勝于男（知苦勝）。男中老者，勝于少壯。知苦乃入佛法，少壯不知苦，故難入耳。」

果[9]。杜子春受贈於老人，改變了他對人世金錢、名位的看法，所以他的「愛」不是「慾望」，「取」不是「豪取」，「有」不是「佔有」，化成了「關懷、給予、分享」的「大愛」了。當杜子春接受煉丹的託囑，與眼前許多幻象奮鬥，「禪定」的功夫，使他履險如夷。心生魔生，心滅魔滅；這一層的試煉，杜子春是成功了。然而杜子春轉世投生之際，卻忘了在幻境中的「母子親情」，也是「捐棄個人私愛」的課題。「痴心父母古來多，孝順兒孫誰見了？」《紅樓夢》第一回好了歌的叮嚀，恰巧戳破了這個「本來沒有」的「母子親情」的幻境。杜子春的「放下」，似乎只差人間的「母子情緣」罷了。佛教同道教一般，在「忘情反本」的觀念上，有許多相似之處。

宋李昉（925-996）編纂《太平廣記》，〈杜子春傳〉收在卷 16 神仙類中，明馮夢龍（1574-1646）編纂《太平廣記選》仍收在卷 6 仙部。又清馬俊良《龍威祕書》第四集《晉唐小說暢觀》載錄，新文豐《叢書集成續編》211 冊因之，署「神異小說」。馮氏並於文末評論道：「道家云，丹成魔則害之，蓋鬼神所忌也。愚謂不然，種種諸魔，即我七情之幻相耳，如人夢感，猶未忘情；至人無情，所以無夢。子春之遇，夢也！七情之中，各有未臻，豈惟愛哉？特以子春為一則耳。」他對「諸魔」即為「七情之幻相」，有很好的註解；世人七情六慾皆難泯除，何能登列仙班？杜子春只差「母子親情」未參透，故預先列名仙班，亦無不可。馮氏不

選〈蕭洞玄〉故事,而於〈杜子春傳〉眉批:「河東記蕭洞玄事相同」,顯然對於神仙故事的題材有所取捨。馮氏又改編此故事為〈杜子春三入長安〉,使杜子春夫婦同時受到太上老君的啟發,同登仙榜;結尾詩云:「千金散盡罄無疑,一念皈依死不移。慷慨丈夫終得道,白雲朵朵上天梯」[10]。由此觀之,後世小說總集的編者與讀者,他們把眼光仍留在宗教的敬畏與崇拜上頭,認為擁有人類崇高德行的「好人」,可以飛昇為「神仙」,而成為後世人們崇拜的對象。

五、結論:但傳無盡燈,可使有情悟

〈杜子春三入長安〉固然有許多世俗的執著,如捨產造廟、打造老君金身等,用虛造的「法相」來導引信眾的「法性」,充份反映世上眾生渴望宗教信仰,他們敬畏神祇、崇拜聖賢、禮敬僧道,企圖從中了解人生的意義,找尋生命的寄託。這樣的理念,表現在〈枕中記〉、〈南柯太守傳〉,說明人世功名、政治傾軋的虛無;表現在〈烈士池〉、〈韋自東〉、〈蕭洞玄〉、〈顧玄續〉,以「煉丹失敗」說明神仙難成。

---

10 〈杜子春三入長安〉見《醒世恆言》卷 37,文長一萬四千餘字,以「擬話本」文體著墨,故添加情節甚多。作者賦予杜子春妻子韋姓,管理廣大產業,繼續幫助族人;並出現幻境中,埋怨子春的絕情不救;子春返家,韋氏亦鼓勵一心修道;子春告訣,再往雲臺峰,韋氏則捐產入女道觀投齋度日;後來夫妻捨祖宅為道觀供奉太上老君金身,老君顯身,超化昇仙。在故事主題上,已轉向鼓吹宗教信仰,失去原作精神。

　　〈杜子春傳〉在這一類的作品中，單獨走出特殊的局面。原先憤世疾俗，放縱個人的情性而蹭蹬不起；老人的援手，讓他體會了宗教的寬容與悲憫。當他以同理心回報老人，卻又反向的接受宗教的洗禮與試煉。恢宏有為的生命力，同時須要謙抑有守的自制力。而宗教使人們能夠內省與修為，也淬鍊了超越混亂世俗的力量。杜子春讓人在「捨棄凡人感情以求仙道」的觀念之中，反過身來，省視「眾生有情」的美好。擁有「赤子之心」的人，才是仙境中的儲備之才。此所以杜子春之身「猶為世所容矣」，同時也可以名列「神仙」的原因。說明了敬畏宗教與闡揚人性，並行不悖。宗教勸人「尋訪生命終極意義」之際，同時也能夠行善社會、關懷世人。

　　敬畏宗教，可以拯救世俗；而人間有情，才能超越拘絆。唐人張說曾云：「世上人何在，時聞心不住，但傳無盡燈，可使有情悟。」佛教所言，「有情」與「眾生」是同義詞」[11]。生命是流動的，「思想」是可以點燃的，而一切都源自於「眾生有情」，〈杜子春傳〉留給了我們這樣的啟示！（原載《東海學報》38 卷 1 期，頁 27-38，1997 年 7 月）

---

11 引自唐人張說（667-730）〈遊龍山勝靜寺〉詩末四句，見《全唐詩》卷86。龍晦《靈塵化境──佛教文學》頁 81，引述此詩，並註：「佛教所說的『有情』就是舊譯的『眾生』，指一切有情識的動物」，頗有見地。

參考書目

王夢鷗《唐人小說校釋》上，台北：正中，1983 年 3 月初版。

王夢鷗《唐人小說校釋》下，台北：正中，1985 年 1 月初版。

宋李昉等編《太平廣記》，台北：文史哲，1981 年 11 月台一版。

程毅中點校《玄怪錄、續玄怪錄》，台北：文史哲，1989 年 7 月台一版。

唐段成式原著《酉陽雜俎續集》，台北：源流，1983 年 9 月台再版。

李豐楙《六朝隋唐仙道類小說研究》，台北：台灣學生，1986 年 4 月初版。

周中一《佛學研究》，台北：東大圖書，1977 年 3 月初版。

劉洙源《佛法要領》，台北：眾生文化，1994 年 8 月再版。

龍晦《靈塵化境——佛教文學》，四川：人民，1995 年 4 月初版。

王夢鷗〈枕中記及其作者〉，《幼獅學誌》5 卷 2 期，1966 年 12 月。

王　拓〈枕中記與杜子春——唐代神異小說所表現的兩種人生態度〉，《幼獅月刊》40 卷 2 期，1974 年 8 月。

李元貞〈李復言小說中的點睛技巧〉，《現代文學》44 期，1971 年 9 月。

楊皖英〈從杜子春看命定性格〉,《書評書目》38 期,1976
　　年 6 月。

岳　　岳〈杜子春讀後〉,《文藝月刊》156 期,1982 年 6 月。

梅家玲〈論杜子春與枕中記的人生態度〉,《中外文學》15
　　卷 12 期,1987 年 5 月。

張子璋〈真實與虛幻 —— 儒釋道在唐人小說中扮演的角
　　色〉,《國際人文年刊》第 1 期,1992 年 4 月。

〈霍小玉傳〉深層心理結構探析

一、前言

在唐代傳奇作品中，〈霍小玉傳〉是一篇極具震撼力的愛情故事。作者蔣防敘述一個風流倜儻的新科進士李益，與一位出身高雅卻流落煙塵的女子霍小玉相戀的故事。先是在瞬間的相會中，男貪女愛，享盡人世歡樂。既而，男子負心背約，女子終以含恨而卒。這種始亂終棄的愛情故事，個中悲酸，難以言喻，實在缺乏了西洋「羅密歐與茱麗葉」甜蜜而勇敢的愛情氣氛。霍小玉故事中，真沒有愛情的成份嗎？中國人會不會有另一種表達感情的特殊方式？歷來學者的探討，多把這椿愛情故事當作歷史真實事件的反映，指陳為唐代牛李黨爭中的「黑函」行為，或者是蔣氏挾怨抨擊。也有以社會文化論的角度，指陳唐代士子受到名韁利鎖箝制，無法為愛情犧牲。更有厭棄男主角者，責以李益喜新厭舊、逢場作戲，因生活費用可觀，難以籌措，只有中道棄置一途。

明人胡應麟（1551-1602）《少室山房筆叢》卷 36 云：「《廣記》所錄唐人閨閣事，咸綽有情致。」汪辟疆校錄〈霍小玉傳〉時，續云：「此篇尤為唐人最精彩動人之傳奇，故傳誦弗衰。」其「閨閣情致」、「精彩動人」，在情感幽微的表達，與小說技巧的呈現上，值得詳加析論。

二、歷史考察之極限

有關《霍小玉傳》作者及故事人物之考述，當以王夢鷗

〈霍小玉傳之作者及故事背景〉、傅錫壬〈試探蔣防霍小玉傳的創作動機〉二文為最詳。他們在文中討論了作者、男女主角真實身份，以及創作動機。

作者為蔣防的論定，據宋代王銍、吳曾、曾慥筆記中所言，並以為出自《異聞集》。李昉所編《太平廣記》卷 487 載錄此傳，亦云作者為蔣防。《異聞集》編者乃唐末陳翰，原書已佚[1]。斷為蔣防之作，全依宋人之見。蔣氏於兩《唐書》中無傳，後人敘其事蹟，或本明人凌迪知《萬姓統譜》卷 86 所載。其中引述蔣氏賦詩席上，受到李紳援引，據王夢鷗考述，知蔣氏先李紳為承旨學士，毋須李紳引薦。其官場昇謫之事，應可從唐末丁居晦〈重修承旨學士壁記〉，以及蔣氏自撰〈連州放生池銘〉、〈汨羅廟記〉，勾連一二。唐穆宗長慶元年（821）任翰林學士，四年貶為汀州刺史；敬宗寶曆元年（825），或改連州；文宗太和二年（828），過湘陰，奉命往赴宜春。餘事未能繫年。蔣防所以被斷定身涉「牛李黨爭」，主要與李紳有關。李紳元和元年（806）登進士，十四年召為右拾遺，穆宗長慶二年（822）入為翰林學士，遂與李德裕、元稹、蔣防同職。三年，與韓愈爭臺參事，改戶部侍郎。四年，元月穆宗卒，二月貶為端州刺史。後亦沉淪於人海之中。元稹、蔣防等人同年受謫。次年為敬宗寶曆元年，李逢吉仍專政，牛僧孺亦罷。真正的「牛李黨爭」，指牛僧孺與李德裕之爭，應從太和四年（830）李宗閔

---

[1] 《異聞集》，王夢鷗嘗為校補考釋，搜得佚文 41 篇。詳見王國良《唐代小說敘錄》頁 48。

引牛僧孺再入相,以排擠李德裕黨人始[2]。而此時蔣防、李紳、李益等人,早已淡出政治圈子。

李益事蹟,兩《唐書》有傳,近人容肇祖已考述。其生於玄宗天寶七年（748）,代宗大曆四年（769）登進士,曾授鄭縣主簿,六年中諷諫主文科,德宗建中三年（782）中拔萃科,憲宗時為秘書少監,集賢學士,降謫復起,元和十五年（820）轉右散騎常侍,太和元年（827）以禮部尚書致仕,卒年八十有一。李益為何與「牛李黨爭」有所瓜連?史傳云,李宗閔、牛僧孺於德宗貞元二十一年（805）同登進士,憲宗元和三年（809）又同應制舉,條陳失政,不避宰相。李吉甫怒,屏斥當年考策官,其中有李益在列。因此推論李益與牛黨有關,蔣防寫作以諷李益,自應為李德裕、李吉甫黨人。這樣的「等量代換」,顯然不是事實。

霍小玉,使李益蒙上薄倖罪名的女主角,到底是誰?假設此人真如故事中所述,「妾年始十八,君才二十有二」,衡諸李益生年,則應生於天寶十一年（752）;而死於兩年之後,為大曆六年（771）。故事中屢稱伊為「故霍王小女」;史書所載,霍王李元軌是唐高祖十四子、太宗兄弟,垂拱四年（688）坐與越王貞謀反,死於徙黔途中。其子緒坐與裴承先交通,被殺。中宗神龍初（705）追復兩人爵位,並封緒孫暉襲嗣。開元中,仍賜官銜。天寶後無載,恐因戰禍毀家。依時間上的關聯,小玉不可能為李元軌或李緒之女,但

如果說是李暉之女，似無不可[3]。唯小玉應冠李姓，或借襲母姓為鄭，何以遽稱霍姓？

以史實考述的態度，所能得到客觀的觀察，或僅如此。王夢鷗指出，蔣防寫作動機，一是黨爭下的怨怒之語，二是李益門第高、才華盛，得憲宗寵召，不改其好色善妒的狂態，欺侮僚屬，所以揮筆懲尤。傅錫壬亦認為：蔣防蓄意寫李益輕薄、負心、絕情。小玉死後，又寫李益猜忌妻妾之疾，分明有惡意攻詰、揭發醜聞的意圖。如果仔細推敲，蔣防與李益間的關係，多係猜臆之辭，其寫作動機則有誤判的可能，而且無法玩味小說虛構幻造下，所表現的真實人生了。

三、小說故事原型之考察

〈霍小玉傳〉是不是一篇寫實小說呢？作者既以同時代禮部尚書李益事蹟為藍本，寫李益雙十年華進士及第後的風流韻史，攙入從兄尚公、中表弟崔允明、摯友韋夏卿、肅宗七女延光公主[4]等人的名號，還附會女主角小玉為霍王小女；並且極力描寫本傳中所載李益「少有癡病，而多猜忌。防閑妻妾，過於苛酷」的諸多事實，分明要使讀者信以為

---

3 劉開榮、王夢鷗、劉瑛皆指小玉為霍王李元軌小女，唯何滿子稱李暉之女，後者所稱較為合理。

4 王夢鷗《唐人小說校釋》中作延先公主，然頁 210 註：明活字《太平廣記》作延光公主。並引《新唐書》卷 83，知為肅宗第七女郜國公主，初封延光，下嫁裴徽，又嫁蕭升等等，以其「多外遇，宜其常與手藝人接近」。臆斷或為「延光公主」，然未能逕改原文。

真。

　　然而〈霍小玉傳〉仍有借取前人故事模式，作為基型。劉開榮最先指出〈霍小玉傳〉與元稹〈鶯鶯傳〉的輪廓彷彿，都是歡場男女「始亂之、終棄之」的不幸結局[5]。故事中男女主角雖有情愛，受限於現實的障隔，終於分手。這種有情無緣的「情緣悖離」模式，兩則故事幾乎相同。

　　但類近「中宵而泣」的情節，可以上推到《戰國策・魏策》之中，魏王寵妾龍陽君的「泣魚」。龍陽君與魏王同船垂釣，一連釣上了十多條魚，越釣越見大魚，她想把小魚丟棄，卻勾動了內心深處，哭泣起來。她說：「四海之內，美人亦甚多矣。聞臣之得倖於王也，必褰裳而趨行，臣亦猶臣前所得魚也。」（卷 4）此與小玉「中宵而泣」的心情無異。

　　另一個重要的「返魂相會」基型，見於晉朝干寶《搜神記》卷 16 紫玉故事，或許才是〈霍小玉傳〉真正的藍本。原型中，吳王夫差之女紫玉，與韓重私許終身，得不到認可，遂抑鬱而終。韓重學道歸來，靈前祭弔。紫玉墓側現

5　劉開榮另引述孫棨《北里志》，記載個人邂逅王團兒假母之女福娘。福娘每於「宴洽之際，常慘然悲鬱」，詢其悲情，則曰：「此蹤跡安可迷而不返耶？又何計以返？」一日，以紅箋授孫棨，詩曰：「日日悲傷未有圖，懶將心事話凡夫，同覆水應收得，只問仙郎有意無。」又常泣請為贖身，然為孫棨所推拖。再入京，已為豪者主之。後於曲水修禊，偶見之，得其詩，悵然馳回，不復相見。這個故事與〈霍小玉傳〉、〈鶯鶯傳〉輪廓彷彿。然孫棨係唐僖宗（874-887）時翰林學士，《北里志》則「記大中（847-854）進士遊狹邪雜事」，志前有序署「中和甲辰（884）歲」。此作出現時，蔣防已死約半世紀，當為〈霍小玉傳〉、〈鶯鶯傳〉續貂之作方是。

形，吟嘆哀歌。迎韓重返家，宴飲三日夜，贈明珠為別。韓重言其事於吳王，為追捕，乃訴於小玉墓塚。小玉梳妝見吳王，敘說原由。吳王夫人前來擁抱，小玉即化為輕煙散去[6]。這則愛情故事在當時一定非常流行，所以白居易曾寫下詩句：「吳妖小玉飛作煙，越豔西施化為土」[7]；在〈長恨歌〉中，道士到了蓬萊仙島訪楊貴妃時，轉報消息入內的是小玉和董雙成。小玉被白居易請進蓬萊之境，做了傳達愛情的信使。

如果〈霍小玉傳〉運用了紫玉的故事原型，是不是也要做男女情愛的傳達天使？霍小玉所以託名為小玉，曾喚侍婢浣沙於市集中出售紫玉釵，為老玉工識察。「紫玉釵」不就是象徵這位「貴人男女，失機落節」的信物嗎？霍小玉死後，李益為之守喪。將葬之夜，忽見小玉從靈帳中坐起，顏色如生，說：「愧君相送，尚有餘情；幽冥之中，能不感嘆？」言畢，遂不復見。此與紫玉魂出相會，情愛綣綣神態，頗為相似。

這樣的故事借取，看起來很隱晦。其實是因為「冥婚」模式的雜入。在《搜神記》同卷中，尚有〈辛道度〉、〈崔少府墓〉故事，男女於冢墓幻遇，相處三日，臨別贈以寶物，後因寶物而為女家認親。同卷另一則〈談生〉故事，相處時

---

6 唐人常沂《靈魂志》，收吳王小女故事，改題為〈韓重〉；見清王文誥所輯《唐代叢書》頁 826。後人轉載多，題〈韓重〉或〈吳王女玉〉皆有，如宋李昉《太平廣記》卷 316 署前者，明馮夢龍輯《情史》卷 10〈情靈類〉署後者。

7 白居易詩〈霓裳羽衣舞歌〉，在《全唐詩》卷 444。

間二年，鬼妻復生失敗，然結局仍以認婿、認外孫為終。

「冥婚」模式，於〈霍小玉傳〉，自是未見。如果有勉強契合處，可指出霍小玉因玉釵而被證實為霍王小女，所以得到延光公主十二萬錢資助。或可以算是「冥婚」模式中「認親」結局的變體吧！

「情緣悖離」的現實悲劇，與「返魂相會」陰陽互通的想像世界，是兩種性質不同的故事類型，但在〈霍小玉傳〉中結合了，把「豔情」淒豔的色彩與「冥婚」中陰慘的氣氛，塗染成人間一樁不完美的愛。

黃衫客的設計與運用，也是值得注意的。黃衫客出場的時候，「衣輕黃紵衫，挾弓彈，丰神儁美」，身後跟著一個「剪頭胡雛」；似乎是西域胡人行頭，與中原人士大相迴異。他自稱：「某族本山東，姻連外戚」，是太原李唐的本家，還是外家？也是個自託之辭。他「潛行而聽之」，冒然邀請李益前往自宅聲色相娛。當時李益同輩五六人，「共聆斯語，更相歡美」，竟無一人識得此長安大豪。李益拒入鄭宅，「豪士遽命奴僕數人，抱持而進。」這奴僕數人，從何而來？俄頃，「酒饌數十盤，自外而來，悉是豪士所致」，豪士又如何備盡設宴？酒饌既至，黃衫客已杳無蹤影。小玉死前，從不曾親見其人，卻可以在前一夜「夢黃衫丈夫抱生（李益）來」。從各種跡象顯示，黃衫客來無影、去無蹤，又能穿入女主角的夢魂中，必然具有「特異功能」。由於有黃衫客這樣的角色存在，小玉死後又能化為厲鬼作祟，增強了「怪力亂神」的色彩，無異宣告這篇小說無法運用日常的寫實文體來判讀。

四、故事人物深層心理之考察

　　小說中的人物與情節有互為發展的關係。探討情節鋪排，可以瞭解人物的性格與行為動機；就人物的行事法則，也可以瞭解情節安排合理與否。

　　〈霍小玉傳〉的主要情節，可概分初識、盟誓、睽離、賣釵、奇遇、死訣、冥會、鬼祟、疑妒九段。（一）初識：李益年少及第，意興風發，候職於京師，每每出入聲色場所，思得名妓。經鮑十一娘媒介，初識十六歲才情少女，已為美色所動。首次見面，低鬟微笑的小玉卻說：「見面不如聞名，才子豈能無貌？」李益答以：「小娘子愛才，鄙夫重色；兩好相映，才貌相兼。」（二）盟誓：初歡之夜，小玉哭了，她說：「妾本倡家，自知非匹。今以色愛，託其仁賢。但慮一旦色衰，恩移情替，使女蘿無託，秋扇見捐，極歡之際，不覺悲至。」李益感動之際，且且起誓，寫下了盟約。兩年之後，李益以書判拔萃登科，授鄭縣主簿。觴別之際，小玉說：「妾年始十八，君才二十有二，迨君壯室之秋，猶有八歲。一生歡愛，願畢此期。然後妙選高門，以諧秦晉，亦未為晚。妾便捨棄人事，剪髮披緇，宿昔之願，於此足矣。」李益聽了，且愧且感，再申舊約，以示不忘。（三）睽離：待李益返家省親，嚴母已約婚表妹盧氏，且需聘金百萬。為從母命，遠赴江淮，求貸鄉里親友。因此辜負盟約，睽離在外。（四）賣釵：小玉得不到音訊，乃「博求師巫，遍詢卜筮，懷憂抱恨，周歲有餘。羸臥空閨，遂成沉

疾」，訪尋不得，財賂用盡，乃變賣紫玉釵等服玩之物，得延光公主同情與資助。中表弟崔允明透露李益來京消息，小玉「遍請親朋，多方召致」，而李益「自以愆期負約，又知玉疾候沉綿，慚恥忍割，終不肯往」。（五）奇遇：時已三月，人多春遊。李益遇黃衫客邀請，卻被拐入勝業坊小玉居所。兩人別後，得其義助，終能一見。（六）死訣：小玉先有夢兆，病中自起，梳妝相待。與李益相見之後，舉杯酬地，發下毒誓：「我死之後，必為厲鬼，使君妻妾，終日不安！」擲杯而死。（七）冥會：李益守喪，小玉自繡帷中坐起相會，嗟嘆而逝。（八）鬼祟：月餘，李益與盧氏成親，同赴鄭縣任職，兩度為鬼幻惑，疑妻不守婦節，暴加捶楚，終至休離。（九）疑妒：李益再娶、三娶，或與侍婢同枕席後，便加酷虐，疑妒之病，成為終身之患。

　　一般人同情小玉，紛紛譴責李益為了個人前途，而犧牲了愛情。也有人質疑他們兩人是否真情，還是僅存假愛？從兩性不同的立場來探討，或者比較容易明白真相。李益所以請「追風挾策，推為渠帥」的鮑十一娘為媒，「博求名妓」，他的出發點並不是要選擇婚姻伴侶。可巧他遇上了一個「不邀財貨，但慕風流」的女子，一見面就以「見面不如聞名」來挑釁，李益也不甘示弱，機智的回答，顯露個人好色的本性與辯才無礙，佔盡便宜。等到初夜時分，小玉床笫泣訴，又要他著書立盟，所謂「引諭山河，指誠日月」，此時李益心中真有「愛」嗎？歡場中以言詞相互挑刺，以遂情慾，誠意安在？小玉的悲泣，不免引發同情之心，衝動中立誓，安能於異日無悔？兩年後，李益授職，返鄉省親，小玉要求他

留存八年恩愛的期限，他的表現是「且愧且感，不覺流涕」；到底是順應母命，擇偶聘娶，穩當的走入社會的牢籠、官場的規範中，還是去履行兩人的私約？沒有太多思考的時間，李益前往江淮向親友借貸聘禮時，已辜負了盟約，耽擱了回程。除此之外，他還企圖封鎖消息，以阻斷小玉的想望。從事實的表象來看，他是自私的。他沒有勇氣抵抗家庭和社會的安排，一味地追求高門第、好功名，自然要犧牲小玉了。但從另一個角度看，他們兩人「不健康」的關係，瞞人耳目的戀情，正是接受考驗的時候了。他還不能肯定兩人之中是否有愛情存在？如果有，便攪亂了他生活的步調；如果沒有，他豈不是自作多情？等到聽見小玉病重的消息，他知道猜錯了。無心種下的情愛，已氾濫成害。長安市街上，有人佇足痛罵他的薄倖，他只有「慚恥忍割」，避易鄉里。一直到李益神情恍惚之間，遇見黃衫客，被迫去面對死前的小玉。在小玉怨詈與詛咒之下，還是沒有開口認錯。他無心播種的情愛，在言語輕狂中怠慢了，在行跡掩藏中忽略了，在滿懷歉疚中割捨了，在愛人死亡前吞嚥了。先前「濫肆言愛」，爾後「愛而不能言愛」，真是李益最大的病灶。他保留了「死不認錯」的大男人顏面之外，還得到了什麼？小玉的「死諫」，他終能縞素守喪；小玉的「死戀」，讓他揮不去餘情依依。一個多月以後，李益娶了盧氏，因為受到「惡靈」的作祟，疑妻不貞，捶楚毒虐，竟至休棄。與侍婢小妾同枕之後，便猜妒設限，甚或殺害。這個悲慘結局，論者多以小玉為「惡靈」的化身；但如果從潛意識心理考量，李益施暴於妻妾，是一種反向作用。當他個人抉擇錯誤，又受到

環境強大的壓力，無法保有對霍小玉的情愛時，身旁的妻妾
反而視如草芥。「得不到的，才是最珍貴的」，這句話或許是
言情小說的濫殤，但對於李益的遭遇，可以得到佐證！有情
的、摯愛的，不能在身邊；在身邊的，變成無情義而贅累！
積抑內心的悲慟，經時間的壓縮，轉換成惡毒的行為，宣洩
在妻妾身上。這個「惡靈」，應該是生自李益的內心深處。

　　就霍小玉的立場，她應該追求這樁無望的愛情嗎？且不
論她是否為霍王小女，淪落長安勝業坊，已是事實。她「高
情逸態，事事過人；音樂詩書，無不通解」，自然不肯屈膝
於風月場所，如果能攀附才子逸士，也能夠一遂心願。此所
以鮑十一娘稱她：「仙人謫在下界，不邀財貨，但慕風流」。
如果不能逃避淪落風塵，她祈求「從一而終」，仿如良家閨
女。當她選擇李益為入幕之賓，害怕「一旦色衰，恩移情
替，使女蘿無託，秋扇見捐」，所以悲從中來。而李益貪歡
之際，信口又說：「粉身碎骨，誓不相捨」；她寧可欺騙自
己，沉入愛情的漩渦。李益既授官職，返鄉省親；霍小玉再
一次正視她個人的「前途」。她瞭解李益「堂有嚴親，室無
冢婦」的現實問題；自己的身份，不可能進入李家「主中
饋、執箕帚」。她知道自己無所依憑，自卑的情結及渴望攫
取幸福的意圖，糾結一團。所以她向李益要求延續八年相處
的時光。八年以後，李益可以「妙選高門」，而她願意遁入
空門，長伴青燈。她表現出「愛是犧牲而不是佔有」的偉大
情懷；但仔細考量，在歡場中無端引起的焦慮，或對愛情提
出「有條件的讓步」，都足以說明小玉缺乏自信，得失之間
無法自處，而嚴重地錯亂腳步。當李益愆期未返，她仍然執

迷不悟，求卜問卦，甚至「賂遺親知」；資財空竭後，又變賣玉釵，成為市坊間流傳的話題。試問，在此等流言下，李益有迴身的餘地嗎？既無轉圜機會，「期於一見」，遂成夢想；小玉因之「冤憤益深，委頓床枕」。黃衫客從夢中而來，挾李益入宅。小玉「側身轉面，斜視生良久」；既拒李益於背，卻又無法忘情，冤憤難了。由愛生恨，此情難了。小玉死後，是否真為厲鬼，使李益妻妾難安？既為厲鬼，又何須現形於李益面前，唒嘆餘情？她報復的對象，不是李益，而是無辜的其他婦女。這樣的「惡靈」，是否稱職呢？與李益之間的情感，她還是無法放下，容不得其他的婦人「分享」。從此觀點，霍小玉追求情愛的態度是熱烈的，死生以之。她的個性是統合的，情愛與報復，成了一體之兩面。論者以為報復行為破壞了小玉「溫柔敦厚」的形象[8]；其實她剛烈的個性，寧死不屈的追尋，竟然超過了世俗間「貞節烈女」的忠貞程度。

　　除了李益、霍小玉之外，黃衫客的造型特殊、行事詭譎，具有「特異功能」，他的出場恐怕不是幫助排憂解難的「手段」而已[9]，或許可以深入探討所暗藏的玄機。李益與長安眾友，僅在春遊崇敬寺見過黃衫客一面，被挾持入鄭家

8　朱昆槐稱，霍小玉報復會破壞溫柔敦厚的形象。傅錫王指出：若作者宣揚因果報應，交待又十分模糊。對「李益疾」的安排，有一定的作用。惜未深入討論此一「作用」。

9　陳平原《千古文人俠客夢》頁 49，認為蔣防〈霍小玉〉、許堯佐〈柳氏傳〉和薛調〈無雙傳〉裡，俠客的出場只是幫助排憂解難的手段。此說無誤，然推敲故事的內在結構，黃衫客的意義，應不止此。

後，不復得見。而小玉現實界中，未曾與之交遊，夢中所見黃衫丈夫，是否即是黃衫客，亦未必能知。既然黃衫客與男、女主角的關係如此，會不會也是男、女主角潛意識中的一部份？如果我們從幻想小說，或「怪力亂神」的角度上推敲，則黃衫客未嘗不是李益的「良知之神」，或者是小玉的「本命神」，也可能是作者和讀者潛意識間的「靈聚」。李益「慚恥忍割」，「惡靈」雖勝，然「良知之神」猶在，受韋夏卿等友人嘲諷，遂於「神情恍惚」之際，前來訣別。而小玉想望熱切，在「沉綿日久，轉側須人」的情形下，釋出「本命神」，拘李益返回跟前，自己則「恍若有神」，更衣而出，履踐死亡前的相會。至於說是讀者、作者間的「集眾潛意識」，又如何解呢？在社會殘酷的現實壓力下，怨偶暌離，也不知凡幾？通過黃衫客的義助，讓這一對「情緣悖離」的戀人，完成「既合而解，又當永訣」宗教般的獻祭儀式，一洗眾人心中的罪愆！從此處領會，「黃衫客」象徵世間同情、自覺與追尋的總總努力，稱為人間情愛的「巨靈」，當之無愧。

五、社會文化深層心理的考察

從上節的討論，李益與霍小玉的「真情與假愛」，昭然若揭！如果我們以兩刀論的方式，來論斷他們只有真情，或徒有假愛，恐怕都沒有辦法觸及事實真象。讀者多半同情小玉，而譴責李益；文中也說「風流之士，共感玉之多情；豪俠之倫，皆怒生之薄倖」，這也可以看成人間「巨靈」積聚

「集眾潛意識」，所發出的偉大力量！明馮夢龍（1574-1646）借友人長卿之言，說：「玉之以憐才死，以鍾情死，以結恨死，而猶不忘李郎也。三娶之後，小玉在焉。其恨之極，妒之極，正其愛之極也。[10]」

在眾人嘆賞之餘，或許更應該仔細想一想，霍小玉的表現是「真愛」嗎？小玉先是自卑退縮，得到李益的允諾，兩人相處「若翡翠之在雲路也」；李益離開時，要求「八年之約」；知道李益變心負約，仍然期於一見，想望不移。這樣的情感熱烈、忠貞不渝，甚且犧牲性命，在所不惜。對李益，甚或傳統社會中的男子們，自然是感激萬分，而可以涕泗縱橫了。

李益虐妻殺妾，絕對是一種精神病態。如解釋為霍小玉的鬼祟，或李益反抗社會壓力，為得不到的愛情而進行變相報復，似乎也可以被接受。

但只要落實在「愛情真諦」的探討，霍、李的情感也有被質疑的可能。細分「愛情」三層次：佔有、共享與割捨。則霍、李之間共享少，割捨難，佔有強。小玉不懼身份的卑下，無法與士族明媒正娶，可是她一如良家子女，要求「從一而終」的愛情，其情可憫，然其行可議！既然得不到全部，八年也好！八年得不到，見面也好！見面做什麼呢？無法佔有，就把愛情毀了吧！殉情，可以佔有情愛的全部嗎？厲鬼虐人，可以滿足個人佔有慾的嗎？或許像元稹（779-

---

10 明馮夢龍輯《情史》卷十六〈情報類〉，改〈霍小玉傳〉名為〈李益〉。文後有總評。

831）《會真記》中鶯鶯那樣，勸勸李益：「還將舊時意，憐
取眼前人」，自己「剪髮批緇」，終老青山，何必等待那八年
的約期，更何況已經蹉跎兩年了，難道要更改期約，讓李益
晚兩年，再去行他的「妙選高門，以諧秦晉」嗎？小玉既然
無法佔有，也無法割離，只有讓愛情徒成遺憾！李益呢？他
雖能「慚恥忍割」，獨自抱著薄倖罪名，隱忍地懷著情愛；
但是在小玉死後，他可以選擇終身不娶，或者娶妻生子，取
子名為「思玉」、「懷霍」，紀念這一樁永恆的愛情。毒虐妻
妾，就可以安慰自己，永懷小玉嗎？要求妻妾貞節，就可以
抵過失去的小玉嗎？李益年少時荒誕愛情，婚前躲閃真情，
小玉死時追悔戀情，結婚之後凌遲親情；他的病源來自何
處？

　　婚姻制度，是不是霍、李之間愛情的劊子手？唐代皇帝
為防止舊士族通婚，以擴張勢力；而舊士族為保血統純正，
不肯與皇室通婚。門第觀念，直承六朝風氣。當時律法又很
嚴格，禁止士族與社會底層的「賤民」通婚；奴婢不能作士
子之妻，只可以扶升做妾。籍屬教坊的女子，可以在歡場歌
舞，與士子逢場做戲；不可能明媒正娶迎入家門[11]。白行簡
（?-826）所撰《李娃傳》，李娃也必須贖身多年，遠離故
鄉，在成都「築別館以處之」，然後「命媒氏通二姓之好，
備六禮以迎之，遂如秦晉之偶」，也要一番「漂白」手續。
這樣的婚姻制度，其實是幫助政治權力的穩固而存在，不論

11　見吳志達《唐人傳奇》頁 54，〈唐傳奇對士族婚姻制度的批評〉，其所本
　　資料自《新唐書・白敏中傳》及孫棨《北里志・序》。另《唐律議疏》、
　　《大唐六典》等，多有記載。

唐代，整個古代中國，在封建世襲制度之下，都是如此。當然我們也可以看到女性的反撲，如漢呂后、韋后、唐武后、清慈禧等等，但最終她們還是佔用整個父系威權的架構。在這種父權架構下，驕傲與權力是不安穩的，「男性在公共領域的優勢之下，潛伏著岌岌不安與愛憎交加的心思[12]。」而杜芳琴轉述俄人恩格斯的理論：「男子對婦女絕對的統治乃是社會的根本法則」，引申出：「貞專道德是出於男性佔有慾的須要，妻子既成為丈夫的私有財產，女子的貞操也被丈夫獨占，他人覬覦或妻子不忠都會使丈夫不能容忍，最好的辦法是給妻子帶上『貞操帶』，將身心鎖閉[13]」李益受到社會所付予的「威權」，可以公然包娼挾妓；可以「妖姬八九人、駿馬十數匹」，為他所欲；可以對妻子「暴加捶楚，備諸毒虐」；對「侍婢暫同枕席，便加妒忌」；對犯事之姬「以某法殺之」；或以澡盆覆營十一娘於床上，「週迴封署，歸必詳視，然後乃開」。在社會文化深層心理的影響下，李益是毫無「知覺」的犯下這些惡行，甚至還受到「法律的容許」；而讀者在怒斥李益的薄倖，似乎也忘了他們在同樣潛意識心理中，盛讚霍小玉的「堅貞專情」，而忘了為李益毒虐的其他女子申張公道[14]。

---

12 以上參考或引述于、張合譯《當代人類文化學》頁 410〈婚姻、家族與社群〉；頁 714〈婦女人類學〉。

13 在杜芳琴《女性觀念的衍變》頁 135。

14 俞汝捷《幻想和寄託的國度》頁 132，認為作者「缺乏平等的觀念，心中的天平永遠傾向男性世界」，「小玉的鬼魂竟然以李益無辜的妻妾為報復對象，說明作者對於女主人公之外的其他女性仍然缺乏普遍的同情」此說頗是，唯對作者的責難，顯然沒有掌握到社會文化潛意識心理的反映。

六、結論：多元思考可以帶來心的解放

　　蔣防〈霍小玉傳〉採取了當代歷史素材，成功的表現歷史人物李益的「善妒」個性，也揭露了唐代士子受制於名韁利鎖，而作賤愛情的醜態。歷來學者以「牛李黨爭」的政治風潮，來附會解釋，其實也呈露了政治間「只能獨佔，不能共享，更不能割捨」的潛意識心理，竟與霍、李之間的愛情模式，如出一轍。

　　蔣防的寫作技巧，是不會因為政治的附會而褪色的。這個愛情故事有一個嚴密的結構，不僅可以表現小玉與李益之間愛情的心理糾結，也暴露千古以來，在封建文化營造的婚姻制度下，如《詩經》裡的「菟絲附女蘿」，《戰國策》的龍陽君「泣魚」，漢朝班婕妤《怨歌行》的秋扇「棄捐篋笥中，恩情中道絕」，永遠演不完的人間悲情。流傳的豔情與冥婚故事，都可以從潛意識心理學的角度，解釋出社會制度的良莠與不完美的愛。也使後代發展出縷縷不斷煙粉小說，來訴說女性的復仇。

　　要譴責唐人捐情愛、趨功名的醜態，倒不如檢討整個社會文化所構建的陷阱。我們應該同情小玉的遭遇，可是不能僅僅歌頌她的「貞節意識」。在兩性平等的社會中，如果男性還沒有自覺男性的「貞節意識」，為什麼要當傳統社會文化的幫凶，繼續無端的壓抑女性。

　　男女之間感情表達的方法，應該是永恆學習的課題。蔣防以霍小玉悲劇的方式，讓小玉走入不可抗拒的命運中，最

後揮霍了生命，犧牲了自己。在這則故事中，悲劇是必然的，因為悲劇而凸顯問題，並賺人熱淚；貞潔是必然的，因為「紫玉釵的賤售」，而呈顯兩性不平的社會潛意識心理；愛情是必然的，因為每一個人都走過婚姻或愛情的抉擇；作為小說也是必然的，藉著史材，諷刺世人，活寫愛情，澆人塊磊。

做為現代讀者，有幸於開放的社會，可以用多元的心情思考，讓每一篇作品，及每一個不同的生命個體，都能得到真正的解放。或許才是我們閱讀蔣防〈霍小玉傳〉，可以擁有的最大收穫。

（原載《東海學報》37 卷，頁 93-105，1996 年 7 月）

參考書目

（古書版本多見，易於檢視，故僅錄近人書目）

朱昆槐〈一篇不平凡的唐朝小說霍小玉傳試評〉，《現代文
　　學》44 期，頁 180-187，1971 年 9 月出版。

王夢鷗〈霍小玉傳之作者及故事背景〉，《書目季刊》7 卷 1
　　期，頁 3-10，1972 年 9 月出版。

傅錫壬〈試探蔣防霍小玉傳的創作動機〉，《古典文學》第 2
　　集，頁 183-197，台北：學生，1980 年 12 月出版。

王國良《唐代小說敘錄》，台北：嘉新水泥，1979 年 11 月
　　初版。

容肇祖《唐詩人李益的生平》，嶺南學報 2 卷 1 期，1931 年
　　嶺南大學編印。

湯承業《李德裕研究》，台北：嘉泥文基會，1973 年 6 月初
　　版。

朱　桂《牛僧孺研究》，台北：正中，1976 年 7 月初版。

劉開榮《唐人小說研究》，台北：商務，1968 年 2 月臺二
　　版。

劉　瑛《唐代傳奇研究》，台北：正中，1982 年 11 月初
　　版。

吳志達《唐人傳奇》，台北：木鐸，1983 年 9 月臺初版。

王夢鷗《唐人小說校釋》，台北：正中，1983 年 3 月初版。

杜芳琴《女性觀念的衍變》，河南：人民，1988 年 10 月初

版。

俞汝捷《幻想和寄託的國度》，台北：淑馨，1990 年 3 月臺初版。

何滿子《中國愛情與兩性關係》，香港：商務，1994 年 4 月港初版。

陳平原《千古文人俠客夢》，台北：麥田，1995 年 4 月臺初版。

于嘉雲、張恭啟合譯，陳其南校訂，基辛（R.Keesing）著《當代文化人類學》Cultural Anthropology: A Contemporary Perspective，台北：巨流，1981 年 3 月初版。

唐傳奇歷史素材的借取與再創

——以王維、王之渙故事為例

一、前言

提起唐人傳奇小說相關的原始文獻，總讓人聯想到南宋趙彥衛《雲麓漫鈔》中所云：

> 唐之舉人先藉當時顯人以姓名達之於主司，然後以所業投獻，踰數日又投，謂之溫卷，如《幽怪錄》、《傳奇》等皆是也。蓋此等文備眾體，可以見史才、詩筆、議論。至進士則多以詩為贄，今有唐詩數百種行於世者是也。[1]

這段文字的內容，交代了三件事情：（一）唐代舉人應進士科考試之前，有「溫卷」的習慣，而《幽怪錄》、《傳奇》中的作品為「溫卷」而作；（二）唐人在傳奇小說中展現史才、詩筆與議論的書寫能力；（三）至於進士則以詩為專擅，書寫甚多，因此有唐詩數百種流行於世。

歷來，劉申叔、陳寅恪、劉開榮等人延續了「唐傳奇作品為舉人投卷之作」的論點，羅聯添則引述吳庚舜、馮承基兩位論述，並加以闡發，舉出現存唐傳奇作品，包含趙氏提及裴鉶《傳奇》、牛僧儒《幽怪錄》之作，沒有任何一篇可以證明為「溫卷」作品，然而以古文、詩、賦、歌篇、古詩

1　趙彥衛《雲麓漫鈔》（瀋陽：遼寧教育出版社，1998 年 12 月）卷 8。

為投獻的作品則有之[2]。

在文學史的談論上，儘管程千帆在 1980 年《唐代進士行卷與文學》一書中提出「投行卷」與「納（尚書）省卷」的新解，說明唐代科舉並不糊卷，考官可以看見應試舉人的姓名。應考生為了增加及第的可能，或者爭取好名次，因此將自己平日的詩文編輯成卷軸，在考試之前呈送當時在社會、政治和文壇上有地位、有影響的人，請求他們向主司，即主持考試的禮部侍郎推薦，從而增加自己及第的希望。這種風尚就叫做「行卷」。數日又投，謂之「溫卷」。程千帆認為趙彥衛的這段話，「告訴了我們唐人用傳奇小說行卷這個重要事實[3]」。他還引述北宋錢易（968-1026）《南部新書》甲卷，云：「李景讓典貢年，有李復言者，納省卷，有《纂異》一部十卷。榜出曰：『事非經濟，動涉虛妄，其所納仰貢院驅使官卻還。』復言因此罷舉。」這是個孤証，與《雲麓漫鈔》一樣，是宋代所出的筆記；更何況直接駁斥傳奇作品「事非經濟，動涉虛妄」，不能作為「投卷」的作品。從這個角度觀察，羅聯添等人論斷唐傳奇作品與「溫卷」沒有

---

2 羅聯添〈唐代文學史兩個問題的討論〉，《書目季刊》11 卷 3 期，1977 年 12 月；收入羅聯添主編《中國文學史論文選集》（台北：台灣學生書局，1979 年 3 月）第 3 冊，頁 1165-1183。吳庚舜〈關於唐代傳奇繁榮的原因〉，羅聯添引自《文學研究集刊》第一冊；而馮承基〈論雲麓漫鈔所述傳奇與行卷的關係〉，《大陸雜誌》35 卷 8 期；收入羅聯添主編《中國文學史論文選集》（台北：台灣學生書局，1979 年 3 月）第 3 冊，頁 1157-1163。

3 程千帆《唐代進士行卷與文學》，收在《程千帆全集》（，石家莊：河北教育，2001 年 5 月）卷 8，頁 9。

必然關係，是可以成立的。

直接與「投卷」有關的故事，多半是詩作。白居易（772-846）的〈賦得古草原──送別〉，是在貞元三年（787）考前向顧況（727-815?）投遞行卷[4]；而朱慶餘（797-?）則作有〈閨意上張水部〉，在考前向張籍（766-830?）投卷[5]；而盧儲[6]則在元和十四年（819 年）赴長安，向尚書李翱投贈詩文，求李薦舉；不僅成功的中進士，還獲得李翱女兒的青睞而結成連理。這些故事均以詩作投卷。

近讀薛用弱所輯《集異記》中，有王維和王之渙為素材的兩篇故事，仍然扣住了「溫卷」與「詩作」的議題，提供了可資討論的素材。

薛用弱，字中勝，唐河東（今山西永濟）人，生卒年不詳。文宗大和初年（827）或稍後自儀曹郎出為光州刺史[7]，穆宗長慶年間（821-824）仍在職上。著有《集異記》[8]。

---

4 白居易（772-846）〈賦得古草原─送別〉，是在貞元三年（787）考前向顧況（727-815?）投遞行卷，事見辛文房《唐才子傳》卷 6。

5 朱慶餘，名可久。唐代越州（今浙江省紹興市）人，臨試，害怕自己的作品不合主考官要求，因而寫了這首詩，向水部員外郎張籍（768-830?）的徵求意見。後來中寶曆二年（西元 826 年）進士。事見《唐詩紀事》卷 46；詩則見錄於高棅《唐詩品彙》卷 52，《全唐詩》卷則改題為〈近試上張水部〉。

6 盧儲因詩獲李翱女青睞，結為連理。事見《唐詩紀事》卷 52。詩見《全唐詩》卷 369，第 11、12 首。

7 皇甫枚《三水小牘》，轉引自《太平廣記》卷 312。

8 《集異記》，有著錄 3 卷者，如《新唐書》、《崇文總目》、《通志》；1 卷者，如《宋志》、《四庫全書總目》；2 卷者，如《郡齋讀書志》、《顧氏文房小說》。中華書局以上海涵芬樓《顧氏文房》景印本排版印刷，載錄 16 條

《四庫全書總目提要》盛稱「其敍述頗有文彩，勝他小說之凡鄙」；近人汪辟疆以為是「唐人小說中之魁壘也」。雖屬小說家者之言，但《集異記》往往被後代當作「史料」，經常引用。為了要說明唐人「有意」傳述傳奇小說，有其虛構性，並非為了「還原歷史真相」而撰著，本文嘗試以王維、王之渙兩則故事為考察的對象。

二、王維故事與歷史事件的對照

收在薛用弱《集異記》中的王維故事，描述年未弱冠的王維，以文章、音樂見長，擅彈琵琶，因此進出王公貴人的宅邸，獲得岐王賞識。當時張九皋名聲很大，公主已經寫信給京兆試官，希望選他為「解頭」。岐王讓王維穿上錦繡的衣服，拿著琵琶，至公主府第，獨奏鬱輪袍曲，贏得公主的嘆賞。王維進而呈上舊作十篇，更得到公主的歡心。岐王趁機要求公主放棄提拔張九皋，轉而推薦王維。王維得到公主的首肯，因此輕鬆獲得「解頭」的名目，接著又一舉登第。透過關說，順利取得了京兆考試「解頭」的頭銜。

收在正史的王維本傳，先後有劉煦《唐書》、宋祁《新唐書》傳述[9]。《唐書》中文長約七百字，文首交代原籍、及

之外，尚根據《太平廣記》、《新編古今類事》，增補為 72 條。王汝濤編校《全唐小說》（濟南：山東文藝出版社，1993 年 3 月）頁 617，則根據前作。梁明娜《薛用弱集異記研究》（台北：東吳中文所碩士論文，1991 年 3 月），整理出 82 條，其中多條仍有疑義。

9　王維本傳見劉煦《舊唐書》卷 190、宋祁《新唐書》卷 202。

第、歷官。其次，為天寶陷安祿山之手，引述所作〈凝碧詩〉文本，以及弟縉搭救而免罪；乾元以後，官至尚書右丞。第三，評王維詩、書、畫成就與交遊。並舉王維指出〈奏樂圖〉中奏「霓裳第三疊第一拍」。第四，指出王維晚年長齋，住輞口，與道友裴迪往來，賦詩《輞川集》。信佛，亡妻後獨居三十年。乾元二年（759）七月卒。第五，敘述臨終之前，修書親故與弟縉。第六，弟縉收集維詩四百餘篇，呈予代宗。

《新唐書》中僅四百五十字左右。文首交代「九歲能屬辭，與弟縉孝友。開元初擢進士，調大樂臣，坐累為濟州司倉參軍。張九齡執政，擢右拾遺。第二，祿山迫為給事中，賊平，下獄，或以詩文聞行在。縉削官贖維罪。肅宗憐之。第三，上元初卒，年六十一。疾甚，作書別縉。第四，工草、隸，善畫。寧、薛諸王，待若師友。客有以〈按樂圖〉示者，維指出：「此霓裳第三疊最初拍也」。證之果然。第五，信佛，居輞川，與裴迪遊，喪妻不娶，孤居三十年。第六，寶應中，代宗向縉問維作品，遣王華往取，得集數十百篇。

在這兩段正史文字中，卒年一作「乾元二年（759）七月」，一作「上元初（760）」，有所不同；其餘文字，均在說明王維家世、歷官，秉性堅貞，忠君、孝母、友弟、思妻、慎獨。擅詩、書、畫、樂。也共同引述「王維即畫識曲」，來強調王維知畫識曲的才能。

清乾隆年前間趙殿成（1683-1743）作《王右丞集箋注》，指出「王維即畫識曲」的記載，係來自《國史補》、

《圖畫見聞志》、《夢溪筆談》，然則「霓裳曲凡十三疊，前六疊無拍」，「但言第三疊第一拍，即其妄也。[10]」是則正史之中，也有誤入雜史、筆記等「傳聞故事」之憾。

依據今人考據，綜合王維生平簡歷如下：

王維字摩詰，原籍山西太原祁人，因父親處廉，終汾州司馬，徙家於蒲，遂為河東人。生於武后長安元年（701）[11]。九歲能寫作，十五歲離家赴長安。開元七年（719），年十九，七月參加京兆府試，舉解頭。次年春天的進士榜，落第。留在長安，與寧王李憲、岐王李範等宴遊。次年，即開元九年（721）四月，以進士及第，擔任太樂丞；因案牽連[12]，於次年秋天貶謫濟州司倉參軍，離開京師。開元十四年秋末辭官，歸嵩山，返長安，再隱終南山。開元二十二年（734），年三十四，張九齡（678-740）執政，擢為右拾遺。二十五年（737）秋調監察御史，次年轉庫部郎中、支部郎中等官。天寶二年（743）二月，與李頎、王昌齡於白馬寺送綦無潛返鄉。次年隱居淇上。六年再出仕。九年丁母

---

10 趙殿成《王右丞集箋注》（上海：上海古籍，1998 年 3 月），卷末附錄一，頁 498。

11 陳鐵民《王維年譜》（北京：人民文學出版社，2006 年 12 月），頁 2，根據《新唐書本傳》推算。陳氏另有〈王維生年新探〉（頁 100）、〈再談王維的生平與及第之年〉（頁 117），考辨甚詳。楊文雄〈王維年譜新編〉亦同，收在《詩佛王維研究》（台北：文史哲出版社，1988 年 2 月），頁 101-131。云：「這個推算雖然不夠周延，但普遍受到一般人的採信。莊申〈王維年表〉、陳貽焮〈王維簡要年表〉、日人伊藤正文〈王維年譜〉等採之。」

12 王維「為樂丞，為伶人舞黃獅子，坐出官。黃獅子者，非一人不舞也。」事仍見《集異記》，屬雜記類，不宜直接斷作史實。

憂。十一年服除，任文部郎中。天寶十四載（755），年五十五，任給事中，次年出為安祿山官員。至德二年（757），肅宗收復長安，與鄭虔、張通等人被軟禁。次年，免罪復官，授太子中允。乾元二年（759），轉尚書右丞。上元二年（761）七月卒，年六十一。

根據陳鐵民的考証：王維於進士落第那年，才與唐玄宗弟岐王李範往來[13]。這個說法可以接受。王維在十五、六歲時離開故鄉，前來京師，準備參加京城考試，如何可以得到皇室貴族的禮遇？當他參加京兆府試，獲取解頭，出人頭地，才會得到岐王的注意。然而陳鐵民又引《資治通鑑》中記載：「（開元八年十月）上禁約諸王，不使群臣交結。」舉出萬年尉劉廷琦、太祝張諤與岐王飲酒賦詩而貶官，來證明開元九年（721）四月以後王維不可能再與岐王交往。此又過度引申。王維中進士後，正是「少年得意」之時，那有面對主人岐王的危疑困頓中，逃避往來。是則王維〈從岐王過楊氏別業應教〉、〈從岐王夜宴衛家山池應教〉、〈敕借岐王九成宮避暑應教〉[14]之作，可以斷為開元七年（719）七月之後，到開元十年（722）十月貶官之間的作品。

岐王李範，睿宗第四子，玄宗之弟，本名隆範，因避玄宗諱而改為單名。他最初封鄭，改封衛。不久又降封巴陵，再進為岐王，為太常卿、并州大都督、左羽林大將軍。開元元年（713）七月，從玄宗誅太平公主，以功賜封，與薛王

13　陳鐵民《王維年譜》，頁4。

14　《全唐詩》（台北：盤庚出版社，1979年2月）卷126，頁1265、1295。

業並滿五千戶，歷州刺史。開元八年遷太子太傅。開元十四年（726）薨，冊書贈太子及諡，陪葬橋陵。[15]

然則「鬱輪袍」故事的背景時間，仍以開元七年王維十九歲時為準。在這篇故事中的公主，到底是誰？故事中的公主向岐王說：「何預兒事？」公主應該是李範的姑母輩。歷史上，能稱為李範的姑母有三：

一是太平公主，為唐高宗李治與武則天之女。唐玄宗夥同李範、李業、太監高力士，以及太平公主的兒子薛崇簡，於開元元年七月發動政變，賜死太平公主。李範既早以太平公主為敵，當然不會向太平公主說項；而王維投卷一事，又發生在開元七年；太平公主早已作古六年。

另外還有兩個姑母，為唐高宗李治和蕭淑妃所生。長女義陽公主下嫁權毅，次女宣城公主（649？-714）嫁給王勖兩位侍衛。兩位駙馬也依例受封袁州刺史、潁州刺史。武則天（624-705）即位後，兩位駙馬均罹死罪，兩位公主稍後送返宮裡，以尼姑終老。義陽公主可能早卒，宣城公主則於中宗復位後，進封長公主，實封千戶，開府置官署。睿宗時改封為高安公主，又稱高安長公主[16]。開元二年卒，較太平公主晚一年死，王維時年僅十四歲，尚未入京。要找出真正

---

15 《新唐書》卷81，列傳第6，〈三宗諸子傳〉。

16 《舊唐書》卷稱義陽、宣城二公主幽三十而不婚，《新唐書》則是說四十；與事實不符。《高安長公主神道碑》云，宣城公主以高安長公主的封號，卒於開元二年，享年66歲。出嫁時宣城公主應為23歲。義陽公主略大，大概25、26歲左右。詳見，《全唐文》。

開府謁見賓客的公主為誰？恐怕不容易找到真正的答案[17]。

文中又說「進士張九皋」向公主關說，希望得到「解頭」，即京兆舉人的第一名。查史傳中，張九皋是張九齡的二弟。《唐書‧張九齡本傳》中附記：「（弟九皋）自尚書郎，歷唐、徐、宋、襄、廣五州刺史」。根據蕭昕撰《殿中監張九皋神道碑》中所載，張九皋弱冠登孝廉科，凡歷海豐郡司戶、南康郡贛縣令、巴陵郡別駕等職，遷殿中監。以天寶十四載（755）四月二十日薨於西京，年六十六。[18] 推算回來，張九皋生於周天授元年（690）；景隆三年（709）登孝廉科，年二十，而王維此年僅九歲。也不可能與王維爭「京兆解元」的頭銜。

天寶七載（748）張九皋官睢陽（宋州）太守，幫助高適出版詩集[19]，次年協助高適返京科考。而張九皋的兄長九齡，卻是王維於開元二十二年（734）重返京師時的頂頭上司呢。看來張九齡、九皋兄弟都是主持文壇的名士，愛才、惜才，不可能隨同一般文人爭逐浮沉。

趙殿成在《王右丞集箋注》後附王維〈遺事〉廿六則，自云：「偶於暇日蒐錄右丞遺事，耳漁目獵，真贗並存。自笑如盲人到寶洲，見一異物，即拾入橐，明眼者得無以此見

---

17 羅聯添〈唐代詩人軼事考辨〉，《唐代文學論集》（北市；台灣學生書局，1989 年 5 月），頁 286，認為：「文中公主可能為高宗之女——高安公主」。按時間推算，並不成立。

18 見《全唐文》卷 355、《文苑英華》卷 899。

19 《高適詩集》最早的版本為天寶七載，張九皋編，顏真卿序。參見孫欽善《高適集校注》，上海：上海古籍出版社，1984 年。

譏歐。²⁰」基本上，他不認為「鬱輪袍事件」是個史實。

劉瑛也認為鬱輪袍事件「誣辱」的成分居多。他說：「本傳也載王維因舞黃獅子貶濟州司參軍。王維、王縉兄弟，具有俊才。年少知名，或因此而遭人妒嫉，使免官左遷。²¹」

不解的是，王維得張九齡援引，甚至獻詩稱頌²²，何以此篇〈鬱輪袍〉作品蓄意編入「張九皋」這個競爭的角色？從「政治陰謀論」的角度思考，似乎有意中傷王維與張氏兄弟的關係。

劉瑛同時指出這個故事透露了三件明顯的社會現象：（一）公主的開府與接見賓客，並且干涉科舉；（二）科舉的舞弊；（三）當時士風的敗壞²³。

公主為了培植自己的勢力，敞開府門，大宴賓客，宛如戰國時代養士四公子一般。她們試圖干預科舉考試，可以使自己的黨羽佔領官場要津，更容易相互援引，控制政權。所以在干預科考之外，想必對當時的人事、繇役、糧餉，插手更多。那時候的讀書人，為了取得倖進的機會，也可能採取依附權勢的策略。

但要構成〈王維〉故事的根本支柱，應該在於王維「年少輕狂」的反映。《全唐詩》中載錄王維年少詩作，註明創

---

20 趙殿成《王右丞集箋注》（上海：上海古籍，1998 年 3 月），卷末附錄一，頁 506。

21 劉瑛《唐代傳奇研究》（台北：正中書局，1982 年 12 月），頁 314。

22 王維〈獻始興公〉，《王右丞集箋注》卷 5，頁 85。

23 同註 20。

作時間十六歲到二十一歲的作品有：〈洛陽兒女行〉、〈桃源行〉、〈李陵詠〉、〈燕支行〉[24]。詩中意興風發，充滿入世精神。吳在慶引述業師林庚的論見，認為王維帶有「少年精神」。並且說：「這種情調與精神，儘管顯得天真稚嫩些，然而卻是一種值得珍視的蘊涵青春活力的精神。[25]」這是從讚許的角度著想。

孟棨《本事詩》云，寧王憲奪宅左賣餅者之妻。隔年，使其夫妻對坐，女雙淚垂頰，座中文士皆不忍。王命賦詩，王維先成，詩云：「莫以今時寵，寧忘昔日恩。看花滿眼淚，不共楚王言。」座無敢繼作，寧王乃歸餅師，以終女志。[26] 王維此詩題為〈息夫人〉，而上百詩作題為〈班婕妤〉，兩首均為詠仕女之作；前首作品被孟棨附會為年少時期「仗義直言」之事跡。《本事詩》虛構「本事」，來加強讀者對詩作的印象，這種書寫策略，也與〈鬱輪袍〉故事相彷彿。

王維〈贈從弟司庫員外絿〉云：「少年識事淺，強學干名利。徒聞躍馬年，苦無出人智。[27]」既是勸勉從弟，也是自我惕勵。王維年少對功名利祿的追尋，超乎常人，以解元身分赴朝廷科考，進出王公貴人宅第，笙歌夜宴，以年輕進

---

24 見《全唐詩》卷 125，頁 1251、1257、1258。

25 吳在慶《唐代文士與唐詩考論》（三明：廈門大學出版社，2006 年 4 月），頁 72。

26 孟棨《本事詩》，在《全唐小說》第二冊，頁 1926；《唐詩紀事》（台北：鼎文書局，1971 年 3 月）卷 16，頁 247，亦引。《全唐詩》卷 128，頁 1299，存詩，引《本事詩》原文，加註時年二十。想因孟棨此作而附會。

27 見《全唐詩》卷 125，頁 1237。

士身分登朝，舞弄「黃獅」，因此得罪官方。災禍迅雷不及掩耳而來，重重的貶官、隱遁，喪妻、無子，獨居，以至於由道入佛。到了晚年，遭遇安祿山事變，入仕偽廷。肅宗還朝，因為弟弟王縉等人的協助，未受嚴懲，仍官至尚書右丞[28]。

柯慶明認為王維在「人世追求」與「自然嚮往」兩極之間矛盾的活著，他說：「我們明顯在詩中看到的就是他對於自然的刻畫和隱居生活的描繪了。然而事實上，他卻一直不曾離開仕宦之途，直到死亡為止。[29]」也可以說現實生活中的王維，在「居官」與「退隱」的矛盾心情之中，有許許多多的無奈。

王維早年喪父、孤苦無依，讓他決心追求榮華富貴，他善良而努力的本性未變。可是年少暴得富貴，剎那間又遭貶謫壓抑，當他在面臨親人的生死苦難，個人的升遷得失，在瞬間劇變，失去了判準，因此漸漸「近道入佛」，或者「苟活於亂世，倖免於無難」。

然而在「鬱輪袍」的故事當中，王維以才學傲同儕，無視於社會板滯的規矩和制度；這種「少年得志輕狂」的身影，反而成為後人所歌頌傳唱的形象。

---

28 陳鐵民云，王維被免罪原因有三：凝碧詩獲肅宗賞心；弟縉削官贖罪；宰相崔圓救之。見〈唐才子傳‧王維傳箋証〉，《王維論稿》頁 73。

29 柯慶明〈試論王維詩中的世界〉，《中外文學》卷 6，1-3 期，1997 年 6-8 月。

三、王之渙故事與歷史事件的對照

　　《集異傳》中，王維故事的下一篇，就是王之渙故事了。鄭振鐸編輯的《世界文庫》本、汪辟疆校錄的《唐人小說》本、王達君主編中華書局《古小說叢刊》本以及王汝濤主編《全唐小說》本，均依據明代正德年間顧元慶《顧氏文房小說》校勘，做〈王渙之〉。鄭氏撰文強調〈王渙之並非錯印〉，站在版本校勘的角度，不輕易改動原文是對的，但提供的「資訊」正確性則有待商榷[30]。顧元慶係明代正德至嘉靖年間的書商，出版過《陽山顧氏文房小說》、《四十家小說》等書[31]。

　　歷史上有名聲的王渙之，是晉朝書法家王羲之的三子，善草書，也參與蘭亭聚會[32]。顧元慶以「王渙之」來替代「王之渙」的理由，一時也無從考查。

　　唐代詩人王之渙（688-742），《兩唐書》均無傳，新出土唐人靳能撰《唐故文安郡文安縣尉太原王府君墓志銘並序》、《唐故文安郡文安縣尉太原王府君夫人渤海李氏墓誌銘並序》，可以窺見一二。

---

30 鄭明〈王渙之並非錯印〉，〈讀者‧作者‧編者〉欄，《讀書月刊》46 期（1983 年第 1 期），頁 147。

31 林于弘〈《趙飛燕外傳》成書及版本傳承比校研究〉，國立中央圖書館台灣分館館刊，第 9 卷第 3 期，2003 年 9 月，對顧元慶刻本有評見。

32 王渙之，有〈二嫂帖〉，見《中國書畫全集 19‧王羲之、王獻之（附王氏一門）》，北京市：榮寶齋，1995 年。

　　王之渙字季淩[33]，絳州（今山西新絳）人。家本山西太原，五世祖王隆宦遊來到絳州。曾任冀州衡水主簿，被謗，辭官歸鄉，家居十五年。後出為河北文安縣尉，卒於任所，年五十五。《墓志銘》說他：「遂化遊青山，滅裂黃綬。夾河數千里，籍其高風。在家十五年，食其舊德。」主要的詩作大抵是這十五年遊歷的切身體驗之作。他的兄長之咸、之賁，皆有文名。

　　筆記中載述，則有宋人計有功《唐詩紀事》、元人辛文房《唐才子傳》[34]。《唐詩紀事》說他與鄭昈、王昌齡、崔國輔聯唱迭和；《唐才子傳》說與王昌齡、高適、暢當遊。王之渙被定位為邊塞詩人，因此聯想到他的好朋友自然是王昌齡、高適等同寫邊塞生活的詩人。

　　先說歷史上的王昌齡（約 698-757），字少伯，長安（今陝西西安）人[35]。開元十五年（727）進士，任秘書省校書郎。二十二年應博學宏詞科登第，授氾水縣尉。二十七年貶謫嶺南，次年北返，經襄陽，遇孟浩然；過岳陽，送李白。後赴江寧縣丞任上，世稱王江寧。又受謗被貶為龍標縣尉。安史之亂起，王昌齡由貶所第二度赴江寧途中，為濠州刺史閭丘曉所殺。

　　高適（約 702-765），字達夫，一字仲武，渤海蓨（今河北景縣）人。年少時家貧，但喜好交遊，有遊俠之風，曾

33　王之渙字季淩，非季陵，依據唐靳能撰《唐故文安郡文安縣尉太原王府君墓誌銘并序》改定。見陳尚君《全唐文補編》。「渙」與「淩」可以互訓。

34　《唐才子傳》（上海：中華書局，1965 年），渙作奐。

35　《新唐書・本傳》、《唐書紀事》為江寧人，以轉任江寧縣丞而有誤。

與李白、杜甫同遊。天寶八載（749），應舉中第，授為封丘尉。因為不忍「鞭撻黎庶」，不甘「拜迎長官」，而辭官。一年後，入隴右、河西節度使哥舒翰幕，為掌書記。安史之亂後，曾任淮南節度使、彭州刺史。潼關失守，他奔赴行在，得到肅宗的重視，連續升遷，官至淮南、劍南西川節度使，最後任散騎常侍，死於長安。

　　從他們三個人的生平資歷來看，要能夠同時遊歷長安的機會並不大。明人胡應麟說：「《集異記》，河東薛用弱撰。中載王之渙酒樓事。大非實錄。且昌齡集中，絕少與之渙唱酬詩。[36]」歷來學者也同意此說。

　　細考，王昌齡為長安人，開元十五年中進士，二十二年外放汜水縣尉而離京，後轉任江寧縣丞，貶龍標縣尉，死於肅宗至德二載。

　　高適在長安的時間很短，開元十五年前後以弱冠遊長安，可能遇過王之渙。從詩集中可知，高適曾於開元二十三年赴長安應試[37]。幾年後，曾往薊州訪王之渙不遇。詩中云：「迢遞千里遊，羈離十年別。[38]」天寶六載（747）自洛陽入長安；後返宋州，得王九皋提拔，再入長安科考。八載

36　胡應麟〈二酉綴遺〉，《少室山房筆叢》（台北：世界書局，1980 年 5 月）卷 36，頁 479。

37　高適〈酬秘書弟兼寄幕下諸公〉詩，序云：「乙亥歲適徵詣長安」。《全唐詩》卷 211，頁 2196。

38　高適〈薊州不遇王之渙、郭密之因以留贈〉，《全唐詩》卷 211，頁 2191。劉開揚斷定此詩作於開元 19 年，又註明王之渙卒於天寶元年，參見劉開揚〈高適年譜〉，《高適詩集編年箋注》（北京：中華書局，2000 年 1 月 3 刷），頁 5。

（749）中進士，授汴州封丘尉。後棄官入長安，入哥舒翰幕中，往返京師與薊州之間[39]。

而王之渙已在天寶元年二月十四日死去[40]。就王之渙的墓誌銘所言，在家十五年，以天寶元年死推算，則在開元十五年（727）即已返家杜門。如果依照小說中所云：「時風塵未偶，而遊處略同」，則三人在見面的時間點上，均未獲功名，則應該在王昌齡尚未中進士第之前，即開元十五年（727）之前。他們同時見面的機會極少。

譚優學根據王之渙墓誌銘，認為王之渙為文安縣尉之前「閒放十五年間遊於長安」，得以與王昌齡、高適相會，因此猜臆三人見面的時間為「開元二十四年（736）」[41]。然則王之渙從文安縣（今河北天津市西南文安鎮），要漫遊到長安（今西安市），未免太遠。史傳上說他「辭官歸鄉，家居十五年」，也無法吻合。羅聯添根據譚優學的論說，認為：「臆定開元二十四年，不若定二十三年為有據。」因為高適於開元二十三年族姪式顏詣長安後，不久即同返宋州[42]。

---

39 有關高適行旅，參見劉開揚〈高適年譜〉，《高適詩集編年箋注》（北京：中華書局，2000年1月3刷）；另見阮廷瑜〈高適年譜〉，《高常侍詩校注》（台北：台灣書店，1965年6月）。兩書出入甚多，只能約略的參考採用。

40 唐靳能撰《唐故文安郡文安縣太原王府君墓志銘並序》，參見岑仲勉《續貞石證史》，載於《國立中央研究院歷史語言研究所集刊》第15本。

41 譚優學〈王昌齡行年考〉，收在《唐詩人行年考》，成都：四川人民，1981年7月。

42 羅聯添引述譚優學〈王昌齡行年考〉，見羅聯添〈唐代詩人軼事考辨〉，《唐代文學論集》（北市；台灣學生書局，1989年5月），頁292-293。斷為開元二十三或二十四年，為三人旗亭畫壁之時間點。然則又根據譚說，云〈芙蓉樓送辛漸〉之詩為天寶元載（742）所作，則為《集異記》作者

　　再檢視故事之中所徵引的詩歌。王昌齡作品被歌妓選唱的是〈芙蓉樓送辛漸〉、〈長信怨〉兩首。前者寫在鎮江任上，送別好友歸返長安，摯情感人；後者擬宮中仕女閨怨，情感表達細膩婉約。一般均認為這兩首作品是王昌齡在天寶七載（748），由江寧丞貶龍標尉時所作[43]。距離開元十五年可能的見面點，已經是二十一年以後。

　　而高適被唱誦的作品是〈哭單父梁九少府〉，劉開揚考據，梁九為開元二十二年進士梁洽，出任少府（縣尉），也要有兩、三年的時間，因此斷作開元二十五年所寫。劉開揚進一步指出，此詩為五言古詩，共二十四句，小說中誤為五言絕句，與其他三首七言絕句並列，並不洽當。而且在宴會之中何以誦此哀悼詩，令人起疑[44]。

　　至於王之渙被選唱的作品是〈涼州詞〉二首之一，寫在甘肅任所，有困於域外的惆悵。按創作的時間應在開元十五年以前。可以說，三人作品完成的時間相距二、三十年之遠，並非同時期之作。至於這幾篇作品真能譜曲傳唱，恐怕還要更多的線索才能證明。

　　話雖如此，這篇故事還是提供了詩、酒、音樂的相關聯，文人述作、樂工譜曲與歌妓傳唱的可能性。音樂使詩歌的傳誦，有了新的面貌。

所誤記。可知所設定的見面時間仍不可信。

43　同上註，談優學謂此詩作於天寶元載，寫作時間雖提前六年，仍無助證明為旗亭唱曲。

44　劉開揚〈高適年譜〉，《高適詩集編年箋註》，頁 8。猜測詠高適之詩應以〈和王七玉門關上吹笛〉、〈送董大〉等作為佳，純係猜測語。

四、唐傳奇小說寫作的特質

從這兩則故事的內容看來，薛用弱採取歷史上的真實人物及事件，作為故事的背景；但仔細推敲，卻又不盡符於事實，甚至怪奇離譜。難道這就是「唐人作意好奇」的特質嗎？

明人胡應麟云：「凡變異之談，盛於六朝，然多是傳錄舛訛，未必盡設幻語；至唐人始作意好奇，假小說以寄筆端。[45]」魯迅特別指出「作意」、「幻設」，「即意識之創造矣[46]」。唐人有意虛構故事，難道就蓄意違背歷史？

事實上，唐人對於歷史傳記、雜史、筆記等文類，並沒有明顯區分的企圖，以致於雜揉不分。所以李肇《唐國史補》、孟棨《本事詩》、薛用弱《集異記》等書，只要有助於「紀事實、探物理、辨疑惑、示勸戒、採風俗、助談笑，則書之[47]」。而新舊唐書之史傳文字，也樂於參採使用筆記中的文字。美國漢學家倪豪士舉《舊唐書・李白傳》為例，認為撰著者並沒有達成傳記書寫的目的，反而「把注意力集中在李白作為仙人的身份上[48]」。

45　胡應麟〈二酉綴遺〉，《少室山房筆叢》卷 36，頁 486。

46　魯迅著，周錫山釋評，《中國小說史略》（上海：上海文化出版社，2005 年 1 月），第 6 章，頁 60。

47　（唐）李肇《唐國史補》三卷二冊，明末虞山毛氏汲古閣影宋鈔本。

48　（美）倪豪〈對《舊唐書・李白傳》的解讀〉，《傳記與小說——唐代文學比較論集》（北京：中華書局，2007 年 2 月），頁 253-275。

　　然則面對現今的分類知識，歷史與歷史小說的關係，恐怕不能夠含混不分。所謂歷史，泛指所有事物的演變，一般專指人類社會與文明的演變情形，某種事物的發展過程或個人的經歷，簡而言之，即是對過去事實的記載。歷史可以提供今人理解過去，作為未來行事的參考依據[49]。所謂歷史故事則是：擷取歷史中的人物或事件，舖敘成文，使焦點集中、主題凸顯，成為一段完整而有意義的故事，提供一般讀者閱讀所需。以現代人能理解的方式改寫歷史事件，而使讀者簡單明瞭的獲得知識，也能享受閱讀故事的樂趣，一舉多得。但如果能利用小說敘事的技巧，相信更可以活化歷史，使讀者理解往昔的歷史洪濤，以及浮沉中的人物智慧。因此，「歷史小說」可以是：「從歷史、人間的『事實』中挑出『真實』，以『虛構』之線連綴成『複合的』也是『複製的』歷史人間。」[50] 弔詭的是，歷史講求「真實」，而小說著眼於「虛構」，兩者如何結合為一呢？

　　福斯特（Edward Morgan Forster,1879-1970），為了論證這一問題，他拿歷史學家與小說家作了一番有意思的比較。他以為，歷史學家處理的是外在行為，他們看到的是歷史人物說出和做出的；小說家的作用卻在於揭示內在生活的源泉，在於告訴我們更多有關歷史人物尚未為人知道的內心活動。他說：

49　根據維基百科的定義改寫。見 http://zh.wikipedia.org/wiki/

50　李喬〈文學與歷史的兩難〉，《台灣文學造型》（高雄市：派色文化，1992年7月），頁365-377。

小說的特點在於作家可以大談人物的性格，可以深入到人物的內心世界，讓讀者聽到人物的內心獨白。他還能觸到人物的冥思默想，甚至進入到他們的潛意識領域。……小說中的人物，假使作家願意，則完全可為讀者所了解，他們的內在和外在生活都可裸裎無遺。這就是他們看起來比歷史人物或我們自己的朋友較可捉摸的原因。[51]

書中引用了法國批評家阿倫因（Alain）說法，來表達浪漫或神秘的一面，才是小說的主要功能之一。他說：

每個人都有近似於歷史和小說的兩個面，在某個人身上能觀察到的……外在活動以及從這種活動推論出的精神狀態……均屬於歷史範疇；其另一面（即浪漫或神秘一面）則包括純粹之熱情，諸如：夢想、歡樂、悲哀以及一些難以或羞於出口的內省活動。

歷史，由於只著重外觀的來龍去脈，局面有限。小說則不然，一切以人性為本，而其主宰感情是將一切事物的動機意願表明出來，甚至熱情、罪惡、悲慘都是如此。[52]

因此傑出的作家可以創造出以歷史為時空背景，而又感性十

---

51 （英）福斯特《小說面面觀》，頁75。

52 同上。

足的小說。

　　小說家李喬談論「文學與歷史的兩難」，他試圖將歷史小說區分為「歷史小說」及「歷史素材小說」兩種不同的類型 。他說：

> 作者選定一段時代，配以當時的風俗習慣、服飾、特殊景觀等作背景，以一或數件歷史事件或人物為中心，一大家認同的常識為主線，創設一相配的情節，使事實的面貌和虛構的部分重疊進行，這樣構成的作品便是「歷史小說」。作者借用歷史素材的可能性和可信性，重點放在「虛構」的經營上；主題偏重於歷史事件的個人闡釋；更重要的，它仍然出乎歷史的，亦即歸趨於文學的純淨上，這樣構成的作品便是「歷史素材小說」[53]。

　　李喬的苦心看得見，但嚴格的來說，前者應該稱作「為歷史而服務的小說」，是歷史學家的工作，一般作家不願意也無能力去寫作，而一般讀者更不肯花力氣去讀；而後者的「歷史素材小說」，卻是讀者們所渴望閱讀的「歷史小說」。

　　評論家南方朔觀察二十世紀末期歐美各國作家對於歷史小說創作的態度，他指出「漫漶歷史（Palimpsest History）」的書寫，是一股新的小說趨勢。

---

53 李喬〈文學與歷史的兩難〉，《台灣文學造型》（高雄市：派色文化，1992年7月），頁365-377。

> 所謂漫漶，指的是人們將書寫歷史的羊皮紙卷磨去，
> 並重新書寫之謂，由於漫漶，這就等於重寫歷史，或
> 重新詮釋歷史。[54]

　　歷史是不斷的被詮釋的，根據這個理念，對傳統概約化的歷史表示懷疑，而試圖以虛構的小說形式，來重寫歷史或重新詮釋歷史，才是小說家的責任。

　　在歷史小說的閱讀中，那些驚心動魄的情節，以及歷史人物面對抉擇所表現的智慧和情感，並不是作者單獨可以創造出來，而是歷史本身提供的一個專有的場域與境遇。作家嘗試以「經濟、法律、文化」等各種場域，來描寫歷史人物的行動、思考與情感；而讀者可以透過「建築在真實歷史背景上的虛構主角與故事」中，感受到「比真實還真實」的氣氛，發現人性的價值與感動[55]。這或可說明歷史小說寫作的意義吧！

　　馬幼垣討論〈唐人小說中的實事與幻設〉，他引述英國托爾金（J.R.R.Tolkien，1892-1973）的理論，認為：

> 在幻設文學中，重點並不在基於因果關係而可能發生的事，而是在符合「再創造」原則下的「第二世界」（secondary world）裡所發生的事。「再創造」的原

---

54 南方朔〈小說與歷史的魔幻關係〉，《中國時報・開卷版》，1992 年 10 月 2 日。

55 沙永玲〈帶孩子到時光的河流裡游游泳〉，庫柏著《最後一個摩西根人》序一，頁6。

則或許異於日常生活所經驗者，卻必須具有其本身的獨立性與持久性，同時必須可信而清楚地建立一種合理的內在邏輯。[56]

　　儘管馬幼垣所談論的是陳鴻〈長恨歌傳〉的例證，在歷史事件的陳述之後，有一段「再創造的第二世界」；然則他也強調了「合理的內在邏輯」。基於此觀點來看，傳奇小說中所以「虛構」王維、王之渙、王昌齡、高適等人物或事蹟，具有鮮明的個性、合理的情結邏輯，更容易讓讀者們貼近。

　　那麼在薛用弱筆下，書寫王維、王之渙等人，不可能是為了「醜化」他們。一般歷史學家喜歡探討唐代文人書寫傳奇的動機。從陳寅恪《讀鶯鶯傳》以來，以歷史學家的考證手法，喜歡指出「崔鶯鶯是名叫曹九九的酒家胡」，來證明作者之隱情或史事不正確，蔚成風氣[57]。王夢鷗、傅錫壬也談《霍小玉》為黨爭下的諷刺作品[58]。大部份的作品都染上

---

56 馬幼垣〈唐人小說中的實事與幻設〉，《實事與構想——中國小說史論釋》（台北：聯經出版，2007年9月），頁4。

57 陳寅恪〈讀鶯鶯傳〉，《元白詩稿箋證》，收在《陳寅恪先生集》第六冊；近人葛承雍撰〈崔鶯鶯原來是外國人〉，證實陳寅恪的推測，崔鶯鶯出身於中亞粟特（Sogdiana，索格底亞那）人入華後的「酒家胡」，她本人是蒲州酒家胡中的麗人靚女，擔任酒店女招待。見 http://dadao.net/big5/htm/culture/2002/1209/3529.htm 引述自北京青年日報。

58 王夢鷗〈霍小愈傳之作者及故事背景〉，《書目季刊》7卷1期（1972年9月），頁3-10；傅錫壬〈試探蔣防霍小玉傳的創作動機〉，《古典文學》（台北：台灣學生書店，1980年12月）第2集，頁183-197。

了「政治陰謀論」，提供了讀者的談資；但嚴格來論，政爭
說、諷刺說所根據的資料很薄弱，也未能切中作者苦心經營
的本旨。誠如本文開端引述趙彥衛論述之第二項：唐傳奇作
者試圖在小說中展現史才、詩筆與議論的書寫能力。古添洪
引述西方 Greimas 的理論，以「契約」為定位的結構主義，
來探討唐傳奇作品在寫作技巧上符合表現「史才、詩筆和議
論」的特質[59]，在文化、社會、律法、規約[60]或潛意識的命
定觀等等，都暗合於唐代文人的表現意圖，同時也合乎傳統
文化的內在思考模式。

　　這種知識份子書寫，傳遞給知識份子看的文學（大膽的
說，就是進士寫給進士看的作品），自然是屬於知識份子共
有或相近的素材與主題思想，雖然也會隨著時代鼎革、社會
風氣流變而左右。

　　樂蘅君論述唐傳奇中所表現的意志時，說：

　　　唐代，因受時代所孕育的浪漫精神的影響，當代人對
　　生命充滿了肯定的自我堅信，人生既完全是意志的創
　　造，命運就黯弱得幾乎根本不存在。這種特徵顯然和
　　六朝神怪小說之徬徨命運意志之間、宋元話本、明清
　　話本之以命運來詮釋人生遭遇等情形不同，是在文化
　　心靈建立了一個充份的「意志世界」。此所謂意志，

59 古添洪〈唐傳奇的結構分析——以契約為定位的結構主義的應用〉，台北，
　中外文學，1975 年 8 月，收在《比較文學‧現代詩》，台北，國家出版社，
　1976 年。

60 如崔鶯鶯身為娼妓，因唐律或社會風氣，張生不得與她有婚約。

包括潛在意志和自覺意志兩類，在唐傳奇中，它可表
現為自我的堅持——生命主體的自由抉擇——人生隱
願的自我實現——超越死亡及人性熱情的投射。[61]

這種唐人意志的展現，當然遠遠超過陳述歷史事件的企
圖。

龔鵬程則從唐代哲學思想的演進上，指出唐人流行五德
終始說、自然命定說、陰騭果報說、數勢說[62]，傳奇作品表
現出「天所命之，不可去之」、「事無大小，皆前定矣[63]」的
天命觀念。當「個人的自由意志」面對「天命」，要如何展
現呢？

仔細爬梳，大部分的唐傳奇作品，如〈枕中記〉、〈杜子
春〉、〈霍小玉傳〉等等，「天命不可違逆」的訊息顯然佔了
上風。

樂蘅君、龔鵬程的論述看起來是各執一端，其實是相互
表裡。樂蘅君看到的是唐人精神意志的昂揚，而龔鵬程掛念
的是當「個人自由意志」與「天命」碰撞時的慘烈。整體
上，唐代文士在傳奇寫作上的表現，面對著不可逃避的「悲
劇命運」，或喟歎惋惜，或引頸向前，卻不曾畏縮逃避。

在薛用弱撰述王維、王之渙這兩篇故事中，是帶有「精

---

61 樂蘅軍〈唐傳奇的意志世界〉，《意志與命運——中國古典小說世界觀綜論》
（台北：大安出版社，1992），頁 1-83。

62 龔鵬程〈唐傳奇的性情與結構〉，《古典文學》（台北：台灣學生書局，
1981 年 12 月）第 3 集，頁 175-221。

63 此二句為龔鵬程所引，前句出自李德裕《次柳氏舊聞》，後句出自《聞其
錄》（《太平廣記》卷 156，定數 11）。

神意志昂揚」的作品，與現實世界的王維、王之渙晚年隱遁保身的心態截然不同。身處於晚唐，薛用弱編寫這樣的故事，並不是遺忘了「歷史細節」，而可能是遙想盛唐的光輝，人們可以在詩、酒、歌吟之間，享受生命的片刻，可以恃才傲物，拂逆社會習俗，凌替規範制度，大膽而快速的獲致聲名與豐祿。以這樣的論點來閱讀唐人傳奇作品，浸淫在盛唐的輝煌、晚唐的紛擾，以及觀察思考台灣的現狀，交織為一體，真有喜怒悲抑的滋味。

五、結論：歷史的偶然，小說的必然

從以上的論述，可以做兩個小結。

（一）歷史小說，不是歷史；歷史小說映現了人們的潛意識心理。

人們容易遺忘，不容易記憶歷史。歷史人物的是非功過，往往在時間的洪流中有意或無意的被改寫。人們相信「歷史是被詮釋」的道理。因此，歷史小說映現了人們的潛意識心理。失真的記憶，被抽離的事物，生命被符碼化，歸納成一個個的「母題」，容易傳述，也容易記憶。因此，小說可以成為「歷史」，而歷史則往往為後人所忽略。

對歷史的執著，往往是無意義的。楊文雄撰述《詩佛王維研究》，闢一章來為王維的人格辨誣，討論王維「陷賊不

死」的尷尬[64]，是為了愛護王維，為王維脫解。有其必要嗎？王維詩作〈隴頭吟〉嘗云：「長安少年遊俠客，夜上戍樓看太白。[65]」他的意興年少、詩文傳世、歸佛向道等飽滿的「唐人形象」，才是人類樂於記憶而歌詠的形象。

王之渙、王昌齡、高適，儘管在歷史的洪流裡，未曾相聚於京城；而後人寧可將生活中「對酒酣歌、沾筆畫壁」的可能性，加諸於詩人身上。這就是傳奇故事，所以被書寫的原因吧。

而明人王衡編寫的劇本《鬱輪袍》、清人金兆燕的《旗亭記》，經由演員扮演，王維、王之渙的身影，依然可以在人們的眼、耳之間婆娑起舞。世俗流播的故事，反而為世世代代的後人所接納。

（二）唐人傳奇小說的精緻結構，展現了虛構性的必要。

為了表現唐人對時事的關注、文化的洗禮、同儕的激盪，以及個人情愛的摹寫，發展出傳奇作品。唐人「小說」觀念已臻成熟，以真情寓於假事，卻用人名、地名與時間的符碼來包裝。作者寄詩情、詩境、詩筆於其中[66]，展現了賦、判、傳的書寫能力，也寄予了對人生真實的觀察。

這是個詩與酒的民族，昂揚的生命意志，對抗無法逃避

64　楊文雄〈王維人格辨誣〉，《詩佛王維研究》第三章，頁 133-162。

65　〈隴頭吟〉，《全唐詩》卷 18，頁 1237。

66　崔際銀〈詩與唐人小說融合因緣探究〉，《詩與唐人小說》（天津：天津古籍，2004 年 6 月）第六章，頁 247-251。

的天命,卻從不氣餒。歷史的偶然,小說的必然。在「鬱輪袍」與「旗亭畫壁」的故事中,王維、王之渙、王昌齡、高適等人,在傳奇小說的舞台上,依然形象鮮明,光豔奪目;也透過了後人的扮演、轉述,將詩人意興風發的神采,永遠停格在人們心中。

(原載《東海中文學報》20 期,頁 9-28,2008 年 7 月)

馮夢龍《太平廣記鈔》初探

一、明代《太平廣記》與
《太平廣記鈔》的刊刻流傳

搜羅先秦到宋初數百部道、釋兩藏及野史、小說，彙為成書五百卷、目錄十卷的大套類書《太平廣記》，據宋代翰林院學士兼戶部尚書李昉上表進呈時所言，書板刻於太平興國六年（981）正月。這套書有沒有刷板印行？從嘉靖版《太平廣記》書前談愷（1503-1568）的按語中，稱：「《廣記》鏤本頒天下，言者以為非學者所急，收墨板藏太清樓」[1]，似乎未曾刊行。歷來學者所論宋刊本，亦無明証，只能說是有少量的私人刷印本、節選少部份內容而成的單行刊本，或者輾轉傳抄的手稿本[2]。迨至明朝嘉靖四十五年（1566），常州無錫人談愷得《廣記》鈔本，認為該書「傳寫已久，亥豕魯魚，甚至不能以句」，所以與鄉人秦汴、強仕、唐詩互相校讎，經歷「寒暑再更，字義稍定，尚有闕文

1　談愷所言，引自《玉海》卷 54。

2　談氏聞「舊藏書家有宋刻」。清杭州吳騫跋語中云：有明許刻本，經陳仲魚依宋本手校一過。近人傳增湘亦依此陳校本，猜度宋本形式。郭伯恭《宋四大書考》，臺北：商務，1967 年 9 月臺一版，頁 66：宋刻極罕見，天壤間恐無一存者。然郭氏於廣記版本考述中，仍列有宋刊本。香港中文大學出版之《宋代書錄》，援用郭氏之見。皆未見宋版書原貌。又王國良〈太平廣記概述〉，《廣記》，臺北：文史哲，1981 年 11 月，頁 5：姑蘇沈與之野竹齋鈔本，今藏於北平圖書館。沈氏刻書活動記載，約於嘉靖元年迄二十七年間，見張慧劍《明清江蘇文人年表》，上海：上海古籍，1986 年 12 月。此抄本當早於談愷刻書之前。

闕卷」[3]。所以在次年秋，即隆慶元年七月，談氏於書中卷
265 加注云：「余聞藏書家有宋刻，蓋闕七卷云。其三卷，
余考之，得十之七，已付之梓。其四卷，僅十之二三。博洽
君子，其明以語我，庶幾為全書云」；顯然此書刊印至此，
仍一邊搜佚中。又次年正月十六日，談氏年六十六，卒，恐
怕未見全書完成。在此書刊刻之際，於同時同地尚有活字本
行世。行款題識與談刻本完全相同。所以近人王重民考述，
認為：(一)刻本或始工於嘉靖四十五年，而成於隆慶二年。
疑談氏未見全書，刻本完成應於秦汴、唐詩之手。(二)談氏
一邊刻書，一邊以活字擺印。活字本仍缺原缺四卷，所以應
擺印於隆慶二年（1578）之前[4]。王先生所見，部份可信。
談、秦兩家有姻親之誼[5]，且秦汴在嘉靖中曾主持繡石山
房，刻了《錦繡萬花谷》、《古今合璧事類備要》兩部大型類

---

3 秦汴、強仕、唐詩生平資料罕見，附於下：
   秦汴（1511-1581）字思宋，號次山，無錫人，端敏公金之子。以廕入為國
   子生，任職南京後軍都督府都事，後官至姚安知府。曾於嚴世蕃席上忤意
   拂衣而出。著有《懷李齋集》、《三才通考》。（見中央圖書館編《明人傳記
   資料索引》頁 429，光緒《無錫金匱縣志》卷 39 頁 11，《昭代叢書·西神
   叢語》卷 21 頁 68。）強仕字綺塍，無錫人。嘉靖十年（1531）舉人，官
   至德州知州。著有《戶牖格言》。（見光緒《無錫金匱縣志》卷 16 頁 27、
   卷 39 頁 11。）唐詩字子言，號石東，無錫人。顏其居曰：白雲高隱，世
   稱唐山人。（見光緒《無錫金匱縣志·文苑傳》卷 22 頁 12）

4 王重民《中國善本書目提要》，子部小說類，臺北：明文，1984 年 12 月臺
   版，頁 395。

5 《錫金識小錄·耆逸》卷 6 頁 14：「（談愷）十山女為秦中諫子婦。中諫嚴
   世蕃客也。」又《昭代叢書·西神叢語》卷 21 頁 68：「秦汴……再起入
   都，嚴嵩命子世蕃具食。」秦汴是為談愷女婿。

書，確實有助刻《太平廣記》之能事。但談氏手邊是否有一套活字版？刻書之外，另行活字排版，是否有其經濟價值？都值得懷疑！王先生引談氏時人黃正色（1501-1576）序倪炳校刻本《太平御覽》的文字，說：流寓無錫的閩人饒世仁，從隆慶二年到五年擺印《太平御覽》未成，該活字版有一半流落到郡伯顧肖巖、太學秦梁家中[6]；懷疑與《御覽》先後使用了這一套相同的活字版。活字版《廣記》本的提供者，極可能是流寓無錫的閩人饒世仁，依據談氏的初刻本，搶先出版，但刷本恐怕有限，不久失敗，活字版散失到無錫顧肖巖、秦虹川和蘇州常熟的周堂手中[7]。談氏死後，其子志依據其萬備堂大宅，「豪蕩喜結客，吳下詞人畫史咸館其中，揮金不可數計。家破嗣亦絕……」，所以變賣家產走南京，病死他鄉[8]，家中書版想亦散失。因此之故，萬曆年間才出生的許自昌，有了重刊《太平廣記》的理由。許自昌（1578-1623）為江蘇長洲人，十六歲起就開始刻書，曾經

---

6 郡伯顧肖巖、太學秦虹川，生平資料未詳。從光緒《無錫金匱縣志·選舉》卷 16、17，推知郡伯顧肖巖似為顧詵，嘉靖 37 年恩貢，同年舉人中試，官至襄陽知縣。太學秦虹川，無可考。從中央圖書館編《明人傳記資料索引》，試圖建立「秦氏族譜」，瀚（1493-1566）號從川，其子梁（1515-1578）號虹州，孫焯，未見「虹川」之號？又金（1467-1544）號鳳山，子汴（1511-1581）號次山，柱（1536-1585）號餘山。三代名號，皆有「山」字，未有忌諱；而「虹川」者，或應為梁同輩之人，未為可知。

7 郭伯恭《宋四大書考》頁 41，引述北平圖書館藏明活字本《御覽》，卷首有常熟周堂萬曆二年（1574）識語，知活字版一半在周家，另一半為顧、秦二家共有。

8 見光緒《無錫金匱縣志·藝術傳》，卷 26，頁 13。

依據談氏最後的印版重刻《廣記》。每半頁仍為 12 行，每行由 22 字增為 24 字，白口改黑口魚尾，四周單邊改為文武邊[9]。這個刻本顯然在萬曆年間成為通行本。

馮夢龍在《廣記鈔·小引》中說：

> 明……此書獨未授梓，間有印本，好事者用閩中活版，以故挂漏差錯，往往有之。萬曆間茂苑許氏始營剞劂，然既不求善本對較，復不集群書訂考，因訛襲陋，率爾災木，識者病焉。……當時經目者已少，若訛訛相仍，一覽欲倦，此書不遂為蟲糟乎？

閩中活版，自然是指饒世仁的傑作，因為搶先出版，還缺少了宋代以來已經亡失的幾回，變成一個「不完全本」[10]；而茂苑許氏刊本，見前所引郭伯恭、王國良的考述，也確實做了部份的校刊工作。馮氏所以批評許自昌刊本，顯然是為了自己節縮版的《廣記鈔》，找到一個銷行的理由。當他得到書商沈飛仲刊刻出版的允諾，五百卷《廣記》縮編為八十卷簡鈔本，把全書的文字篇幅縮減一半，幫助讀者事先篩選了閱讀內容，避免不必要的浪費，也節省半數的購書費用；對

---

9 許自昌字玄祐，號霖寰，今蘇州角里鎮人。萬曆六年生，天啟三年卒，年僅四十六歲。〈許自昌年譜〉見《徐朔方集》，杭州：浙江古籍，1993 年 12 月，頁 453-482。從所刊《廣記》書中，仍依談愷版式，僅於首頁首行注明「明長洲許自昌玄祐甫校」，沒有加上其他頭銜，猜測約為萬曆三十五年入貲為北京文華殿中書舍人之前所作，純係商業出版之必要。

10 少卷 261 至 265，〈嗤鄙〉、〈無賴〉、〈輕薄〉等 3 部 5 卷。

出版者而言，也減少了半數的出版經費，可以說一舉數得。但《廣記鈔》的出版，並沒有引起預期的市場反映，或者真正取代《廣記》的地位。歷來的文人作家並沒有在個人的文集或作品中，談論《廣記鈔》這本書。這種「努力而沒有結果」的文化現象，是不是有些蹊蹺？值得我們探究。

二、《太平廣記》與《太平廣記鈔》篇幅內容的異同

要了解馮氏《廣記鈔》的節選情形，或許該先了解《廣記》的內容。浩浩五百卷，抄錄前後將近一千多年的筆記、小說、野史而成書，多少有保存「史料」的意義。就五百卷內容的實際分類，應為 92 類，概括區分，為神仙世界、人間世、鬼靈世界、自然界四大界，另附有其他雜傳等。先列個簡表，來觀察此書內容分佈：

分　界	卷　　次	卷　　數	佔全書比例	條　　數	佔全書比例
神仙世界	1-163	163	32.6%	1444	21.6%
人　間　世	164-290	127	25.4%	2005	30.2%
鬼靈世界	291-392	102	20.4%	1241	18.9%
自　然　界	393-479	87	17.4%	1721	25.9%
其　　他	480-500	21	4.2%	225	3.4%
總　　計	1-500	500	100.0%	6636	100.0%

所謂「神仙世界」，含仙部 55 卷、女仙部 15 卷、法術與釋
道部等 31 卷、徵驗等部 62 卷，共 163 卷，描述了宗教世界
中的神仙生活以及信仰靈驗之事。「人間世」包含人品識鑑
16 卷、文武官僚 13 卷、文武才藝 22 卷、百工諸戲等 20
卷、人際關係與性格交友等 35 卷、婦人 6 卷、夢與妖術等
15 卷，共 127 卷，描述了人間才情、德行、際遇、技藝、
關係與夢幻等。「鬼靈世界」則曾為世間之人死後為鬼、神
者 65 卷，或有鬼界妖怪、夜叉、精怪、靈異者 19 卷，或有
死後再生、悟前生事等 14 卷，或有塚墓銘記之屬 4 卷，共
102 卷，重點在人世的生死靈異諸事。「自然界」包含山川
風雨雷澤等 7 卷、金錢珠寶等 6 卷、草木花卉等 12 卷、龍
虎畜獸等 42 卷、禽鳥 4 卷、水族 9 卷、昆蟲 7 卷，共 87
卷，記載自然界奇妙與靈異之事。至於蠻夷 4 卷，載異國風
物民情及奇想神怪諸事；雜傳記 9 卷，載較長篇的唐人傳奇
故事等；雜錄 4 卷，多載唐宋人短篇筆記，疑為「補遺」之
屬。從這五百卷《廣記》內容分類來看，顯然編者在建構以
「天—人—鬼」三界的宗教觀，旁及生活中所接觸的自然
界，試圖以這些「觀察」或「記錄」，搭起一個對宇宙、自
然、天神、本我、鬼靈互動的「世界觀」。以現代觀點來
看，這樣的努力是失敗的。自然界的觀察與描述，插入了鬼
神精靈，留下了以「萬物有靈論」為中心的「精靈崇拜」遺
跡。鬼神世界的描繪，人死而有靈，證明了「靈鬼論」先於
「人文宗教信仰」。天神的「自然神」信仰，建立在佛、道
二教的基礎上。至於人世總總，則在儒家「仁義禮智信」的
教化下被鋪寫，一如劉義慶的《世說新語》。但如果每一界

都能「堅持」自己「信仰法則」，成為多元思考的多元世界，那也不錯。錯在全書籠罩於「鬼神報應」的「邏輯」之中，天界、人界、生物界，都無法避免鬼祟與果報的痕跡，竟比唐人傳奇小說中所能描繪的「人的世界」，來得「落後」。此所以《宋會要》載：「言者以為非學者所急，收墨板藏太清樓」的緣故吧！

　　馮氏自言此書「喜其博奧，厭其蕪穢」，所以要去同、就簡、併類、移位、縮篇幅、減字句，然而就全書的架構，似未能超越《廣記》。我們不妨檢視馮氏所節選的《廣記鈔》本。80 卷的分類、分部如下：

分　　界	卷　　次	卷　　數	佔全書比例	條　　數	佔全書比例
神仙世界	1-21	21	26.25%	504	21.6%
人 間 世	22-51	30	37.50%	1049	40.6%
鬼靈世界	52-61	10	12.50%	275	10.6%
	71-78	8	10.00%	170	6.6%
自 然 界	62-70	9	11.25%	509	19.7%
其 　 他	79-80	2	2.50%	77	3.0%
總 　 計	1-80	80	100.00%	2584	100.0%

以上兩表的統計數字，在條目上或有誤差。《廣記》經多次刊刻，有分殖為多條，或合併條目的現象，《廣記鈔》亦然。如《廣記》卷 228〈雜戲〉條，應為 5 條不同棋藝記載，今合為 1 條，《廣記鈔》仍之，卻多衍生分化〈投壺〉1條。《廣記》卷 206，列有〈古文〉等 10 條條目，《廣記

鈔》則合為〈書始〉1 條。《廣記》同卷,〈崔瑗〉、〈張芝〉、〈張昶〉3 條,《廣記鈔》合為〈草賢草聖〉1 條。〈師宜官〉、〈梁鵠〉、〈左伯〉3 條,以擅長八分書故;〈鍾繇〉、〈鍾會〉2 條,〈歐陽詢〉〈歐陽通〉2 條,均以父子故,〈僧智永〉、〈僧智果〉,以同寺師兄弟故,《廣記鈔》皆合為 1 條。此僅〈書部〉為例,歸併現象,已見一斑。可知馮氏《廣記鈔》的卷數雖僅原書 16%,條數為 38.9%,實際內容的引述上應超過 50%。

《廣記鈔》分類情形,大抵沿承《廣記》,但因為篇幅限在 80 卷之中,綱目的訂定就顯得嚴謹許多。「神仙世界」之中,〈仙部〉7 卷,依次為載雜載周秦及漢初仙跡、兩漢仙跡、漢晉唐得道之士、唐開元天寶中仙跡、唐時天仙及仙官降世者、信心之事、仙境及雜事。〈女仙〉2 卷,載三界真仙、人間得道者。〈道術〉1 卷,含原〈道術〉、〈方士〉等 10 卷,因為「事義相類,故去方士部併入道術」(本卷首眉批)。以下〈幻術〉、〈異人〉、〈異僧〉、〈釋證〉,各佔 1 卷。原〈報應〉33 卷,改為〈報恩〉1 卷,〈冤報〉2 卷。〈徵應〉1 卷,細分為休徵、咎徵、感應、讖應,放棄了原有的帝王、人臣、邦國、休徵、咎徵等交叉混合的分類。〈定數〉2 卷,各載科名祿位貧富、生死婚姻及飲食之事。在這 21 卷的篇幅,勾勒神仙、宗教、法術、驗徵諸事,較《廣記》龐雜的架構,顯得清晰而可接受。

「人間世」首標人間美行,列〈名賢、高逸、 廉儉、器量〉為首卷。〈名賢〉以下,分德性、言語、政事、文學四門;〈廉儉〉以下,分清德、儉德。節目仔細,宛如樹之

枝椏。其次為〈精察〉、〈俊辯〉、〈幼敏〉、〈文章〉、〈才名〉、〈憐才〉，講求才性。再以〈博物、好尚〉、〈知人、交友〉、〈義氣〉、〈俠客〉，廣求識見、交遊、義氣，以擴大作為「人」的必要基石。〈貢舉、氏族〉、〈銓選、職官〉、〈將帥、驍勇〉，記載爵位、家族、出身等。以下以 8 卷的篇幅，記載人世品德缺憾十餘種事，〈褊急、酷暴〉、〈權倖、諂佞〉、〈奢侈、貪、吝〉、〈謬誤、遺忘、嗤鄙〉、〈輕薄、嘲誚〉、〈詼諧〉、〈譎智、詭詐、無賴〉、〈妖妄〉。以下 3 卷為〈算術、卜筮〉、〈醫〉、〈相〉，乃醫學、卜算、命相之屬。其次，〈婦人〉1 卷，細分賢婦、才婦、美婦、奇婦、不賢婦、妓，〈僕妾〉1 卷，分妾婢、童僕。以下〈酒、食〉，另附酒量、食量；〈樂〉，附歌、樂器；〈書〉、〈畫〉；〈伎巧〉，載工藝及博戲等技巧；終於〈夢〉卷，人生不易達成之事，或許赴夢中可致。30 卷的篇幅，佔全書 37.5%，比《廣記》原書超出甚多，如果從條目的數量來看，收錄 1049 條，與原書 2005 條相比較，超過了二分之一。馮氏顯然將編輯的目光，專注在「人間世」的記載，減少了「怪力亂神」的篇幅。

「鬼神世界」，先列有神 3 卷。首卷「三才五方諸神」，其次為「山岳江河諸神」，其三為「冥司與一切有名無名諸神」，勾畫人死之後精魂留存化為地方神祇者，並加附〈淫祠〉小類。或有靈異諸事，非神非鬼者，另列〈靈異〉部，自成一卷。〈鬼〉部 4 卷，分別為「冥途」、「靈蹟及文武有靈之鬼」、「夫婦及男女情媾」、「墳墓棺屍及無名怪鬼」。以下，集〈神魂、塚墓、銘記〉為一卷，大抵為死後魂魄銘記

諸事;〈再生、悟再生〉,為死後還魂再生諸事。從統計數字來看,《廣記鈔》確實大量刪去「鬼神世界」的條目內容,以簡要的 10 卷,概括了《廣記》中的 102 卷;1241 條僅留存 275 條。但〈夜叉〉、〈妖怪〉等部,是舊有的門類,應如何安排?馮氏認為這些較低層次的鬼怪,或屬「自然精怪」之部,所以將它們與自然界若干精怪之事,放在同處。

「自然界」,包括自然界生物描述的 9 卷,與精靈信仰的 8 卷。馮氏首先以〈天地〉之部,交代雷、雨、風、虹、土、山、石、坡沙、水、井諸事;其次列〈寶〉部,包含寶、珍玩、奇物三類;其次為〈花木〉、〈禽鳥〉、〈畜獸、野獸〉、〈昆蟲〉諸部,每部之下都另有詳細的類門。〈龍〉2 卷,雖非自然生物,然與信仰傳說、生物生息之雲水有關,列於〈水族〉部之前,似無不妥。〈水族〉部,含鱗族、介族、海雜產。自然精靈之部,僅分〈夜叉〉1 卷、〈妖怪〉7 卷。《廣記》中列有 87 卷 1721 條,《廣記鈔》縮編為 9 卷 509 條,如果再加上混入〈妖怪〉之部份數十條,將近 600 條。則馮氏能將自然與精靈加以區分,又減少精靈部份的條目,在分類的觀念上,有了重大的改變。

將〈蠻夷〉之部,放在「自然界」之後,應該是沿承史傳體常用的法則,以今日分類法而言,並不恰當。馮氏將《廣記》中 81 條留下 41 條,超過了一半,顯見他對異國人士風物,有較大的興趣。最末卷為〈雜志〉部,集《廣記》中〈雜傳記〉、〈雜志〉各 8 卷而成。

三、《太平廣記鈔》的縮編原則

　　從以上兩書卷次與內容的異同，可以看出馮氏刪削縮編的情形，至於他所根據縮編原則，仍見於〈小引〉之中，他說：

> 予自少涉獵，輒喜其博奧，厭其蕪穢，為之去同存異，艾繁就簡，類可并之者并之，是可合者合之，前後宜更置者更置之，大約削簡什三，減句字復什二，所留纔半，定為八十卷。

　　就馮氏之言歸納，他所建立的編選體例，以刪省雷同的故事條目為先；其次，縮減篇章字句；其三，併合條目；其四，移動條目的歸類。依次討論如下：

（一）刪省雷同的故事條目

　　所謂「去同存異」，便是刪省雷同的故事條目，留下來的多少都有「異」可尋。如《廣記》錄有持誦金剛經可免禍續命之故事，共計 103 條，以其雷同繁複，《廣記鈔》減為 18 條。舉例說明，《廣記》卷 102〈趙文若〉、〈趙文昌〉兩條，主人翁皆病亡，不日而甦，云魂入地獄，以持念《金剛經》而獲釋回。同卷〈袁志通〉、〈韋克勤〉兩條，主人翁皆陷敵陣，以平日誦《金剛經》而得救。〈袁至通〉的下半文，又涉地獄之行得赦歸凡，與〈趙文昌〉條近同。所以馮

氏捨〈袁至通〉條，而存〈韋克勤〉。為了「存異」，另從〈崇經像〉之部增選「張御史」相關金剛經者 1 條。又如持誦法華經免禍故事《廣記》錄 21 條，《廣記鈔》減為 5 條，另從〈畜獸〉之部增選「潘果」相關《法華經》者 1 條。持誦《觀音經》報應故事，《廣記》錄 50 條，《廣記鈔》減為 4 條。持《道德經》得報應故事，應與《金剛》、《法華》、《觀音》性質近同，《廣記》無載，為了搜新求異，《廣記鈔》則從〈感應〉之部選「王法朗」1 條。情節相同，多述無趣，馮氏將之刪削；而補《道德經》之例，增加內容的「歧異性」，馮氏作意好奇，所以增入。

（二）縮減篇章字句

「艾繁就簡」之例，可引前述〈趙文昌〉條。趙文昌者，隋大府寺丞，病卒，以心上微煖，家人不敢斂。忽復活，言入閻王殿所，以平時唸誦《金剛經》而得赦。歸途，遇周武王，吩咐返見隋皇帝，代營功德，以減滅佛之罪。出南門，又見秦將白起於糞坑中受罰。昌甦醒後，面奏皇上。並載此事於《隋史》中。全文 470 字左右；《廣記鈔》刪去「心上微煖」的描述，刪去趙文昌與閻王對談的描寫（原文中閻王甚至還要文昌取《金剛經》當面朗讀），僅存 250 字，為原文五分之三。

如《廣記》卷 26，錄有〈葉法善〉一條。〈葉法善〉全文長約 2860 字，馮氏刪去半數，另增評語 400 字。刪去的部份有以下幾種情形：

1. **贅詞：**

　　如「所在經行，以救人為志」，刪「經行」兩字；「玄宗承祚繼統」，刪「承祚」兩字；「速宜立功濟人，佐國功滿，當復舊任」，刪「佐國」兩字；「內官驚駭不悅，法善尋續而來」，「不悅」非實情，佐「驚駭、之意而已，可刪，「尋續而來」改為「尋至」，求其簡要；「（張）說曰：既無他客」，刪「既」一字，單句無須轉折承接之語。

2. **累句：**

　　「本出南陽葉邑，今居處州松陽縣」，刪「本出南陽葉邑，今居」句，以文字枝節之故，刪之無礙閱讀故；「以正一三五之法，令授於子。又勤行助化，宜勉之焉」，刪「又勤行助化，宜勉之焉」句，以勸勉之言，無關事件之變化而去之；「約曰：『必不得妄視，若誤有所視，必有非常驚駭』。如其言。閉目距躍，已在霄漢」，刪「若誤有所視，必有非常驚駭」、「閉目距躍」二句，以贅累之言，延誤「飛躍」之速。

3. **歧段：**

　　如「叔祖靖能神術」一段，與法善本事無關，刪去；又「玄宗累與近臣試師道術……追岳神、致風雨、烹龍肉、袪妖偽，靈效之事，具在本傳，此不備錄」，既不採錄，何妨去之？其他如交代後事，以強調故事真實性的文字，如〈歐陽詹〉一條，歐陽詹讀樂籍女子遺書一慟而卒，後文加入「孟簡子賦詩哭之，序曰：……」，佔全文四分之三，全部刪除；或者是無趣的詩詞，如〈購蘭亭序〉一條，蕭翼計騙辨才，投宿僧院，兩人聯賦之詩詞內容刪去。

（三）合併相關條目

相同或相近的事件，合併為單一條目，可以減少雜蕪之感，方便讀者的閱讀。前引書畫之卷，已有相當多的例證。再翻閱《廣記鈔》目錄，仙部即有〈黃安、孟岐〉、〈赤松子、魯班〉、〈吳猛、許遜〉、〈蘭陵老人、蘭陵黃冠〉；女仙部有〈樊夫人、雲英〉；絕大部分的卷秩，都有併合的條目出現。同題而置於不同卷的情形，如〈邢和璞〉見於《廣記》仙部、算術部，《廣記鈔》則統合於仙部。又如婁師德之事，《廣記》收錄在報應、定數、器量、夢、雜錄諸部，共計 5 條 7 目，分別選自《大唐新語》、《朝野僉載》、《國史異纂》、《宣示志》、《獨異志》、《御史台記》等書，馮氏取《宣示志》所記「夢中入地府知天命 85 歲」一條，代替了《大唐新語》記載「臨終前自悔誤殺二人而減壽 10 年為 70 歲」之事，而將《大唐新語》所言附作眉批，以解釋兩則故事的誤差。另有沿承《廣記・器量》一文，棄其靈州驛站與《國史異纂》李昭德等事，仍為器量部之文。其餘冤報、相術中諸篇，將之淘汰。文思敏捷、下筆成章的故事，《廣記》俊辯部收有〈薛收〉、〈胡楚賓〉、〈王劇〉條，文章部收有〈符載〉條，以其短小，馮氏乃混合為〈薛收等〉一條。

又如《廣記》卷 207〈王僧虔〉條，錄有《談藪》、《南史》各 1 則。前則為王僧虔與太祖對話，自信書、草皆勝，並及長子王慈幼年與外祖父劉義恭、同輩蔡約、謝超宗言談諸事，表現了王慈的廉潔、機智與謙虛。後則載王僧虔與齊高帝論書法高下，僧虔機智的回答：「臣書人臣中第一，陛

下書帝中第一。」《廣記鈔》取王僧虔自信書藝最佳之事，合二條為一，而王僧虔歷官、封爵與子慈童年機智諸事，與「書藝」無關，不當列入〈書〉卷之中，刪原作 270 餘字而為 130 字；可見馮氏自言「是可合者合之」，有個客觀合理的標準。

（四）更動次序，調整類別

字詞、章句、段落的更動，一如房屋的修繕，雖然塗飾增減，仍然保有原貌。馮氏還做了更大的變動，所謂「類可并之者并之」，以及「前後宜更置者更置之」，這種改變，不只是「抽樑換棟」，而是「變更戶籍」了。

《廣記》五百卷的架構大而無當，每卷文字約在三、四千字左右，條目以五至十目為多，但一卷中僅存一至二條目者，亦不乏所見。因為以篇幅長短，來區分卷次，有些完全無關的部門，勉強地安排在同卷之中。如〈名賢〉附有「諷諫」，〈廉儉〉附有「吝嗇」，〈俊辯〉加附部份的〈幼敏〉，〈將帥〉附有「雜譎智」，〈儒行〉附「憐才、高逸」；這些附屬的部份，並沒有主從關係，只是因為篇幅的長短而相互調配；〈交友〉、〈酒〉、〈奢侈〉等部，混雜排列，並非相關類屬。馮氏在部門間的區分排列，顯然較《廣記》為合理。〈雜傳記〉多屬長篇傳奇，可能因篇幅較長，《廣記》的編者別出以為附錄，馮氏將〈謝小娥〉、〈楊娼傳〉、〈飛煙傳〉三篇介於長短篇幅，改隸前〈婦人〉部；而〈劉甲〉、〈盧嬰〉、〈王樊志〉原屬〈異人〉部，以無相關類屬，改移至此。更動較大的地方，以「神仙世界」〈道術〉、〈方士〉、

〈異人〉、〈異僧〉、〈釋證〉、〈報應〉、〈徵應〉、〈定數〉、〈感應〉、〈識應〉等十部，每部卷秩多寡不一，有些部門之下還有若干附屬，馮氏精簡為每類一卷為準，內容較多者，容或增為兩卷，也注意了各部間的異同關係，如〈道術〉、〈幻術〉相對而存；〈報應〉分為〈報恩〉與〈冤報〉二屬；將〈徵應〉、〈感應〉、〈識應〉，以及〈休徵〉、〈咎徵〉，歸為〈徵應〉一卷，務使條目清楚。其次，自然界的觀察記載與精靈崇拜的記述，往往混淆，馮氏有關精怪的部份抽離，而與〈夜叉〉、〈妖怪〉並列於〈昆蟲〉、〈水族〉之末。這種變動，可舉《廣記鈔》卷 74〈妖怪第三〉為例。馮氏首列山內怪物山精、山魈之屬，所以從《廣記》山部移入〈山精〉；從虎部移入〈斑子〉、〈劉薦〉兩條合為〈山魈〉；從妖部第二卷移入〈富陽王氏〉以為〈富陽人〉一條；從妖部第三卷移入〈元自虛〉一條；從鬼部第九卷移入〈山都〉、〈木客〉而合為一條；從妖怪第二卷移入〈張遺〉一條；從妖怪部第八卷移入〈曹朗〉一條。以上所列，蒐集了「木精山怪」的描述，表達完整的概念。類近這樣的變動，是馮氏改編中最有意義的創舉！

雖然馮氏書中的分類，大部分仍沿襲舊有觀念，如設有〈龍〉、〈虎〉之部。然而〈龍〉部與〈水族〉部並列，另別出〈劉甲〉、〈老蛟〉兩條為〈妖〉部，〈漢武白蛟〉、〈伐蛟〉兩條為〈水族·鱗族〉部。〈虎〉部，19 條歸〈野獸·虎〉部，16 條歸〈妖怪·虎妖〉之部。則龍、虎為自然動物之首的觀念，也被馮氏修訂了。

去同就簡、縮減篇幅字句、合併條目、歸類移位，便是

馮氏節選的原則吧！為了使讀者減輕龐雜巨書的閱讀負擔外，另增加一些閱讀的趣味，馮氏又不遺餘力地加上夾註、眉批、總評。這些增加的文字，透露了馮氏的編寫策略，是下一節要討論的重點。

四、馮夢龍在《廣記鈔》中
所表現的認知與見解

　　直接表現馮夢龍編纂《廣記鈔》的見解，可見於一千七百餘條的眉批、兩百餘篇的篇末總評，正文之間時而附入的邊批、夾注。在這些評述文字中，可以歸納出馮氏編纂的企圖心。首先，為了減少縮編節選所造成的弊端，馮氏利用眉批訂定細目與附見的體例。其次，為表現博學，幫助讀者閱讀，馮氏著墨字詞訓釋、解釋專有名詞、徵引他說、補充見解，以及記載風俗民情。其三，馮氏闡述個人對神仙世界的嚮往以及質疑；其四，反映個人對儒家治身、理家、治國之道的肯定；其五，藉古人事件抨擊當代時事與制度；其六，表現個人人生歷練所積聚的智慧與觀念。

（一）訂定細目與附見的體例

　　訂定細目，如卷 19〈徵應〉部，包含休徵、咎徵、感應、讖應諸事，諸事下又再細分，故依次註：亦下帝王休徵、以下人臣休徵、以下邦國咎徵、僧寺咎徵、感天、感鬼神、以下情感、語讖、以下歌曲讖、以下字讖、以下詩讖、以下地名讖；20、21 兩卷為〈定數〉部，細分為：科名、

祿位、貧富、生死、婚姻、飲食等類。又如卷 26〈好尚〉
部下各註：好儒、好登涉、好書、好琴、好歌、好雙陸、好
醜、食性異，以說明好尚之異同。有關附見體例，如卷 5
〈仙部・司馬承禎〉註：（謝）自然，別見女仙部；卷 6
〈仙部・韋善〉註：大化龍附見；卷 8〈女仙部・西王母〉
註：九天玄女附見；卷 8〈女仙部・驪山老母〉註：李筌附
見；卷 9〈女仙部・樊夫人〉註：裴航附見；卷 10〈道術
部・張士平〉註：太白星官附見。

（二）廣徵博引，以顯博通，並助讀者閱讀

為了顯示博通，馮氏透過眉批、邊批、夾注、總評各種
方式，來與讀者們「對談」。最直接的方法是：

1. 音註、字詞的訓釋。

音註者，如卷 6〈仙部・軒轅彌明〉註：炪，才野切，
燈燭燼；卷 7〈仙部・慈心仙人〉註：倭音猧，犬子也；同
卷〈李玨〉條：玨，音覺，同穀（殼）；卷 13〈杯渡〉條：
圌，音垂，環也；卷 25〈武臣有文附・高昂〉註：迎新
婦，婦音阜。字詞訓釋者，如卷 1〈仙部・木公〉註：金母
即西王母；同卷〈焦先〉註：芋可名為焦先石；卷 14〈異
僧部・僧伽大師〉條：「頂穴」註，與佛圖澄乳穴同；卷 66
〈畜獸部・拱鼠〉條，註：詩云相鼠是也。

2. 談用典與對仗。

用典者，如卷 1〈仙部・徐福〉註：詠仙家亦可用「三
車」；卷 62〈天部・番禺村女〉註：嘲醜婿可用「雷郎」；
同卷〈虹丈夫〉註：「虹種」可嘲肥人；同卷〈怪山〉註：

「怪山」可嘲不速之客。談對仗者，如卷 64〈花木部·鬼皂莢〉註：「鬼莢」可對「人楓」；同卷〈無情草〉註：「左行草」可對「金燈花」，一無義、一無情。

3. 辨異考訂。

如卷 3〈仙部·韓愈姪〉註：本傳云韓愈外甥，今從《酉陽雜俎》改作姪。世傳韓湘子，不知何據，然為姪無疑；卷 4〈仙部·羅公遠〉註：此段見《開天傳信記》，彼作羅思遠，誤也；同卷〈崔生〉註：《會昌解頤錄》所載略同，為蜀人張卓事；卷 20〈定數部·尉遲敬德〉註：按尉遲名敬德，字恭，乃雙名單字，人多不知」；卷 44〈婦人部·謝小娥〉註：《續幽怪錄》事同，但云尼妙寂姓葉，夫為任華，亦據李傳，不知何以異也？同卷〈婦人部·宮人紅葉詩〉載唐顧況事、進李茵事，註中再引：《雲溪友議》中書舍人盧渥與雲芳事，小說則為于佑事，「紅葉題詩」是個常見的故事模式；卷 47〈樂部·李龜年〉條，註：木芍藥即今牡丹；又云：李龜年其宅後為裴晉公移於定鼎門南別墅澄綠野堂；卷 51〈夢部·沈亞之〉註：尚公主，漢制也，秦公烏有是；卷 78〈妖怪部·五酉〉註：小說有顏回擒鬼化為蛇，事略同。從這些考訂文字，可見馮氏博學徵引之能事。

4. 引述他說，補充見解。

如卷 2〈仙部·葛玄〉總評，引《金陵六朝記》云，葛玄得道昇天之事；同卷〈壺公〉眉批：據《真誥》，壺公是施存轉生，存，孔子門人。《術覽》云，壺公姓謝名元；卷 3〈仙部·許遜〉總評，引《朝野僉載》、《廣異記》、《墉城

仙錄》等書,增加許旌陽的神奇事跡。卷 5〈仙部・王賈〉眉批,引《大唐奇事》云,李義喪母,黑犬化身為母受其奉養事,同於王賈此事。這幾個眉批、總評所提及的事件出處,其實也收在《廣記》之中,只因為被馮氏刪削了,改成附屬的形式出現。

(三)闡述個人對神仙世界的看法與質疑

打開《廣記鈔》,首見〈仙部・老子〉,馮夢龍加眉批云:「老子母為玄妙至女。據《化胡經》,再投淨妙夫人體為釋迦。」似乎,馮氏也接受了一般的民間信仰:虛無老母生東西二十四列聖,以不同宗教面貌教化世人。他也認為信心、勤懇、順命,是得道的必備德性。所以在卷 7〈仙部・陽翁伯〉中,評云:「以石種玉,世無此理。翁伯信心,便是道器。」卷 6〈仙部・陳安世〉中,批云:「誠實,得道之本……誰肯如此?肯如此,何事不成?」卷 2〈仙部・王賈〉條中,批云:「未來事一一指畫如睹,凡事有定數,人何為妄營哉?」對於俗塵功名的追求,馮氏也在卷 6〈仙部・裴諶〉條中,王敬伯以出山做官而得意,批語道:「斥鷃笑鳳,腐鼠嚇鳶,紅塵中得意揚揚者,真可憐也。」

然而在〈老子〉條下,否定孔子曾為其弟子,脫離與仙道相關的聯想;同卷〈白石先生〉條下,並引述《冥祥記》內容,總評云:「天界、地界與人界不殊,故佛氏以無生超脫三界,據其最勝。」馮氏認為死後世界仍苦於人界,對死後成仙並沒有想望。在許多的批語中,他還表現對「仙家」的質疑。如卷 4〈仙部・葉法善〉批云:「法善仙官也,乃

受制于蝙蝠精，何耶？且吾聞仙人不死，又何也？」同卷〈羅公遠〉條，批云：「觀此則公遠尚未到上界地位，唐人好作小說，或亦用尊題格也。」同卷〈徐佐卿〉條，批云：「能知箭主于後年，而不能避一矢于今日，豈數已預定，雖仙家不可逃乎？既不可逃，何貴仙也？」卷 2〈仙部‧漢武帝〉批云：「觀『胎性』二字，始知神仙天生異種出類拔萃，非修習可致。」仙、人異途，不可能轉換，或此之謂。

再回到〈老子〉條中，老子要某甲陪往安息國，當以黃金還他薪水，何以不能一忍？馮氏批：「字字有意，莫但作奇事看過」；為了怕話語未明，所以又加了總評，云：「安息國者，喻身心休歇處。黃金還汝，欲以金丹度之，非頑金也。『不能忍』三字，極中學道者之膏肓。所以不能忍者，由貪財好色故。聞《神仙傳》等書，須知借文垂訓，若認作實事，失之千里。」他居然把仙道事蹟的記載當成鼓舞人們堅忍、辛勤的「幻想故事」，簡直毀棄了《廣記》原先架構的宗教信仰基礎。對同卷〈孟岐〉的故事，對於神蹟，他還評云：「誰人對證？類似（張）少君大言，流為醒神說謊」，到了這個地步，他已經在譴責迷信了。

（四）反映個人對儒家理想的認同

馮氏沿承《廣記》之例，將唐右丞相李林甫的三則事蹟集中於卷 5〈仙〉部之中，是難以理解的行為。從在該文眉批上，馮氏不斷地表現個人不滿甚至激憤的情緒。對年紀二十的李林甫，遊獵球戲，批道：「極惡之人，仍不墮落，吾不信也。」道士使李林甫選擇白日飛升，或二十年宰相之

職，李氏選擇了後者；馮氏批曰：「貪圖榮利，雖神仙不與易，借李描寫其情。」及李林甫枉殺人命，竄責六百年後始能飛升，批曰：「若升天仍在，止遲三百年？則眼前領取二十年宰相，林甫之計不錯，而天道於是僭乎？」道士勉李氏六百年後相見；批曰：「未見譴責。」又林甫家奴入冥，知天下將亂，閻王將追李林甫、楊國忠歸；批曰：「楊國忠與李林甫同追，豈亦仙耶？」及林甫知天下亂，遂潛恣酒色；批曰：「據二書所載，林甫真仙矣。三世為牛七世娼，又何人也？」林甫求善射者，射得陰鬼囊橐，而延長十年之祚；馮氏總評云：「夫豬龍之陰兵五百，見林甫輒走避。而冤鬼不請於帝，敢挾囊索憾乎？且青衣童子何在？而僥倖於一矢，何術之下也？總之未可盡信。」馮氏選李林甫事於〈仙〉部，用意不在歌頌或彰顯神蹟，反而罵起了李氏無道。又卷 8〈女仙部・太陰夫人〉，載盧杞事，批云：「與李林甫相似，疑皆兩家門客所為。」馮氏質疑整個故事的「正當性」，「口誅筆伐」李林甫與盧杞等行為，表現了馮夢龍對於儒生陶冶本性，並能治國救民的要求。

作為傳統文人，要講求德行、言語、政事、文學，所以馮氏在〈名賢〉部先列此四行。但他仍不改諷喻的口吻，在〈李景讓〉中，宣宗選宰相，以紙條書寫名姓三兩人，用碗覆蓋，使人抽出，而加任用。馮氏評云：「德望如李公者，何必探丸？以人聽天，斯為陋矣。」顯然他在譏諷李景讓的無德。〈員半千〉評語中，馮氏引郭齊宗辯駁員半千之論，並云：「如郭所言，不過書生掉舌，猶今文場對策，不記出處，作譁語欺人耳。吾不取也！」卷 3〈仙部・張定〉中，

以其孝順，批云：「所以可教」；同卷〈李阿〉條，批云：
「古仙與民同患，仙猶聖也」；同卷〈王烈〉，稱其五經百家
無不該博，批云：「天上無不讀書的仙人」。講孝道、讀書、
聖賢愛民治國之道，是神仙的充分必要條件嗎？

　　對於怪力亂神諸事，馮氏試圖給予合理之解說，以合乎
儒家的認知與見解。如卷 47〈樂部・師延〉條言師延數百
歲「抱樂器以奔殷」，馮氏評曰：「古者典禮典樂，俱世其
觀，專其職。抱器奔殷，必延之先世，傳者附會之，遂以百
歲人耳」。是則，師延先祖世代相承樂師之職明矣。

（五）藉古人事件諷刺當代時風

　　借古諷今，想是馮夢龍的一大樂趣。他對於世人狡詰詭
詐而自以為「聰明」，有許多諷刺。如卷 7〈仙部・賣藥道
士〉眉批云：「愚直便是仙質，今世誰愚直者？」卷 1〈仙
部・河上公〉評云：「人間之聰明，天上之懵懂，觀王輔
嗣，可自省自愧。」什麼叫做聰明？在卷 6〈仙部・侯道
華〉眉批說：「聰明之極為聖，聰明不衰為仙。」馮氏在追
求一種真正的「聰明」。

1. 世風澆薄，是馮氏批判的主要對象。

　　卷 4〈仙部・翟乾祐〉批云：「今人蛇蠍滿懷，方且藏
頭掩面，誰肯露五臟乎？此足惡，蓋歎世語也。」卷 25
〈才名部・李邕〉，馮氏引李邕回朝百姓爭睹之事，批云：
「怎見古時人情好才，若今日爭認尊官高第耳。」李邕果如
此值得推崇嗎？馮氏在總評中，引述知海州時如何傷害日本
國使者五百人，並言：「文人無行，至李北海極矣！」此馮

氏一劍兩刃之法，一罵俗態，另罵文人之行也。

2. 世人儉吝之習，逃不了馮氏的嘲弄。

卷 6〈仙部・賣藥翁〉批云：「世無信心之人，由不肯捨錢故。」卷 20〈定數部・李君〉載李君於華陰廟中得回父親寄存的兩千貫，老僧允其攜走，但明日「留一文書便可」，馮氏批云：「老僧亦高人，但不知留一文書何用？所謂不能免俗也。」同卷〈王叟〉夫妻儉嗇聚財，一日發悟，反在夢中受責，死後其財為安慶緒軍餉用。批云：「有聚有散，世上慳吝之輩正不知為何人守財耳？」

3. 對於時政冤案、酷吏、惜生、用才，馮氏也有意見。

如卷 23〈精察部・崔碣〉條，崔碣治王可九冤案，馮氏批云：「世無博陵公而有司之冤人也，久矣，嗟哉！」卷 6〈仙部・蘭陵黃冠〉云咸通中溫璋為正天府尹嚴殘，批云：「黷貨敢殺，治有能名，自唐已然矣。可嘆！」卷 22〈名賢部・唐玄宗〉批云：「五十年太平天子，由惜福故。」卷 5〈仙部・李泌〉，評云：「往時天子愛才如此，故天亦往往產奇才以應之。迂吁！今亡矣乎！」同條又批：「唐世世殺子，貽謀不善，故肅宗亦有建寧之戮，代宗追悼不已，以大國祀之可也。

（六）表現個人人生歷練與智慧

閱讀馮夢龍文字，最為吃力的地方，是他混合使用正言、諷刺、反諷的各種語調，讓人不清楚他在述說、抨擊、抱怨，還是嘲弄？是認真，還是笑鬧？

譬如，卷 3〈仙部・馬自然〉言竹杖擊病人患部可瘉，

批云:「人化石,有情而之無情;松化石,有生而之無生。『自然杖』此語,可贈醫家。」人、松終究不同屬,所同者生死,所異者有情、無情,當是正言。以杖指吹哨即可治病,則有反諷的語氣在。要能辨明所論各事,得費一番心思。有些明顯的事例,可以略述如下:

1. 馮氏喜歡高談仙情以反襯人情的澆薄。

如卷 1〈仙部・秦役夫〉,批云:「邂逅猶戀戀,乃知仙家非真無情,特無塵世之惡薄之情耳」;卷 5〈仙部・張老〉批云:「畢竟仙家之情勝于俗家數倍。」可是他轉個身,又以世情言仙情的不可依恃。如卷 6〈仙部・杜子春〉批云:「名教雖尊,非錢不圓」;卷 7〈仙部・薛逢〉批云:「學仙亦須資糧,人何可以無財乎?」;卷 2〈仙部・李少君〉批云:「神丹亦需財辦,然則貧士安往而不困哉?」是則所謂仙界之事,又充滿了銅臭味。前段所引李泌「虛誕自任」之事,稱麻姑獻酒,頃間為人識破。馮氏反而為其塗飾,曰:「此必忌者之口,非實也。不然,天下豈有虛誕仙人乎?」天下虛誕之事不免,即連馮夢龍亦喜愛光怪陸離之談!

2. 馮氏喜歡以情來探討人間事理。

卷 6〈仙部・杜子春〉總評云:「道家云:丹將成,魔輒害之,蓋鬼神所忌也。愚謂不然。種種諸魔,即我七情之幻象耳。如人夢想,由未忘情。至人無情,所以無夢。子春之遇,夢也。七情中各未臻,豈惟愛哉?特以子春為一則耳。」讀故事,亦有動情之時。如卷 28〈義氣部・周簡老〉條,評云:「(魏)貞非素有德於(周)皓也,特貴以情投耳。簡老又非素與貞相識也,特不忍負貞之所託耳。古人

意氣相期如此，何今無萬分之一耶？吾讀《漢書》，至孫賓石救趙歧事，為之一慟。閱《廣記》，至周簡老救周皓事，為之再慟。」同卷〈吳保安〉條，馮氏對郭仲翔得吳保安信「深感之」，批云：「人以事求我，而反感之，此意誰能識得？」及新任姚州都督楊安居賜錢給吳保安妻，批云；「熱腸自冷不得，猶冷腸不可令熱也。」及保安救仲翔出，始首次見面，批云：「識面方今，識心已久，才是真正好相識。」從這幾則論說，馮氏藏不住「認真執著」的一面，他所倡言的「情教觀」，絕非聊備一格而已。

3. 馮氏也喜歡探討男女之間的關係。

在卷 1〈仙部・彭祖〉總評中，他說：「天地晝夜合，一歲三百六十交，而精氣和合為嘗相屬。故交接之道，男女相成，使彭祖與采女為夫婦，可以偕老。」自然運行如此，仙界男女也可成夫妻一體，而不以為忤。對於彭祖喪四十九妻，馮氏頗有意見，他說：「骨肉之痛，多壽為累也。然能自壽，何不能壽其妻子？」在卷 5〈仙部・張老〉條，張老使妻韋恕女騎驢帶笠，自己策杖相隨一幕，批云：「仙中梁孟也。」真有「只羨鴛鴦不羨仙」之慨！他講求男女平權、夫妻一體的觀念，所以在卷 6〈仙部・裴諶〉條，裴諶以法術召王敬伯妻戲之，批云：「或言既係故人何當以妻為戲？此不然，正欲破其俗情耳。」卷 8〈女仙部・白螺女子〉條，引《搜神記》謝端事，云：「白水素女留殼辭去，米穀常不乏，卻無妻以下事。」尊重妻子，保護妻子，甚至依賴妻子，很切要地表達丈夫的戀妻情懷。

4. 對於女子優於男子，亦加讚揚！

卷 4〈仙部・翟乾祐〉，女子點化翟乾祐，順自然之情，而民得以衣食，馮氏云：「有智婦人勝男子，不謂神道亦然！」卷 80〈雜志部・鶯鶯傳〉，是個耳熟能詳的故事，馮氏批云：「紅娘見識過張、鶯十倍。鶯勝張又十倍。」雖然文中仍有調侃女子之語，但不失詼諧之趣。如卷 2〈仙部・漢武帝〉，武帝求《五岳真形圖》而不得，馮氏批云：「女不傳男，因知男不傳女，仙家亦自別嫌。」卷 4〈張果〉條，祕書監王迥質、太常少卿蕭華訪張果，果笑曰：「娶婦得公主，甚可畏也」，一語雙關，馮氏批云：「仙家亦畏婦乎？蓋刺太平、安樂之事耳。」卷 6〈仙部・陳安世〉條，其權叔本妻阻見二仙，批云：「婦人言切不可聽。」是則馮夢龍嬉笑言談之中，仍把世間男女真情當作第一要務。

5. 表達對人口問題的看法

卷 7〈仙部・古元之〉記載和神國人生二男二女，馮氏評云：「不若人生一男一女，永無增減，可以長久。若二男二女，每生加一倍，日增不減，何以食之？」馮氏調謔之餘，談起這個嚴重的「人口問題」，倒有許多前瞻性。

6. 反思治國興利的理念

在前引〈仙部・翟乾祐〉條，女子教翟乾祐放任龍精，風雷灘險如故，可以利民生；總評之處，馮氏特加重語氣，云：「『寧險灘波以贍傭負，毋利舟楫以安富商。』」此語直是牧民要訣。蓋久習勞者不苦，驟廢業者難堪。褒多益寡，自然之理也。猶記昔年吾吳一撫臺，欲行維風之政，首革遊船。於是富家兒爭賃山寺園亭，挾妓宴樂如故。而舟人破業

數百家，怨聲騰路，未幾復之，此足永鑑。」這個理念似有道理，衡諸今日工商建設，未免有「反智」、「反進步」之嫌！但仔細想想，世間因果、盛衰、成敗，其實仍有它的必然性存在。卷 5〈仙部・李林甫〉條，朱衣人奏上帝曰：「唐君臨御以來，天下安堵樂業亦已久矣。據期運推遷之數，天下之人自合罹亂也」，馮氏批云：「安堵樂業，便多造業，所以殺運繼之。」試觀今日之經濟活動，營建、股市、產業等等，哪一個可以逃脫這種盛衰成敗之裡？

五、結論：《廣記鈔》的價值與對後世的影響

馮夢龍完成《廣記鈔》，對後世有什麼影響呢？要談影響之前，可以先再回到未讀完的書前〈小引〉：

嗚呼！昔以群賢掇拾而予以一人刪之，又何僭也？然譬之田疇，耘之、藝之，與民食之，或者亦此書之一幸也，而予又何妨于僭乎？宋人云：酒飯腸不用古今澆灌，則俗氣薰蒸。夫窮經致用，真儒無俗用；博學成名，才士無俗名。凡宇宙間齷齪不肖之事，皆一切俗腸所搆也。故筆札自會計簿書外，雖稗官野史，莫非療俗之聖藥，《廣記》獨非藥籠中一大劑哉！沈飛仲力學好古之士，得予所評纂，愛而刻之，亦迥乎與俗不謀矣。

從這篇引文末段來看，馮夢龍執著於編選評注的工作，他辛勤加入注解、眉批與總評，除了謀個人錢糧生計、馳騁才華之外，「療俗」的企圖心，昭然若揭。那麼，他的目的達成了沒有？我們很難找到答案，也看不到重刻本，原因可能在它是《廣記》的嫡系，如果要翻印，直接找《廣記》原書便可；如果要改編，也不可能根據這本「竄改嚴重」的鈔本；但也可能是馮夢龍獨特的行事與編輯風格，讓其他的書商不敢任意加以「盜版」。從書前李長庚序言，可知此書當在天啟六年（1626）九月。同年，馮氏依靠蔣之翹輯成《智囊》；次年編《醒世恆言》、《太霞新奏》。崇禎三年（1630），捐貲為貢生，依文震孟，代作文書。後謁選為丹徒縣訓導，七年重新增訂出版《智囊補》，尋補官福建壽寧知縣。十年作《壽寧待志》，次年解職歸鄉。此後，編戲曲傳奇，輯《綱鑑統一》，改編《新列國志》等。旋即亡國，尚從事抗清活動，還輯《甲申紀事》，撰《中興偉略傳》，順治三年（1646）以七十三歲高齡失去蹤影。[11]馮夢龍對這本《廣記鈔》，似乎沒有特別在意。

儘管《廣記鈔》的分類方式、編纂結構均較《廣記》為佳。然而《廣記》以「蒐奇志異」為意圖，試圖以「宗教類書」存世，以及建構三教合一的庶民信仰，終究不是《廣記鈔》所能取代。讀者如果喜歡馮氏的人情教化的論點，大可閱讀馮氏的《智囊補》、《情史類略鈔》、《古今譚概》，犯不

---

11 參見〈馮夢龍年譜〉，《徐朔方文集》第二卷，杭州：浙江古籍出版社，頁393-452。中有一二繫事待議。

著在一本類近「宗教記載」的書籍，去閱讀馮氏「反宗教，而取人情」的主題思想。這或許是馮氏《廣記鈔》所以沒有得到重視的緣故。

近年來，坊間可見的《廣記鈔》，有上海市上海古籍出版社在 1993 年 9 月出版的影刊本，由魏同賢主編，依據上海圖書館藏明天啟六年刊本，缺頁用山西圖書館藏本配補。另有重新排印本兩種。先有莊葳、郭群一校點，河南中州書畫出版社在 1980 年 10 月初版；後為薛正興校點，南京市江蘇古籍出版社 1993 年 9 月初版。能夠讓後人一窺馮氏用過心力編纂的《廣記鈔》，實在大快人心！

或許有人認為經由上述的理由，《廣記鈔》似乎不值得翻印流傳。我想先舉馮夢龍在卷 6〈仙部・軒轅彌明〉的總評，來說明捐棄此種「成見」的必要。馮夢龍說：「學道之人第一要去人我相，老子所謂外其身而身存也。鄭又玄胸中有門望在，蔣生胸中有先輩主人翁在，黎幹、溫璋胸中有京尹在，侯喜胸中有詩名在，心既不虛，腹何由實？所以真仙當面錯過。」真仙何在？就當作馮夢龍的戲言吧！然而馮氏編輯的「真意」，卻值得仔細推敲。馮氏在這本書中表現出以儒家信徒為己任的態度，講求人情、倫理，對神仙的想望提出了質疑，這是他個人的風格，還是當時代共同的風氣？馮氏獨有的風趣、嘲諷語調，藉古事諷刺當代時風，表現了個人人生歷練與智慧，要研究馮夢龍的人與文化編輯工作，《廣記鈔》也是一個重要的例證；他花費了心血與時間，留下一千七百多條眉批、夾註、邊註、總評，呈現個人的知識見聞與編輯理念，可以提供後人研究他的思想模式與文學觀

點直接參佐的資料。至於《廣記鈔》出版的前因後果，倒也
呈顯了晚明出版與傳播現象的一例，幫助我們了解當時代書
籍出版情形。以客觀觀點來看，《廣記鈔》不會也不值得推
廣流行，但也不能因此而否定這本書作為研究馮夢龍和他的
時代的重要性！

（原載《古典文學》15 集，台灣學生書局，頁 329-358，中
　國古典文學研究會，2000 年 9 月）

「三言」故事對唐人
小說素材的借取與再造

一、唐人小說與「三言」故事的關係

　　從中國古典小說的發展流變來看，先秦兩漢以片段故事或寓言式述說，來增富作者哲學論見，還不是「為小說而小說」，如《孟子》的〈齊人章〉，《戰國策・燕策》的〈鷸蚌相爭〉；六朝時代以志怪見長的筆記小說興起，所記多「怪力亂神」之事，而在作者的思維邏輯中，把神仙鬼怪當作現實間存在的事物，這種「信以為真」的態度，還沒有觸及小說中「虛構情節、塑造人物」的創作活動。一般學者大多同意魯迅的說法：「（小說）至唐代而為一變，雖尚不離于搜奇記逸，然敘述婉轉，文詞華豔，與六朝之粗陳梗概者較，演進之跡甚明，而尤顯者乃在是時則始有意為小說」[1]。敘述技巧的進步，故事情節「有機化」，有意識的虛造幻設，都證明了唐人的小說觀念已臻成熟。

　　最精彩的唐人小說，應屬傳奇體作品；然而延續志怪、雜纂的內容或類型的作品，亦復不少。王汝濤編校《全唐小說》時，沿承歷來學者的分類，即分傳奇、志怪、雜錄，另立輯佚、疑似共為五部份[2]。這些作品的創作與傳播的歷程

1　魯迅《中國小說史略》（1923 年 10 月作者序影刊本），頁 75。又黃維樑〈中國最早的短篇小說〉，《中國古典小說論集》第一輯（臺北：幼獅文化事業公司，1977 年 8 月），頁 37-38，對「中國小說起源問題的各種說法」，有詳細的引述茲不贅。

2　王汝濤編校《全唐小說》（濟南：山東文藝出版社，1993 年 3 月），自云分類的依據，沿承明代胡應麟以來，以及魯迅的說法。又李劍國《唐五代志怪傳奇敘錄》（天津：南開大學出版社，1993），亦分傳奇、志怪、雜事三

頗為相近，作者們多半為文人，或科舉中人士，用精鍊的文言文，或添加詩文、章奏，以凸顯作者賦詩、議論、敘述的能力，而以書寫或傳抄的方式，傳遞給同僚或其他文人雅士閱讀。這樣的活動，集中在知識階層，一般人都當它是小眾的、雅正的文學。

唐以後的小說發展呢？何以有白話的、俚語的、通俗的、篇幅數千字以上的小說出現？唐代寺廟中流行的變文、俗講，宋代瓦子堆的說話，或者上推楚國優孟衣冠的扮演、漢代東方朔的諧鬧，都是影響白話小說產生的原因，但從基本形式觀察，它們全不是小說。李悔吾說：「隨著市民對文化要求的提高，和印刷業的發達，供說話藝人用的底本……話本，逐漸被加工潤色，印刷流傳，供人閱讀玩味了。話本一公開流傳，白話小說也就誕生了。[3]」仔細想想，公開流傳的「話本」，不可能是「說書人的底稿本」，而必須是經由「書寫」形式而「修飾」完成的作品。為了與「話本」有所區分，這樣的作品稱做「擬話本」或「話本小說」，算是權宜之計。

「三言」故事，是晚明流行最普遍的擬話本作品。所謂「三言」，係指馮夢龍編纂，天啟年間出版的《古今小說（喻世明言）》、《警世通言》、《醒世恆言》。在這 120 篇作品中，遵循著開場詩、入話、正話的「話本」雛型，蒐羅或改編前人的故事，如筆記、傳奇、雜纂等材料；或者直接沿襲

類。此法較一般以「傳奇」統稱「唐人小說」為佳。

3 李悔吾《中國小說史漫稿》（湖北：湖北教育出版社，1992 年 7 月），頁160。

宋元舊話本；或從史傳、當時社會事件、流傳奇聞而得到資
源；也有極少的部份，是由編者創作而成。要論斷原作完成
的時間，在宋、元、明初、中期或晚期，其實不容易[4]。儘
管每一篇話本小說著成的時代不一，但為馮夢龍抄述、編
寫、定稿、出版的時候，則為一同；而讀者在閱讀時，也不
同於聽書場中「臨場變化」，得到了「統一」的「內容」。把
「三言」故事當作晚明編者和讀者共同審視的題材，關懷並
且「談論」的主題，應該是可以被接受的。

　　至於馮夢龍在編選每篇故事時，所依據的「祖本」，想
必各式各樣。有直接從古籍原典、筆記、傳奇、雜纂或諸家
選集中，取得資材；有從後人改寫過的作品，直接抄入或輾
轉抄述成篇；或也有戲臺上流行演出的戲文，「換裝」假借
而成。單論同一則故事，歷經了各代、各朝、各地的作家之

4　美國韓南原著，王青平等譯《中國短篇小說》（臺北：國立編譯館，1997
　　年 7 月），試圖利用語詞、句法、說書型態等特點區分早期（約 1250-
　　1450）、中期（1400-1575）和晚期（約 1550-1627），有些作品還可以依據
　　文中證據，斷定為各期中的前段或後段。這樣的分析方法極具科學精神，
　　甚至還可以推測「三言」中有一名 x 先生，完成了部份的作品，與馮夢龍
　　的思想價值觀有若干相左。這樣的分析技巧，值得注意。只是古人編纂書
　　籍時，有極大的「任意性」，「忠實程度」與「習慣性」皆「深不可測」。
　　再舉嚴敦易〈古今小說四十篇的撰述時代〉，《喻世明言》（臺北：河洛圖
　　書出版社，1980 年 2 月），附錄，頁 669- 684，云：宋人之作 6 種，元 4
　　種，明中葉前 12 種，中葉後 10 種，舊本改編者 2 種，時間不明確者 6
　　種；周妙中〈和嚴敦易先生商榷古今小說四十篇的撰述時代問題〉（同
　　上），頁 685-694，認為嚴氏所定方法仍有疑慮，所以只分話本 11 篇。宋 4
　　篇，宋元間 1 篇，待考 3 篇，明人 3 篇。而擬話本 29 篇，以明人之作多，
　　少數元人所擬。嚴、教兩人的看法，孰是孰非，也難以定論。

筆，從筆記、傳奇、話本、戲文各類文體，或多或少都有人嘗試編寫，馮夢龍是否一一蒐羅，而加以比較？改編的幅度，是否有一定的準則遵循？都無法得到證實。

不過，換一個角度來思考，「三言」中實存有唐人小說中故事題材，如果能執其兩端，探討兩者的異同，是不是可以發現從「唐人小說」那種小眾傳播的、文言體式的作品，如何被轉換成通俗大眾的、白話體式的「三言兩拍」作品？改造結構，再造新體；這樣的「文藝活動」，正是秉持現代文學史觀所重視的議題。如果關係緊密，是不是可以贊同謝昕等人的論見，把「唐人小說」當作唐代的「通俗文學」，與宋、元、明的說話、戲曲、話本小說，找到一個直接關連的證據？[5]如果兩者之間仍存有極大的差異，也可以改弦去探討民間通俗文化的獨特性。

二、「三言」故事與唐人小說素材的比較

綜合譚正璧與程國賦的整理工作[6]，唐人小說改編為

---

5 謝昕、羊列容、周啟志合著《中國通俗小說理論綱要》（臺北：文津出版社，1992 年 3 月），頁 12，標舉「唐代的通俗小說理論」；頁 15，云：「唐人傳奇題材範圍寬廣，創作繁榮，出現了中國文學史上承先啟後的輝煌時期，有力地促進了通俗小說創作的發展。」唐傳奇及其他作品確實提供了相當多的「素材」，但要直接說「促進通俗小說創作的發展」，恐怕未成。

6 譚正璧《三言兩拍資料》（臺北：里仁書局，1981 年 3 月）；程國賦《唐代小說嬗變研究》（廣州：廣東人民出版社，1997 年 7 月）。程書除「三言」故事以外，尚列有《初刻拍案驚奇》16 篇，《二刻拍案驚奇》2 篇，《石點

「三言」故事的，《喻世明言》有 7 篇（含入話 2 篇），《警世通言》3 篇，《醒世恆言》11 篇（含入話 3 篇），共為 21 篇。這 21 則故事，分述如下：

（一）〈窮馬周遭際賣䭀媼〉（喻 5）

唐·趙自勤《定命錄·賣䭀媼》曰：馬周字賓王，補博州助教，為刺史達奚責備，乃拂衣南遊。又受辱於浚儀縣令崔賢。至新豐，以酒洗足，主人奇之。至京，宿於賣䭀媼家，引薦於中郎將常何家為塾師。後娶賣䭀媼為妻。馬為常何草詔，得太宗所重，召為監察御史，陞給事中、中書舍人、宰相，至吏部尚書。初，賣䭀媼曾為李淳風、袁天綱疑為貴人，後果封為夫人。岑文本斷言馬君有貴氣，然氣勢不長。卒於消渴症，年四十八。唐·劉肅《大唐新語·舉賢篇》，內容近似，惟重在馬周論政能力，且佐高宗監國於定州，得太宗龍悅。所異者，浚儀縣令崔賢之名為「崔賢育」。另有〈極諫篇〉，云：馬周諫太宗幸九成宮一事，太宗稱善。唐·胡璩《談賓錄》所載，主要敘述新豐酒店中以酒洗足、為常何便宜二十餘事、病時太宗為置宅調藥。署名杜光庭所作《神仙拾遺》，載：馬周原為素靈宮仙官，下凡佐李唐建國。汩沒凡間二十年，後得騎牛老叟點化。貞觀中獻策乃拜拾遺、監察御史，入相中書令。群仙迎歸，無疾而終。袁天綱兩度觀其面相，前後截然相異，宛如天壤。

從故事的梗概來看，《喻》文係以《定命錄》為藍本，

頭》3 篇，《西湖二集》3 篇，《醉醒石》1 篇。

選定「發跡變泰」為主題，所以沒有吸收《神仙拾遺》的神仙傳說，也不著墨於《大唐新語》中舉賢、極諫的歷史事蹟。它遵循話本小說的模式，添加枝節，使故事更合理緊湊。如兩次宿酒未醒，觸怒刺史達奚，因而亡命京城。過新豐時，酒店老闆王公初不禮遇，見以酒洗足，始為稱奇。贈飯酒，送程儀，並介紹前往長安萬壽街外甥女的店中暫住。馬周初付不出酒錢，脫裘點當，題詩壁上，寫出落難英雄的形象。話說王媼丈夫已死三年，一人守店。神相袁天罡驚為貴人，中郎將常何聞知，欲娶為妾。而此日王媼夢見白馬擾店，執箠驅趕，不覺騎上馬背，竟化為火龍升天。次晨，接見了穿白衣的馬周，又得母舅來信，乃慇懃招呼。為了怕鄰人閒言語，介紹給常何當幕賓。及馬周為太宗賞識，常何為媒娶王媼時，王媼還以為是常何的詭計，仍一壁躲避。不上三年，陞吏部尚書，與王媼富貴終老。君子不念舊惡，還提拔了達奚為京兆尹。這個故事凸顯了達奚、王公、常何、王媼的角色，消除了「沒有作用」的浚儀縣令崔賢（育）。因為是「說話」體式，又增添許多「與讀者對談的話題」，如馬周懷才不遇之嘆、漢高祖建新豐城之舉、岑文本曾繪有「馬周濯足圖」、煙波釣叟題贊的內容等等。

為了迎合讀者的世俗價值觀，故事止於馬周二人「富貴偕老」，割裂「消渴早卒」的不幸，蓄意的忽略歷史人物的真相，也放棄咀嚼哲學思維的「成敗循環論」。

（二）〈葛令公生遣弄珠兒〉（喻6）

〈葛周〉故事為五代‧王仁裕《玉堂閒話》所纂。寫後

梁侍中葛周不因廳頭甲者貪看愛姬美色而慍怒。及與唐師對陣僵持，甲率數十騎衝破敵陣致勝。葛賜愛姬、資糧為酬賞。此則故事重在「主上器量」，文中並引「絕纓盜馬」故事，可知與《韓詩外傳》楚莊王絕纓一事相同，絕非巧合。

《喻》文中，入話仍用楚莊王之事。正文則將模糊的人、事、背景具象化，如賦廳頭甲名為申徒泰，泗水人；愛姬名弄珠，稱「珠娘」；侍中葛周，改稱中書令兼領節度使，而得「令公」之名；唐軍將領入寇，指為李存璋，決戰的地點在琅琊山。故事的開進點在「偶因白事」，落實為申徒泰監督衙門新造，而到嶽雲樓的宴席上面呈進度，巧見美姬珠娘，竟忘對答。申徒泰深懼死罪，奉命沙場，仍然驚惶。兩軍膠著，申徒泰「單槍匹馬」衝入敵陣，斬前鋒沈祥之首。唐軍遂敗。按功行賞，葛將弄珠嫁與申徒泰，賜資糧、府邸，並升為參謀之職。故事中對申徒泰心境的不安、弄珠下嫁的悲怨、眾妾對弄珠離去的歡欣，有很好的著墨；及連琅琊山兩軍的陣仗，也有生動的描寫。對於「主上器量」的主題，延伸為「重賢輕色、化怨為恩」的道德教誨。

（三）〈吳保安棄家贖友〉（喻 8）

唐·牛肅所撰《紀聞·吳保安》，故事始於宰相郭元振之姪仲翔隨姚州都督李蒙征討南蠻。同鄉吳保安來信求職，仲翔推介於李蒙，得召為管記。保安至姚州，軍隊已覆滅。仲翔為俘虜，乃寄信保安求贖。時宰相已死，無人可以援助。保安棄妻子，居嶲州十年，得絹七百。妻子尋訪保安，得新任姚州都督楊安居之助，補足其餘。仲翔謝楊都督，貢

蠻女十人，楊僅取幼小一人，陪伴幼女。後保安選授眉山彭山丞，與妻皆卒於該地。仲翔親為迎骸骨歸，厚賜家產，並旌表為官。文末補敘仲翔在蠻地受販賣、苦刑酷毒之狀。

此文篇幅兩千五百餘字，沿承唐人小說之癖好，載有保安與仲翔往返兩封信件，即佔三分之一的篇幅。吳保安事蹟另見於《新唐書·忠義列傳》中，想係真人真事，經牛肅的「渲染發揮」，重要情節亦已穩固成熟。《喻》文共長七千五百餘字，為《紀聞》中的三倍，卻沒有增入其他細節，也可想而知。因為敘述故事的須要，把郭仲翔自述被俘情形的書信，以及日後慘遭酷虐情事，都用順時序的方式鋪陳。所增添文句，無非誇張原有事件，如仲翔背負骸骨，無法行走，祈天之後，卻能「兩腳輕健，全不疼痛」。

(四)〈裴晉公義還元配〉（喻9）

唐·裴度，字中立，聞喜人。貞元間（785-804）進士，累官中書侍郎，同平章事，討平淮蔡。元和十三年（818），削平淮西吳元濟，封晉國公。誅宦官劉克明，迎立文宗。太和八年（834）晉中書令。繫天下重輕者垂三十年，與郭子儀名相持。《全唐詩》卷335有傳。唐筆記、野史中記裴度事蹟甚多，如張讀《宣室志》、康駢《劇談錄》載「敗淮西吳元濟」事；趙璘《因話錄》、無名氏《玉泉子》談裴度器量；薛用弱《集異記》談裴度之犬；盧肇《逸史》言敬神不怠；盧言《盧氏雜說》寫言語幽默；溫畬《續定命錄》記遇刺而命不該死；孫光憲《北夢瑣言》寫相士之語未能應識；王保定《唐摭言》鋪演「拾還玉帶」，宋·王

讜《唐語林》因之；王仁裕《玉堂閒話》載「義還原配」一事。

　　《喻》文只處理了後二則故事。裴度年少落拓，相士言命當餓死。後於香山寺拾得三條寶帶，還給失主，救得冤案。再遇相士，骨相全改，可以致富貴，迨積陰德云。此為「拾還玉帶」故事，當作「義還原配」的引起。本事始於元和十三年，裴度功封晉國公，卻因佞臣中傷，乃縱情酒色。四方郡牧徵選歌舞侍妾，送於裴庭。故事另敘唐璧，字國寶，晉州萬泉人，已聘同鄉黃太學之女小娥為妻，因宦遊南方而未婚配。刺史託縣令強索黃女，進奉裴庭。唐璧歸來，往長安探訪，得授湖州錄事參軍。岳父將三十萬錢置於船上，為盜匪所劫唐璧跳水逃亡，失去赴任官帖，得老者濟助，重返京城。酒店遇紫衫人，訴怨裴公失德，又怕惹禍上身。未料，紫衫人即裴度本人，送還小娥，為辦婚事，並重發官誥，使歸赴任。此則故事，相較《玉堂閒話》，增添主角姓名、里貫，改「黃娥」名為姓黃名小娥。參軍的遭遇，由五十餘字篇幅，增為三萬餘字。鋪陳的本事，實在高明。

（五）〈張古老種瓜文女〉（喻33）

　　張老故事見於唐・李復言《續玄怪錄》[7]。張老為揚州

7　王夢鷗：〈玄怪錄及其後繼作品辨略〉，《唐人小說研究》四集（臺北：藝文印書館，1978 年 10 月），頁 21，認為此文或為牛僧孺所作，託言梁世，其實是影射韋夏卿家子弟。林美君：〈張老故事的幾點探討〉，《中華文化復興月刊》第二十卷九期（1987 年 9 月），頁 63-69。引述王夢鷗之見，認為此篇「託古諷今」，為牛氏一慣作風。此篇真有「主觀上的諷刺

六合縣園叟，託媒娶韋恕家長女。恕言日內得五百緡則嫁，戲言成真。張老偕妻歸王屋山下。恕命子義方訪問，崑崙奴引入仙境。告歸，贈二十金並舊席帽一頂。持帽揚州王老家取錢千萬。仙俗路殊，遂不相見。因「戲言而嫁女」，早見於干寶《搜神記・楊伯雍》之中，題為杜光庭所作《仙傳拾遺・楊翁伯》，也有類似的記載。「持帽取錢」的情節，亦見於唐・戴孚《廣異記・張李二公》中。

《喻》文添加了許多枝節。先是韋恕信佛獲罪於蕭梁武帝，貶滋生駙馬監院判。因御馬雪天走失，訪得張老家。張老還馬，並剖瓜獻客，遂有往來。張老託人說媒，韋恕言十萬貫即嫁，戲言成真。八十歲老叟遂娶十八歲文女。次年，兄義方歸來，怒火砍殺張老，卻自折寶劍。又次日，追往茅山，入桃花莊。張老贈舊席帽，教往揚州開明橋生藥鋪申公之處取錢。義方下山，卻已經過二十年，家中父母親人一十三口，二十年前俱已「白日升仙」。韋義方「持帽取錢」，散施窮人。忽一日，再遇張老酒樓，始知張老為「上仙長興張古老」，文女為「上天玉女」，因思凡受謫，而有此緣。此則故事，加重佛教因緣，也強化人物個性，如韋恕的信守諾言，文女的孝心綿綿，義方的火爆脾氣，都比原作精彩。

（六）〈眾名姬春風弔柳生〉入話（喻12）

本篇正文為宋代詞人柳永故事。宋・王辟之《澠水燕談錄》、吳曾《能改齋漫錄》等書，皆載柳永進詞於仁宗，而

意味」嗎？很難斷言，只能備為一格。

得屏斥。入話則以孟浩然（689-740）事蹟相對比。《舊唐書・文苑傳》略云：孟浩然隱鹿門山，以詩自適。年四十來遊京師，應進士不第，還襄陽。張九齡鎮荊州，署為從事，與之唱和。不達而卒。《新唐書・文苑傳》增加若干事件，如：京師遊時，太學賦詩，一座嗟伏。張九齡、王維雅稱之。王維私邀入內署，適玄宗至。召出，問其詩。浩然自頌『不才明主棄』之句，獲罪玄宗。採訪使韓朝宗約見京師，浩然因與故人劇飲耽誤會期。卒後，墓毀壞，節度使樊澤更築。王維過鄧州，畫浩然像於刺史亭，改稱「浩然亭」。咸通中，刺史鄭諴更名「孟亭」。五代・王定保《唐摭言・無官受黜》則云：孟浩然與王維有深交。一日，唐玄宗訪王維寓所，遇浩然。浩然進詩：『北闕休上書，南山歸敝廬。不才明主棄，多病故人疏。』上不悅，因放歸。顯然從《舊唐書》擷取原材，發揮成篇。稍後，孫光憲《北夢瑣言》亦錄此事，惟以李白推介於玄宗。

　　《喻》文中，引浩然此詩為首。並說：宰相張說草應制詩，苦思不就，因密請浩然入內。適玄宗來，只得出見，頌此詩而得罪。九齡力薦浩然館職。玄宗言：浩然有『流星澹河漢，疏雨滴梧桐』清新之句；有『氣蒸雲夢澤，波撼岳陽樓』雄壯之句。偏引枯槁之詞以對，有懷怨之意，遂不用。在這五百餘字的入話中，舉薦之人何以由王維、李白改為張說？『氣蒸雲夢澤』乃浩然〈臨洞庭湖贈張丞相（九齡）〉之詩句，有故交者張九齡也，何以改為張說？

　　玄宗私訪王維、李白住處，可能性極小。而張九齡（673-740）曾為右拾遺，開元中，拜同平章事中書令。以

尚書右丞相罷。張說（667-730）較九齡為長，也提拔過九齡。拜中書令，封燕國公。罷為相州刺史，累徙岳州，後復為中書令。他有神仙思想，也被引述為〈虯髯客傳〉的作者。在一般讀者眼中，「張說」或許是個較熟識的名字，也未可知。文中引述浩然詩三首，校以《全唐詩》，每首都有「異文」。『松月下窗虛』，「下」作「夜」；『流星澹河漢』，「流星」作「微雲」；『波撼岳陽樓』，「樓」作「城」。是手民之誤嗎？是作者根據的版本已有出入？還是為了「通俗達意」的緣故，而動了刀斧？

（七）〈明悟禪師趕五戒〉入話（喻30）

本篇正文乃寫宋代蘇東坡與謝瑞卿（法名佛印）的前世因緣。入話中，選擇了李源與惠林寺僧圓澤的「三生緣」故事，自然是恰當不過。故事的緣起有兩處。一是李冗《獨異志》中所載：李源父親為安祿山所害，遂隱洛陽惠林寺。識得少年武十三，同往福建。經宋村穀熟橋，武生登岸告訣，言投胎張家為男，十五年後得明經，後終邑令。告訴李源的未來：八十歲可為諫議大夫，又二年卒。又與李相約七年後相見。七年後，李源經宋村，想起往事，遇一童貌似武生，竟能相呼叫答問。另一個故事載於袁郊《甘澤謠》：李源與圓觀相友三十年。一日，遊蜀，出三峽，次南浦，河邊見某王姓孕婦。園觀告知，將投胎此婦腹中，生三日，與源相晤一面，不久死去，將投他處。十二年後，再見於杭州天竺寺外。當夜，圓觀卒而孕婦產矣。三日後，往觀嬰兒，果得一笑。十二年後，再赴天竺寺。與牧童隔葛洪川相答問，知為

圓觀轉世也。這兩篇作品完成的時間，袁郊自云咸通九年（868），久雨中臥病，遣悶而寫；而李冗之作約在唐宣宗至僖宗元年（847-874）間完成，時間過於接近，一時也分不出誰先誰後。

《喻》文的架構，則根據後篇而作。改「惠林寺」為「慧林寺」；改「圓觀」名為「圓澤」。縮短兩人遨巡於四川各地，延宕行程的討論。放棄了和尚逃避宿命，以致於該孕婦懷胎三年而未生；使「因果循環」歸於圓滿。李源探訪嬰兒時被拒，告以始末，賄以金帛，才得一見。添加十二年後為唐僖宗乾符三年（876）的「時間標誌」，因黃巢作亂，李源因經商而入杭州。信步天竺寺，忽聽得牧童歌「三生石上舊精魂」等句，隔水相望，無緣再見。牧童所唱的兩首歌，完全「接收」，但因為是擬話本的緣故，還是添加了月峰長老為圓澤誦經度化的情節，以及圓澤火葬時，顯出全身本相，合掌向空飛去的「鏡頭」。

（八）〈李謫仙醉草嚇蠻書〉（警9）

李白事蹟見於《舊唐書·文苑傳》下，云：字太白，山東人。少與孔巢父等遊，號「竹溪六逸」。天寶初，遊會稽，與道士吳筠同隱剡中。玄宗召白造樂府新詞，白沈醉間上殿，引足令高力士脫靴，由是斥去。與崔宗之衣宮錦袍，泛舟采石磯。賀之章曾讚賞為「天上謫仙」。坐永王璘，流放夜郎。赦還，醉死宣城。《新唐書》也添加了若干情節，先介紹李白為興聖皇帝九世孫，先人以罪徙西域。神龍初遁還，客巴西。母夢長庚而生李白。蘇頲為益州長史時，視為

奇才。玄宗召見，論當世事，奏頌一篇，帝賜食，親為調羹。召供奉翰林。永王璘事敗被俘，郭子儀為解。宋若思尋陽釋囚，曾辟為參謀。後依當塗縣令李陽冰。代宗立，以左拾遺召，而白已卒。就內容觀察，《新唐書》的記載，有些已經是小說的筆法了。

唐・孟棨《本事詩・高逸》，談論李白人品與詩才。全篇 900 餘字，半數以上引述詩作。首以賀知章讀白〈蜀道難〉，號為「謫仙人」，解金龜換酒。續談〈烏棲曲〉、〈烏夜啼〉二篇本事。白自比陳子昂、沈約，以復古道自許。玄宗召入時，白已醉酒，草宮中行樂五律 10 首。再引述白〈醉吟詩〉、〈憶賀知章詩〉。唐・段成式《酉陽雜俎》前集，記「力士脫靴」與「宴別杜甫之作」。《唐摭言》載「醉酒賦詩」；《松窗雜錄》載李白進〈清平調〉三首以譜新聲，及力士拾詩中句以激楊貴妃。

《警》文以《新唐書・文苑傳》的記載開始，捏造一個迦葉司馬，勸李白進京試才。改賀知章「解金龜換酒」為「金貂」，並為李白寫信給楊國忠、高力士。楊、高不領情，反將李白卷子斥退。忽一日，番使持國書到，朝中無人可解，賀知章薦李白一試。玄宗賜李白進士及第，著袍金帶，廷上對譯番書，宣讀如流。玄宗因賜酒飲。次晨，李白宿酒未醒，天子御手親調醒酒酸魚羹，又令楊磨墨、高脫靴。李白以番文草就，並御前朗讀一遍，驚得番使拜舞辭朝。事後，玄宗欲重加官職，李白只願「逍遙散誕」。後段，仍引撰述清平調，為高力士中傷；華陰縣倒騎驢子，警告貪官；坐永王璘事，郭子儀搭救；采石磯騎鯨飛升；到宋

太平興國年間（976-983），有書生月夜渡采石磯，巧得李白和詩云云。

全文結構分三股。前事寫「赴試落第」，託請權宦，反而失意，也是始料未及；作者為了表現李白的「不遇」，醜化了楊、高嘴臉，李白矢志報復，卻也讓李白變成挾怨報復的小人，殊不值得。中段寫「醉草嚇蠻書」，頗有新意。唐人著作中並無此事，乃為後世俗傳。明末《國色天香》卷 3 中，有〈快睹爭先・番書〉、〈嚇蠻書〉、〈李白與韓荊州書〉三文，卷 6 又有〈山房日錄・李白供狀〉，於華陰縣所寫。此書編寫甚雜，有故事，有應用文，有詩詞，宛如「寫作手冊」。就有關二文與《警》文中「打油詩一般的口白」相較，頗覺「雅緻」。末段寫李白「縱歸江湖」，夾若干傳說，雖無脈絡相連，卻能呈顯李白神奇傳說。尤其「騎鯨升天」與「采石對詩」，已經到了活脫的「想像世界」中。

（九）〈蘇知縣羅衫再合〉（警 11）

《警》文的背景，係明永樂年間涿州蘇姓進士赴任金華蘭溪，在儀真黃天蕩處遭劫的故事。何以與唐人故事有關？題名晚唐皇甫氏所撰《原化記・崔尉子》，寫天寶中清河崔姓人，家住滎陽。受吉州太和縣尉之職，攜妻子王氏搭吉州孫姓之船赴任。被推墜江中。王氏忍辱生子，孫匪養為己子。二十年後，其子赴京考試，途經鄭州，迷途而入崔莊，祖孫不期而見。崔子應舉不捷，歸程再經此莊，得祖母贈衣，惜雙方俱未知情。一日，崔子著贈衣，王氏發覺「下襟有火燒孔」，知崔子已與祖母相見。崔子遂詣府論冤，誅孫

匪。王氏合當論罪，以子哀請而免。溫庭筠《乾𡢃子·陳義郎》，亦云：天寶中，陳彝爽擢第，受蓬州儀隴縣令。攜妻郭氏、子義郎赴任，並力邀鄉人周茂方同行。茂方中途生惡念，殺之。誆其妻，冒名赴任，可致衣食。一年後，真相始白，郭氏藏恨而無計可施。後，茂方選授遂州曹掾。經十七年，義郎十九歲，經故鄉前往京城應舉，遇一老婦留飯食，以其貌似家人而贈衣，上有昔日郭氏「裁衣沾血」之跡。歸見母親，始知所見老婦，係為親祖母。義郎乃襲殺茂方於寢中，並向官方告白。婆媳孫三人，得以團圓。另有一篇無名氏所作《聞奇錄·李文敏》，時間不詳。李文敏赴廣州錄事參軍職，遇賊沉江。妻崔氏、子五歲，為賊所俘。賊即廣州都虞侯。其後，子長成，科考落第。歸途，入華州渭南縣東，投宿一莊。老婦見其所穿汗衫，上有「燈燼燒破」之跡。祖孫因此相認。歸問崔氏，舉發舊事，遂得平反。這些故事的情節，何以如此相近？王夢鷗認為：「倘非遞相祖述，亦恐出於一事而傳聞異辭。」[8]《曲海總目提要》卷 4也有〈合汗衫〉故事，大抵陳虎害張孝友，以張妻所生為己子，名陳豹。年十八，豹赴南京省試，母乃出汗衫與之，使與祖父母相會。時張家遭火，流落行乞。豹中武狀元，自相國寺散齋濟貧，得見祖父母。事後真相始白。

　　《警》文的故事結構，不脫上述模式。入話先以「貪財好色惹出禍端」為始，再切入儀真私商徐能夥同姚大、趙一

8　王夢鷗〈陳義郎敘錄〉，《唐人小說校釋》（臺北：正中書局，1985 年 1月），頁 70。

刀、翁鼻涕、楊辣嘴、范剝皮、沈鬍子諸人，包攬船隻，掛著「山東王尚書」的招牌，專做搶劫不軌之事。故事主角蘇雲南下赴任，以官船進水，換乘徐能之船，因而受禍。文中出現了一個善良的角色徐用，企圖阻止徐能殺人。蘇雲被投入江中，幸得徽州商人陶公救起，因為失去盤纏、到任文憑，怕與「山東王尚書」纏訟，只得隱遁三家村，教孩子讀書。妻鄭氏與朱婆忍辱偷生，為徐用放出，連夜逃亡。朱婆走不動，怕連累了鄭氏，跳井自殺。鄭氏躲入慈湖尼庵，在廁所中生子。老尼只願收容一人，遂將孩子棄置柳村。徐能醉醒，追之不及，得柳樹下嬰兒，又有金釵、血羅衫，交姚大妻子養成。怱怱三年，蘇老夫人得不到蘇雲消息，派次了蘇雨前往蘭溪探望，始知兄長根本沒有到任。續任的高知縣願代為尋訪，不及半月，蘇雨卻一病而死。歲月不居，話說徐能拾獲的孩子名為「繼祖」，十五歲上京科考，路經涿州，偶向老婦求水喝。老婦請往家中，噓寒之間，見繼祖長相有若蘇雲，不覺傷感，將長子喪於江盜之手，二子病死蘭溪，住屋又被鄰人失火波及諸事，一一說起。繼祖住了一晚，次晨老婦拿不曾開摺的羅衫相贈，並說此衫「領口被煤燈燒了一個孔」，嫌不吉利，未給蘇雲穿去。繼祖入京中進士，除中書，兩年後選授監察御史，往南京刷卷，便道省親歸娶，是年十九歲。時，鄭夫人出庵化齋，向人述說苦情。有人建議寫狀，向新任刷卷御史申理。繼祖獲狀，聯想涿州老婦事，遂喚姚大問由，由金釵、血羅衫，已證得一二。且說蘇雲在烈帝廟求籤，指示到南京遞狀申告。操江林御史與徐繼祖合庭，辦了眾強盜，改名「蘇泰」，骨肉從此團圓。

　　《曲海總目提要》另有〈白羅衫〉，乃鋪演《警》文中的故事。其實，《西遊記》唐三藏父親陳光蕊事件，也有相同的題材處理。用民間故事「母題」的觀念，來探討此類型故事，或許才能得到合理的解說。

（十）〈旌陽宮鐵樹鎮妖〉（警40）

　　本篇約有二萬五千字，為一般《通言》作品之四至五倍。據趙景深考據，原為明鄧志謨《新鐫晉代許旌陽得道擒蛟鐵樹記》2 卷 15 回。[9]文中所見重要人物有老子、蘭期、諶母、吳猛、郭璞、盱母，都是神仙人物。據《太平廣記》引述，多半從《神仙傳》、《十二真君傳》、《歷代仙史》而來。文中又有弟子陳勳、周廣等十人，尤以甘戰、施岑二人助陣擒龍，功績最著。其他相關素材，可見於《墉城集仙錄·諶母》、《集仙錄·盱母》、《酉陽雜俎·玉格》、《朝野僉載·許遜》等等。

　　開端談論三教教主，並引述老子誕生神蹟。老子居太清仙境，太白金星預言四百年後江西沈沒。老子指名許遜當出，孝悌王衛弘康建議由蘭期、諶母傳授仙法。故事轉入蘭期，孝悌王示化，傳予仙家妙訣、飛步斬邪之法等等。蘭公敗孽龍、蝦蟹諸將，全家「拔宅昇天」，得玉帝封孝明王。孝明王化小兒之形，度諶母。再說漢靈帝時，水旱相仍。又有孽龍擾世。許都許琰為積善之家，派玉洞天仙降世，傳授

9　趙景深〈警世通言的來源和影響〉，《警世通言》（臺北：河洛圖書出版社，1980 年 2 月），附錄，頁 659。

諶母之術，斬滅蛟黨。吳赤烏二年（239），許遜降生。訪吳
猛學道，又求郭璞卜居，經廬山、宜春樓梧山，訪得洪都西
山。時天下統一，建元太康（280）。遜長姊及外甥旴烈，次
姊之子鍾離嘉，相偕聞道。成都陳勳，廬陵周廣，及其他弟
子，各自來到旌陽學仙。此時江南有張酷一人，吞得明珠，
蛻化為孽龍，集有一班黨類。許遜從諶母處習得斬邪之法。
孽龍被傷二子，遂往小姑潭求老龍報復。二龍求戰，並墜豫
章郡為海。許遜又斬二子，僅存孽龍第三子、第六子及長孫
一人，逃入福建各處。孽龍再求父親火龍相助被拒，放聲大
哭，驚動海龍王敖欽三太子，取如意杵挑戰許遜。觀音收走
如意杵，孽龍求衪。許遜允諾開河百條疏通水道，以雞鳴為
準。社伯假作雞鳴，尚少一條河流，自知不免，遂化作少
年，入黃岡縣史家莊求館。許遜趕去，再化美男子，入長沙
府娶刺史賈玉之女。永嘉七年（313），孽龍又回豫章，化黃
牛相鬥，留下黃牛洲。許遜率干戰、施岑二徒入井，追至長
沙賈府，乃以鐵樹鎮住孽龍，時晉明帝太寧二年（324）。故
事至此未了，大將軍王敦不聽許、吳、郭之建言，兵敗死於
武昌。吳、許由金陵，經池陽，召二黑龍挾行船隻。舟人偷
窺，二龍乃棄舟於今鐵船峰。孝武帝寧康二年（374），許遜
一百三十六歲，採訪二仙使迎歸天庭，家眷等四十二口同時
昇舉。許遜返歸天庭，論功而行賞。隋、唐、宋、金。元、
明時，俱有神蹟、預言示現。

綜觀全篇故事結構，仍屬「說書」型態，可以無限穿
插，反覆串連，綿延無盡止。故事的合理性，在於讀者相同
的宗教背景中被「發酵」而理解、接受。引人流連的描寫在

於神魔的對抗，相關而流行當時的故事尚有《封神》、《西遊》、呂熊《女仙外史》，以及馮夢龍改編的《三遂平妖傳》等等。

（十一）〈大樹坡義虎送親〉（醒 5）

唐代有關「虎媒」故事甚多。戴孚《廣異記·勤自勵》寫天寶末年（約 755）漳浦人勤自勵隨軍安南，擊吐蕃，十年不歸。妻林氏為父母所逼，將改嫁同邑陳氏。行婚之日，自勵適歸，怒甚，持劍往問。遇暴雨雷電，躲樹洞中，見三虎子，殺之。忽有一物為虎投入，且聞女子呻吟。問之，乃林氏。欲投緙桑林，反為虎銜來。不久，兩虎陸續歸來，自勵揮劍斬之。薛用弱《集異記·裴越客》以乾元初年（758），吏部尚書張鎬貶官。有女德容，允嫁同僚之子裴越客。次年，越客迎娶，去郡二三十里處登岸。忽有猛虎負物至，喧聲驅趕，留下一女。救之，不肯言語。及張府虎禍消息傳來，始知獲救者即德容也。李復言《續玄怪錄·葉令女》，也有相近的結構。大歷中（約 772），葉令盧造之女，允嫁鄭客之子元方。其後音訊兩絕，新任縣令韋計欲迎娶為媳婦。而元方適來，天雨，居佛舍，有三虎子，不忍殺之，乃閉門堅拒。三更，大虎來，怒搏之，元方取佛塔磚擊斃。繼而聞女子呻吟，原來是盧氏女。始知天命如此。皇甫氏《原化記·中朝子》，時空、人物的交代，比較模糊。言某中朝子弟，欲取亳州永城之舅女。約期未歸，另允嫁他人。時，某生適歸，登岸暫歇廢佛屋。三更，有虎負物來，欲入屋。遂持刀棒叫呼，驅走。得一女，乃舅妹也。知如廁時為

虎所囓。

《醒》文選「勤自勵」故事為主軸，自有道理。天寶年號為民間所熟識，幾乎成了「唐代」的代名詞。主角名諧音為「真自立」；增岳父名為「林不將」，諧音「人不終」；增嬌妻名為「潮音」，有守貞期待之意。為了表現刻骨銘心之期待，改為兩人定親而未婚。以「發跡變泰」為張本，所以寫自勵年少嬉戲、狩獵，不務正業，家道消乏。所以應募安南，決心發憤。潮音等候十年，被父母哄騙，允嫁李承務第三子。迎娶轎陣中，忽然狂風虎嘯，回顧已失潮音。話分兩頭，自勵兩次軍功，已做到都指揮之職；未料，哥舒翰因病降安祿山，自勵只得隻身逃歸。得訊後，欲持劍向丈人林公問罪。經大樹坡，入樹洞避雨，忽有兩盞紅燈出現，擲下一物。聞呻吟聲，知為潮音，背負回家。此時遙見前山黃斑吊睛白額虎，忽憶年少所救一虎。此虎乃報恩來！後來，肅宗皇帝即位，再復官職；年老致仕，夫妻偕老。《醒》文能以「因果報應」之說，化去「殺虎救妻」的暴戾之氣，而讓暴躁卻善良的主角，終得善報；可說是成功的改作。

（十二）〈小水灣天狐貽書〉（醒6）

「狐精」故事，古來便多。《太平廣記》蒐羅各家狐仙、狐妖，合有9卷。狐精與人，不外變化、報恩、復仇、蠱惑、誘騙之事，但從統計數量上看，使故事中主角蒙受災難者多。如唐人《靈怪錄》[10] 所載杭州〈王生〉故事，建中

---

10 趙景深：〈醒世恆言的來源和影響〉，《醒世恆言》（臺北：河洛圖書出版社，1980 年 2 月），附錄，頁 860，言此篇來源是唐張薦《靈怪錄》中的

年間（780-783）訪外家舊莊，見狐執黃紙文書。引彈射中執書者一目，二狐棄書而逃。文字未識。是夜，宿旅店，因話於主人。有眼疾之客問此事，露出尾巴而洩底。一更後，狐又來，威脅不還書必定後悔。至京城月餘，有僕自故鄉來報告喪事。母親附信要王生販售京城中的產業，歸鄉辦理喪事。王生售屋歸來，於揚州遇家人舟船，俱驚。母告知，得生之信，售江東之產而赴京。始知為狐所欺。未幾，有弟返家，問家道敗落之因。出妖狐之書示之。弟奪書而去，乃知又是妖狐所化。此事尚可見於〈張簡棲〉故事，背景為貞元末（約 804）徐、泗之間，南陽人士張簡棲經歷。《乾饌子》[11]則為神龍中（705-706）洛陽地方，盧江人何讓之的遭遇。故事情節大抵相同：夜行山林、彈打狐目、化身討書、招惹禍端、變身兄弟、復歸舊主。

《醒》文依據這個架構，增添描寫，再加真正的弟弟歸來，引起另一場混亂。時空、人物，被更動了。改在唐玄宗時，長安人氏王臣，以避難遷居杭州。一日，經揚州，夜過樊川山林，見野狐手執文書談笑。乃取彈弓，擊中一狐左目，另一狐左腮。投宿旅店，與人攀話。忽有一人，自稱丁胡二，傷左眼，亦來寄宿。王臣繪聲繪影，述說前事。店中五六歲小兒，卻看出了「大野貓」的原形。是夜，狐又在窗外叫嚷，以為至寶，更不願歸還。抵京，購屋置產，家人王

〈王生〉。王汝濤編校《全唐小說》指出張荐（薦）所著《靈怪集》2 卷，《太平廣記》中有 5 條出自《靈怪錄》，不能確定為同一本書。

11 譚正璧《三言兩拍資料》頁 421，引《歲時廣記》卷 19 轉載〈獲狐書〉係出《乾饌子》，唯今輯本未收。

留兒奔來喪訊，要王臣賣產回杭州。而家中卻接得損壞左目的王福報訊，要家人賣產歸長安。揚州相遇，才知被騙，家業已破毀，乃租屋暫住。一日，弟王宰歸來，言得訊奔喪。談起因由，王宰求書一觀，遂被騙回。原來是狐狸所化。王臣忿而臥病。過數日，王宰又來，以為是狐，爭執之後，才知是真王宰，為狐書所騙而歸。這則故事，創新之處不多。二狐都受了傷，可惜傷腮的，並沒有出場；或出場時，傷已痊癒。就失去了安排受傷的「目的」。傷左目的王福回家，家人沒有察覺異狀；但「知情」的讀者，可緊張得不得了。王宰聞訊歸家，情理可通，等取得天書，化為原形，讀者也會跟著嘆惋。王宰「第二次」出現，讀者心中雖會起疑，卻也希望能從「假王宰」身上奪回天書；等到知是「真王宰」，白白挨了打。故事在讀者莞爾之中結束了。[12]

（十三）〈獨孤生歸途鬧夢〉（醒25）

日有所思，夜有所夢。先說題為白行簡所撰《三夢記》。全篇千餘字，卻寫了三則「夢遇」。第一則，朝邑丞劉幽求夜間返家，道經佛寺，聞男女人聲沸騰，窺見其內，妻子赫然座中。寺門關閉，無法入內，因擲瓦片，驚動眾人，忽而消失不見。歸，妻方寢，問之。其妻亦曾夢見與數十人

---

12 趙景深：〈醒世恆言的來源和影響〉，頁 860，云：「平話照傳奇文敷演，雖有增飾，在情節上並沒有什麼變動，惟平話最後添了真王宰回家，實為添足。天狐失書，是興味線的引起；牠們得到天書以後，物歸原主，興味即已降落，以後大可不必續寫下去了。」這樣的說法，是用現代小說結構的觀點；如果是話本小說，這個「餘波」設計，倒有其必要。

遊寺，會食庭殿，有人擲瓦片而覺。與劉幽求之見相同。第
二則，說白居易、行簡兄弟遊曲江賦詩，不久，元稹寄詩稿
來，說曾夢與白氏兄弟同遊曲江而作。成稿日即白氏兄弟賦
詩時。第三則，竇質、韋旬入秦，夢遊華岳祠，見趙姓女
巫。後，訪華岳祠，果見夢中事。該女巫也夢見了竇、韋兩
人的來訪。「夢事徵驗」，還可見李玫《纂異記》，汴州中牟
赤城阪張生者，遊河朔五年而歸，晚至阪橋，於燈火草叢
中，見妻於五六人中飲酒歌唱。張生拾瓦丟擲，中妻額頭，
人影突然消失。歸家，妻臥床頭痛，言夢見草叢處吟唱為瓦
所擲。張生始知昨夜所見，乃在妻夢之中。薛漁思《河東
記‧獨孤遐叔》故事，言落第後遊劍南，逾二年乃歸，夜途
中憩佛堂。忽聞堂外人聲喧鬧，乃男女十餘人，僕役亦十餘
人來。宴席中，其妻在座，少年調戲，所唱歌詞含鬱悲憤。
獨孤忿而擲磚，座中人影突然消失。歸問家人，娘子夢魘初
醒。言夢中之事，竟與獨孤所見同。

　　《醒》文採用獨孤遐叔故事為藍本。家居從「長安」改
為「洛陽」，落第之時為貞元十五年（798）。獨孤以直言極
諫而落榜，白居易、白敏中則雙雙登科。生活無著，獨孤求
助於西川節度使韋皋。途經龍華廢寺，許願日後再造。抵成
都，韋皋征雲南未歸。暫住碧落觀。韋皋凱旋，因吐蕃稱
亂，再度出征。獨孤滯留多時，急切返家，連夜趕路，憩於
龍華寺。而妻子白氏思夫急切，私出尋夫。得巫山神女示
夢，知獨孤無恙。轉回洛陽，為輕薄少年戲弄，擁入龍華
寺。且說獨孤為喧嘩之聲所擾，訝見女子即為白氏。白氏被
迫飲酒悲歌，獨孤忿而擲磚，中白氏額頭。獨孤以為白氏已

死，靈魂在此相見。天未明，奔跑返家。原來白氏西行尋
夫，龍華寺遇惡少諸事，全在夢中。貞元二十一年（804），
獨孤得貢舉官崔群賞識，取為卷首，中了狀元。外兄白長吉
一改常態，親送妹子來京。韋皋贈金，送龍華寺為整修之
費。繼任韋皋西川之職，夫妻共入夔府，感念巫山神女託
夢，前往廟中行香。後獨孤官至尚書，封魏國公，白氏誥封
夫人。

　　本文吸收了「諸家精華」，把女主角白氏說成白行簡之
女娟娟；娟娟兄長長吉，想係借自李賀之字。連白居易、白
敏中都「搬進」文章裡，當了配角。[13] 白氏在夢中吟唱的歌
詞內容，是將〈張生〉、〈獨孤遐叔〉兩篇所出現的歌詞內容
全部抄入，融成了一篇，看不出鑿痕。故事的情節變化大體
不多，所以渲染了角色途中所見所聞，以拖延故事進展的速
度。如透過獨孤之眼，看三峽景色、談「蜀錦」；引述李白
的〈蜀道難〉，襯托獨孤作的〈蜀道易〉；碧落觀中讀父親獨
孤及〈送徐佐卿還蜀〉的詩作；過成都昇仙橋，唉嘆司馬相
如、卓文君的軼事。其妻白氏夢經襄陽寄錦亭，連想到符秦
時代竇滔與蘇蕙的情愛，和傳世有名的「迴文」詩句；到夔

---

13 故事中說貞元 15 年（798），獨孤遐叔落榜，而白居易、白敏中舉進士。
　　《舊唐書・文苑傳》卷 166：「（白居易）貞元 14 年始以進士就試，禮部侍
　　郎高郢擢升甲科，吏部判入等，受祕書省校書郎。」同卷又說：「敏中，
　　字用晦，居易從父弟也。長慶初登進士第。」清・徐松《登科記考》（道
　　光 18 年序刊本，臺北：驚聲文物供應公司，1972 年 3 月影印），卷 14
　　載：德宗貞元 16 年 （799）庚辰，白居易舉進士，18 年 11 月到 19 年 3
　　月間舉拔萃科榜。卷 19 載：穆宗長慶元年（822）壬寅，白敏中舉進士。
　　小說中所言，顯然不正確。

府，宿高唐觀，得巫山神女的託夢。即連韋皋聲討吐蕃的口氣、戰場的廝殺情形，也都有生動的描寫。但就正文而言，卻是增加了不必要的枝節。

（十四）〈薛錄事魚服證仙〉（醒 26）

人變魚，才懂得換個觀點看人世。戴孚《廣異記》，寫唐泉州府晉江縣尉張縱者，好吃魚。忽病死，心上猶暖。七日後甦醒，自言：見（閻）王，以無罪被釋，然暫變做魚以懲。後為罟師所捕。王丞求魚，罟師予小魚，被杖，復尋魚草下，得張縱所變魚。入廚，被剪頭，遂甦醒。同僚聞問，極不可思議。段成式《酉陽雜俎》續集卷三，云：越州韓確嗜魚。方寢，夢變魚，為漁人所獲。吏購回，歷認妻子、僕婢。及魚頭被砍去，方才驚悟醒來。後入釋，住祇園寺，時開元二年（714）。

李復言《續玄怪錄·薛偉》則云：唐肅宗乾元元年（758）薛偉任青城縣主簿，與丞鄒滂、尉雷濟、裴寮同時。病中呼不應，心頭微暖，二十日而甦，喚同僚前來。說自己體熱求涼，不知為夢，臨岸觀水，動心遂變為鯉魚，為趙幹所餌。張弼買魚，趙幹藏之，被搜出，攜入縣邸。張弼告狀，趙幹為裴寮鞭擊。呼廚師王士良殺魚。薛偉不停地向同僚諸公呼告，惜無人相應。刀起頭落，偉始甦醒。後累遷華陽丞，乃卒。

《醒》文重新處理薛偉身世，說他是吳縣人，天寶末年（755）進士，初任扶風縣尉，後為蜀中青城縣主簿。夫人顧氏，為吳縣望族名媛。到職三年，大尹升遷，薛偉遂升為

少府。與縣丞鄒滂、縣尉雷濟、裴寬同理公事。七巧節後，感風寒致病，體熱如火。求籤、求醫，一時無效。道人李八百只建言「胸前不冷，不可入棺」，也不給藥。病第七日，夢魂出遊。沱江邊觀水，忽有小魚攀話。魚頭人來宣河伯之詔，遂變為金色鯉魚。躍龍門山後，薛偉仍游於沱江。為漁戶趙幹之餌所誘，呼叫不應。公差張弼買魚，發現趙幹所藏鯉魚，即薛偉所化；呼之，不應。過南門，見守軍胡健；呼之，亦不應。入縣門，兩吏下棋，充然不聞。話說顧夫人守著尸骸二十餘日，心頭仍暖，又夢見薛偉滿身鮮血來告。遂請裴縣尉作主，分賜醮品，並買魚作食下酒。裴寬席上等不到魚，遷怒張弼遲回，張弼告趙幹藏私，吊起毒打。薛偉向座中同僚呼號，也是不得結果。喚廚師王士良下廚剁魚，刀下人醒，共昏迷了二十五日。遂將事情經歷說了一遍。顧夫人想起老君廟籤訣，兩人前往青城山老君廟答謝。太上老君化牧童，告訴薛偉前身為琴高，見王母座上彈雲璈的田四妃，即顧夫人，動了凡心，乃貶謫人世。返家後，夫妻又徒步往成都尋找李八百，得獲天機。薛偉乘赤鯉，夫人駕紫霞，李八百跨白鶴，一齊昇天。

本文題目既為「魚服證仙」，較唐人素材自然多了「證仙」一事。加入「前世因果」與「飛昇成仙」的情節，可以被理解。乘赤鯉昇天的「造型」，借自六朝《列仙傳》琴高故事，所以此處編入了「薛偉前世為琴高」的說法。啟示者李八百，則借自題名晉‧葛洪所撰《神仙傳》。而文中為了延緩故事的節奏感，所以在七夕之夜，加入「牛郎織女」傳說與民俗「乞巧穿針」之宴；薛偉夢遊沱江，講述了「大禹

治水」的神蹟；化魚之後，龍門山前，大談「龍宮海藏」與「魚躍龍門」；殺魚之前，借同僚之口，談「佛道之異」與「殺生因果」。改寫後的故事，還「暴露」了官吏、僚屬與百姓之間的緊張關係：薛偉化魚，百口莫辯，還咀嚼『不怕官，只怕管』的俗諺，發誓「還原」之後，要把這些奴才「打得皮開肉綻」；仔細想想，趙幹為了幾個錢，反被打了五十大板；張弼奔波取魚，仍被罵得狗血淋頭！及後，薛偉潛心皈依，對「官員嘴臉」的醜惡，算是最大的「對比設計」，此是原作者所未料到的發揮！

　　當然，此文也有缺點。如薛偉以「三衙」的身分，竟能凌駕鄒「二衙」，而代替出缺的縣長官職。稱「少府」也不對，可能是流行對「縣丞」提高為「府」級的美稱。又進士出身，長久時間只能在地方當僚吏，也是不合事實。

（十五）〈李汧公窮邸遇俠客〉（醒 30）

　　李勉故事見於李肇《國史補》中，始為開封尉，縱一囚。後罷秩，遊河北，遇故囚。故囚感恩，無以為報。妻曰：不如殺之；遂反恩為仇。僅告知勉，連夜而逃。宿旅店，主人怪之，遂告以因由。忽樑上有人曰：「我幾誤殺長者。」言迄而去。未久，攜故囚夫妻二首來。相關故事又見於皇甫氏《原化記‧義俠》，唯無角色名稱，情節則加倍有餘。

　　《醒》文結合上述資料，鋪演成篇。首先創造「故囚」為天寶年間長安有三十開外之士人，名喚房德。時天寒缺衣，向妻子貝氏借布被拒。入雲華禪寺，見鳥畫缺首，舉筆添加。被漢子強擁入夥，搶劫富家。被家丁健兒擒獲，送入

京兆尹衙門。畿衛李勉見盜匪中有一文人。問明原委，吩咐獄卒王太縱放逃亡。房德遂投安祿山之營，王太亦遁逃，李勉獲罪革職。家居二年，赴常山訪太守顧杲卿，路見一縣令，竟是房德。房德迎入書房，納頭拜見，互道往事。房德欲報恩德，取千疋絹布為贈。貝氏不悅，慫恿丈夫勿洩往事，以免耽誤前程。大恩不能謝，不如放火燒之。時家人路信隔牆聽見，走告李勉。主僕奔逃竟夕，憩於井陘縣旅店。當時房德發現走漏消息，要陳顏追及殺害。陳顏不願意，轉介能「飛劍取人頭，又能飛行」的俠士代勞。房德以謊言相對，嗾使刺殺李勉為務。俠士追及，躲入床下，聽得李勉敘說往事，始知為房德所騙。遂出見，弇回原地，殺房德及其妻貝氏，取兩頭顱返示李勉。復以藥粉溶去首級。李勉仍投顏太守處，得平反，陞監察御史。一日，長安街上再見黃衫俠客。黃衫客引入宅院，家中種種豐富勝於王侯。次日再訪，止存空宅。後李勉官至中書門下平章事，封汧國公。

此事以房德、李勉雙線進行，頗不同於一般小說、戲曲的模式。故事場景的描寫，非常成功。古寺畫鳥、審訊縱囚、房中跪恩、貝氏讒言、棄恩行兇、倉皇逃亡、借手殺人、窮邸論事、行俠除惡、縮滅首級、京邸再遇，每個場面，人物動作、對話，都栩栩如生。原事重在故囚「報」李勉，「恩將仇報」；《醒》文則轉入「窮邸遇俠客」，正面的讚美俠義精神。俠士恩仇不浪施，能辨忠奸，宛如裴鉶《傳奇・聶隱娘》故事。而黃衫俠客的造型，開囊取頭顱，延入豪宅，種種描寫又類同於《虯髯客》。可知編纂故事者已熟讀各種素材，任意取捨，了無掛礙。

（十六）〈杜子春三入長安〉（醒37）

　　討論「杜子春」故事，自然要從《大唐西域記·烈士池》開始。事在中天婆羅尼斯國施鹿林東洄池。隱士建壇，尋訪烈士護爐煉丹。貧士效命以報，答允「一夕不聲」以護爐。將曉，烈士忽發聲。云：託生南印度大婆羅門家，其妻怪其不言，殺子以懲，遂驚呼。事敗，烈士感恩投水而死，又謂「烈士池」。裴鉶《傳奇·韋自東》、薛漁思《河東記·蕭洞玄》、段成式《酉陽雜俎續集·顧玄績》，同敘此事。〈韋自東〉寫貞元年間（785-804）韋自東遊太白山，棲止段將軍莊，殺夜叉。道士求為守爐煉龍虎丹，以阻妖魔入洞。事敗，道士慟哭，自東悔咎。〈蕭洞玄〉寫貞元中蕭洞玄煉「大還丹」，求終無為相助，並示還丹祕訣。終無為坐藥灶前，有道士、群仙、妙女、虎狼猛獸、祖考、亡眷，次第前來威脅、誘引。又為黃衫人帶入平等王地府，仍不語，遂託生長安貴人王氏家，能文而不能言。小名貴官，官名慎微。年二十六娶妻，生子在抱，為妻撲死石盤，遂「不覺失聲驚駭，恍然而悟」。這三個故事情節有共通點：尋訪壯士、守爐煉丹、幻境試煉、受騙或發聲誤事。李復元《續玄怪錄·杜子春傳》，總合了這類的故事。子春落拓，老人三次贈金，助解脫人世困苦。子春愧怍，願意同登華山雲臺峰煉丹護爐。戒以勿為幻境所惑，尤不可發聲。幻境中果受種種磨煉，後投胎為宋州王勤女。及長，嫁同鄉進士盧珪。又數年，盧生抱嬰兒怒而撲殺，子春乃失聲忘誓。時大火燒屋，煉丹功敗垂成。事後，子春再度登山尋訪，找不到任何

蹤跡。

在《醒》文中，可分為三個段落：首為三入長安，次為華山煉丹，三為子春夫婦得道。子春祖業改為揚州鹽商，家產用盡，才入長安，依靠親友，嘗盡人情冷暖。老人三次贈銀，讓子春明瞭世情，發願協助孤寡老弱。三年後，子春告別妻子韋氏，踐華山之約。老者使子春守爐煉丹，歷經各種幻象，一如前作。事敗，子春拜別，返回揚州，一心向道。三年後，與韋氏告別，再登華山。守老君祠三年，始知老者即太上老君化身。子春攜妻韋氏再往長安，捨城南祖居為太上仙祠，勸募建廟基金，親眷多猜疑。廟成，又請眾人觀禮。忽見金像放光，老君扶了春，韋氏，同時升天，以證仙道。

此文對子春浪擲金錢、放縱行徑，與老者對談情形的氣勢變化，老者展示金錢的「現況」，都有生動的描寫。華山煉丹，發揮較少，想原作已臻成熟，添加便少。後段的太上老君點化、捨屋建廟、白日升天，對讀者的宗教信念，有更直接的互動關係。

（十七）〈李道人獨步雲門〉（醒38）

李道人名清，北海人，以染布為業。隋開皇初年（約584），六十九歲壽辰，從青州雲門山南，以繩縋入洞窟，尋訪仙道。時餞行姻族、鄉里諸人有千百。李清入內，向東南行四十餘里，見道觀，青童應門。忽有白髮翁來，邀眾道士赴上清為蓬萊霞明觀丁尊師新訪。遂留清獨居觀中，但告誡不得開北窗。李清遊歷堂北，見窗斜掩，探頭窺望。赫然見

青州在望，乃生思歸之情。時諸仙返回，見李清已犯戒約，
吩咐離去。遂命登內閣取書軸一卷，以為生計。李清自恃家
道富有，不解其意。閉目片刻，覺身如飛鳥，但聞風水相激
聲；須臾抵地，開目而視，已在青州南門。邑屋盡改，更無
人相識。問左側染店，知為落拓之子孫所開。李清乃改換姓
名，取所得書卷觀看，乃小兒醫書。其年瘟疫，乃行醫救
人。不久，財產復振，時唐高宗永徽元年（650）也，距入
洞日六十七年。五年後，李清往觀泰山封禪，自此不知所
往。此事載於薛用弱《集異記》中，《醒》文直接借取了素
材，但誇張了許多「數字」。時間仍設在隋文帝開皇初年，
但壽辰增添了一歲，因為改成七十壽誕的緣故；子孫、內外
姻親百餘家，改成五、六千人。生日賀禮乃麻繩數千丈，改
為五、六萬丈長。縋入雲門山洞時，觀看者上萬，又多了十
倍。入洞後，添加許多意外。洞深不知有幾千丈，爬出籃
中，不慎捧昏。醒來，無門可出，乃挖地下「青泥」充饑。
行三十里而出困，改作由小穴鑽爬約六、七里，再走十四、
五里，喝得「菊泉」。又走十里，才見道觀。中間的波折，
增加很多。等李清犯戒，開北窗、動鄉情，仙人責令離開。
李清取了一本「最薄的書」，吃了「煮熟的鵝卵石」，得贈偈
語，由童子送他，卻從青州北門回去。新增的偈語，內容
是：「見石而行，聽簡而問。傍金而居，先裴而遯」，變成了
以下故事發展的導引線。遇老虎，李清昏死半晌，此與入洞
李清昏厥一事「對稱」。使進出仙境，有一個明顯的「接
點」，用現代語言來說，就是要「損失能源」。李清緣石進入
青州。尋不得家，還以為走錯了城。次日，再投雲門山求

證。看見開皇四年新立的「爛繩亭」，還有立著「李清招魂處」的石碑。以為自己死了，靈魂到此。在尋祖墳處，也見到自己的墓。忽聽得敲漁鼓簡板、說唱平話的瞎老兒，問了情由。原來李清是瞎者的曾叔祖，入穴至今已有七十二個年頭，已到了永徽五年（654），較原文增加五年。李清找出仙人所贈書籍，原來是醫書。遂住在草藥店金大郎隔壁，開始行醫。遇上「小兒瘟」，行醫賣藥，所得金錢，又賑濟貧乏。歷經二十八年，到了永淳元年（682），高宗要封禪泰山。刺史四處抓工，李清也在其中。眾人以為李清九十七歲，怎知他已一百六十八歲，都為叫屈。李清向眾人預告，五日內詔書將止，不用煩惱。果然高宗痿痺不起。方士趕來參訪，無奈李清不顧。又隔四十三年，到了開元元年（713），玄宗即位，「也志慕神仙，尊崇道教」，訪求天下異人。開元九年，天師葉法善、邢和璞上奏：有三真仙張果、羅公遠、李清在世。因此派通事舍人裴聘來迎李清。李清知情，想到偈語中見石、聽簡、傍金三事早已實現，此刻應是「先裴而遁」了。乃命弟子備棺屍解而去。次日，裴舍人撲空，金大郎適回，說夜晚曾在雲門山遇青衣童子，要送信和錦囊給裴大人。裴聘看了信，開棺，見棺內止青竹杖一根，鞋一隻。青煙沖起，連棺木也飛向空中，香氣遍滿青州。

　　原作約兩千字，本文拉長為兩萬。歸來行醫之前，佔七千字；行醫之後，原作僅百字，卻能鋪演為一萬三千字。可見《醒》文擅長誇張、尋異、堆疊、綿延，以致於情節的安排，如「藕斷絲連」，如「柳暗花明」，使讀者翻閱之時，欲罷而不能。

（十八）〈馬當神風送滕王閣〉（醒 40 ）

　　馮夢龍何以選王勃故事為一百二十篇作品之末？是不是自比「懷才抱德，韜光晦跡」的文人秀才，如王勃者？頗耐人尋味。原事在皇甫氏《唐摭言・王勃》，與《太平廣記》所載，雖有異文，但篇幅相近，內容幾乎相同。大體言：王勃年十三、四，會江西滕王閣都督宴中，不避讓其女婿的「宿稿」，援筆寫〈滕王閣序〉。及寫至「落霞與孤鶩齊飛，秋水共長天一色」；都督始變容，讚美王勃為天才。《醒》文改作的主要情節為：馬當止浪寄江神、借風一夕抵洪都、宴中賦作逞文才、中源水君卜貴運、長蘆代還水神債、與友宇文赴海疆、娘娘召赴蓬萊界等七段。其中借風、作序、卜運，皆見於與宋代《古今分門類事》與《歲時廣記》[14]。尤以《歲時廣記》載有：折服都督女婿吳子章、羅隱過長蘆賦詩八句為贊，均加引入。只是把該詩後四句，改得像「籤詩」，毫無趣味。

　　提供本文骨架的，應該是宋代所起的故事。《摭言》的

14　譚正璧《三言兩拍資料》頁 564，引《新編古今分門類事》卷 3〈王勃不貴〉，云，出自羅隱〈中元傳〉。羅隱係唐人，各本文集俱未載此篇。黃霖主編《中國歷代小說辭典》第二卷（明：雲南人民出版社，1993 年 3 月），頁 441，認為是「珍貴資料」，可補所闕。這個想法，還待查證。羅隱之事出現在《太平廣記》中共有八處，但都屬背景人物，賦詩感懷或啟發他人。此故事可能為宋人所假託。又頁 565-567，引《歲時廣記》卷 35〈記滕閣〉文字，說是：「今行本《摭言》此條甚簡略，可知原本佚失已久，今行本乃是節本，而此文尚是原文。」從《摭言》他篇文字讀來，與此文關連極小，這個假設並不成立。

內容，還不到這個故事的七分之一。

（十九）〈賣油郎獨占花魁女〉入話（醒3）

〈賣油郎〉為宋徽宗時代百姓流亡杭州的故事。風塵與賣油本是不搭，但是一點良心善意，再加上一個不可能之可能的邂逅，竟成佳偶。《醒》文為了點明風月場中「幫襯」的道理，卻說起白行簡所作、陳翰所編《異聞集》中的〈李娃傳〉為例。文中說鄭元和在卑田院當了乞丐，李亞仙雪天中仍以「繡襦」包裹他，與他為夫妻，分明不是為了錢與貌。而是鄭某的「識趣知情」，打動了芳心。有次，李亞仙病中想吃馬板腸湯，鄭元和就把個五花馬殺了，取腸煮湯奉之。後來鄭某中了狀元，李亞仙封為汧國夫人。

比較原作：鄭生「元和」之名；娃之花名「亞仙」；動不動主角就考上狀元；「汧國夫人」改作「汴國夫人」。這些都不是從白行簡〈李娃傳〉得意。從「吃馬板腸湯」的描寫來看，應是衍自後出的元明戲曲。

（二十）〈灌園叟晚逢仙女〉入話（醒4）

灌園叟姓秋名先，宋仁宗時人。寫秋先護花，而眾花護秋先免受貪官、惡徒之擾。以「護花」為題旨，所以入話部份借取了鄭還古《博異志·崔玄微》故事，段成式《酉陽雜俎續集·支諾皋》也載錄此篇，但文句極少有異。全文約千字，《醒》文以白話述說，增長了一倍。添入了「天寶」年號；改石「醋醋」名為「阿措」，想係方言異同所致。其餘楊、李、陶氏和封十八姨的造型，衝突的事端「原封不

動」。這也因為是「入話」，受了「篇幅」限制，較少發揮的空間。

（二一）〈施潤澤灘闕遇友〉入話（醒 18）

施潤澤名復，為明嘉靖年間蘇州吳江縣盛澤鎮人士，因為奉還拾金，得免大禍。《醒》文以晉裴度還玉帶消去縱理紋、五代竇禹鈞還拾金而連生五子為入話，增強「陰騭回福」的訴求。竇禹鈞的故事，見宋范仲淹〈竇諫議事蹟記〉，而《太平廣記》未見，應為後起之作，也可能是從裴度脫胎轉化而來。裴度還帶故事，在《喻世明言》卷 9，上文已經討論過。依據《摭言》的原型為四百字，而此處增為八百，乃「耗擲」在模擬人物的對話之中。又因為是「入話」部份，所掌握的篇幅也僅能如此。

三、「三言」故事對唐人小說素材的借取

用很大的篇幅來做「三言」故事與唐人小說素材的對比，試圖呈顯每一篇作品個別的改寫策略與歷程。這個工作雖然吃力，卻提供了具體可見的對比材料，對於歷來「三言」故事的探索，會有幫助。馮夢龍當時編纂「三言」的時候，他的動機在哪裡？選了哪些唐人小說為素材？依據哪些書籍？忠實原作嗎，還是有所發揮？

（一）馮夢龍編纂「三言」的動機

「史統散而小說興」是馮夢龍投身小說編纂最大的信

念。當時，流行小說被人批評為「乏唐人風致」，他認為並不恰當。所以在《喻世明言》序文說：「大抵唐人選言，入於文心；宋人通俗，諧於里耳。天下之文心少而里耳多，則小說之資於選言者少，而資於通俗者多。試今說話人當場描寫，可喜可愕，可悲可涕，可歌可舞；再欲捉刀，再欲下拜，再欲決脰，再欲捐金；怯者勇，淫者貞，薄者敦，頑鈍者汗下。雖小誦孝經、論語，其感人未必如是之捷且深也。噫！不通俗而能之乎？」他的策略便是以通俗、流行，去贏得更大讀者群。《明言》出版後，讀者對故事的真假、想像與模寫，有了質疑。在《警世通言》的序，他說：「野史盡真乎？曰，不必也；盡贗乎？曰，不必也。然則去其贗而存其真乎？曰，不必也。」他肯定所編纂的作品是「事真而理不贗，即事贗而理未嘗不真者」。接踵而來的《醒世恆言》，序中說：「六經、國史而外，凡著述皆小說也。而尚理或病於艱深，修辭或傷於藻繪，則不足以觸里耳而振恆心。」三本書的「口徑」一致，「導愚適俗」是他的訴求；但編選的故事題材，不能不選取有歷史背景的或流傳的軼事，使讀者覺得「有所依靠」。《明言》、《通言》兩書，有關唐人故事題材的僅 10 篇；而《恆言》一書，就有了 11 篇。增加唐人小說素材的借取，第一個理由是宋元明話本小說的資材用罄，第二個理由當然是對傳統流傳的故事，有內在的期望心理。

（二）對唐人小說素材的選取

馮夢龍選出哪些唐人小說素材呢？《明言》中七篇，有兩篇是「時來運轉」的題材，馬周後為尚書，裴度後封令

公。另有能體恤下屬的葛令公周，封賞功臣並為主持婚嫁。其他的張古老為仙，李源為士人，吳保安後為縣官，孟浩然為文人才子。七篇中，以高官權宦的角色、發跡變泰的故事為主要。《通言》三篇，有神仙許遜、縣官之子陳義郎、文人才子李白。《恆言》十篇（裴度故事在《明言》已出現），其中縣官胥吏有王生、獨孤遐叔、薛偉、李勉，小將仕勤自勵，百姓而好道有杜子春、李清、秋先，士子鄭生，還有文人才子王勃。從這些可能「隨機取樣」的素材，或許可以假設：馮夢龍最初囑意的貴族與發跡變泰的題材，漸漸轉向困阨於現實生活的縣官、胥吏，以及棲心慕道的百姓身上。

這些故事大致出現在《原化記》、《續玄怪錄》、《酉陽雜俎續集》、《廣異記》等二十來本文集，如何得到呢？嘉靖四十五年（1566）無錫談愷的《太平廣記》，馮氏可能沒見過。但「閩中活版」，以及萬曆十七年（1589）許自昌刊本，從他的《太平廣記鈔》序文中，可知都看到了。他採用不同的文體分類編纂，輯成《太平廣記鈔》和《情史》，也都是受益於《太平廣記》一書。

四、「三言」故事對唐人小說
素材的處理與再造

「三言」中，對唐人小說故事素材的處理，不外全盤接收、部份改寫、綜採各篇，或僅引為話題，或甚至是僅借取意念，放棄原有的故事「外殼」。然而全盤接收的，仍需要調整故事的「表述方式」，如義士吳保安故事，將文中夾有

書信的文字，改為客觀描寫郭仲翔被俘經歷諸事。薛偉變魚的故事，引述頗為完全，所以增加每一段的小情境描寫，使薛偉焦躁的脾氣與僚屬、百姓優游自在的神情成對比。部份改寫的，多半添加故事後段。如杜子春故事加入夫妻同往華山學道，歸來捐舍建廟，白日升天等情節。如天狐故事，添加真的弟弟王宰歸來，卻因誤會而招挨打。在原來故事上，加入一個新造的事件，使成雙線結構的，也見得到。如李汧公勉的故事，另造賊囚生平、犯案動機與經過，再融入原事。以後的進展，就是以兩股「視點」相糾結。結合兩篇以上的故事而成一篇，如獨孤遐叔故事，也把李玫《纂異記‧張生》中的情節與曲詞，一同抄了進來。引為話題的，多半成為「入話」的形式，如賣油郎故事，先談「李娃」舊事。放棄原來的時代、角色，只借取故事的外殼，如蘇雲故事，原有陳義郎、李文敏、崔尉子為前身，現在把故事改到明永樂年間。但無論如何，這些故事收進「三言」中，都穿上了話本小說的外衣。改變了敘述語言、故事結構、人物塑造，而代表「內在精神」的主題，更被「抽樑換棟」了。歸納這些改變的現象，可以得到下列的答案：

（一）設定故事的「時間標誌」，使故事「歷史化」或「現代化」

在短篇敘述文體的作品中，為求篇幅精簡，或隱諱當事者真實的身分，往往將故事的時間、地點、人物姓名抽離；較長篇的傳奇體作品，講求「情境」的描寫，但還沒有機會對人物的外型或性格特質、場景的深廣度，做詳細的描寫。

如《會真記》的張生、《李娃傳》的鄭生、《虬髯客傳》的張氏與靈石旅舍等等，都有許多可以讓讀者透過想像而填補的空間。話本形式的文體，為了要證明故事源有所本，不是個人瞎掰，又把當時稱謂習慣搬進文中，自然就有了不同的氣象。如李白身世，文中說：「李白，字太白，乃西梁武昭興聖皇帝李暠九世孫，四川錦州人……又自稱青蓮居士。」介紹杜子春，則云：「話說隋文帝開皇年間，長安城中，有個弟子姓杜雙名子春，渾家韋氏，家住城南，世代在揚州做鹽商營運。」如果要把故事時空標定在「現代」，也無不可。如天寶年間崔姓縣尉赴任遇害的故事，可以改作「國初永樂年間，北直隸涿州，有個兄弟兩人，姓蘇，其兄名雲，其弟名雨。」不只人、時、地都改變了，還可以加上副角色蘇雨。不管是「歷史化」或「現代化」，這兩個手段，都可以讓讀者「信以為真」。

（二）跳脫傳奇、話本等結構方式，使合乎庶民閱讀

傳奇講求結構謹嚴，使作品呈現精準緊密，無法分割的樣態。而話本長度為傳奇五倍、十倍以上，則注重故事綱領的搭架，而不在乎細部的整飭，彷如搭建臨時棚架的說書場，三五天就要拆解移往別處，自然不講修飾；所以就發展出表面結構鬆散，一篇之中分立成幾個小佈局，可以任意拆卸或添加，而不影響全局。[15]如前述杜子春可分三次贈金、

15　韓南原著、張保民、吳兆芳合譯〈早期的中國短篇小說〉，《韓南中國古典

煉丹華山、捨屋建廟、白日飛升等情節，各節文字在口頭演述時，尚可自由縮減或增長內容。

文言短篇作品講究敘述語態的統一，作者隱藏背後，不干擾故事進行；而中長篇白話小說的作者，有時候故意跳出來，影響讀者的閱讀。他們混合使用「評論式、描寫式、表達式」等三種敘事語態，甚至在同一篇作品中同時出現，交疊運用。[16]仍舉杜子春之例，作者介紹子春的「排場」之後，問讀者：「你想那揚州乃是花錦地面……相交了這般無藉，肯容你在家受用不成？少不得引誘到外邊遊蕩。杜子春心性又是活的，有何不可？」接著，作者就賦詩一首，「但見：輕車奴馬，春野遊行……」先客觀的描述杜子春（他），再向讀者（你）談話，再以作者（我）吟詩評論。

描寫場面的精彩，也是篇幅短小的作品，所不敢奢望的。如〈嚇蠻書〉中，對番使遞國書的場景，也費了描寫之力。先說玄宗敕翰林學士翻看讀信，次為南省試官楊國忠開讀，再宣問滿朝文武，再敕限三日解決問題。單就此一動作，就鋪寫了三個「場面」，三百餘字；而李白出場解決問題，還得在賀知章告知，回報皇上，遣使宣詔，李白拒絕，召問知章，欽賜及第，入廷答話，才開始讀番書。這樣的鋪張揚麗，使得讀者閱讀，彷如「身在其境」。

添加情節以外的「枝節」，對結構而言，是個「無目的」的傷害。獨孤生前往四川，途經龍華廢寺，談起安祿山

小說論集》（臺北：聯經出版事業公司，1979年9月），頁19。

16 韓南〈早期的中國短篇小說〉，頁7-8。

之亂所造成的兵燹；抵荊州，描寫百丈拉縴；過巴東三峽，又寫黃牛灘之險；見了巫山，談楚襄王、宋玉賦、神女廟等；到成都，談蜀錦、玄宗避難、司馬相如與文君故事；即連妻子白氏夢經襄陽，談起寄錦亭與蘇蕙的織錦回文。枝節之多，足以逞作者之博學廣遊。

「入話」，就正文的結構言，可以說是枝節。作者有時以對比的故事或主題，來與正文呼應，以避免「枝節」的譏諷。「三言」故事，脫開了話本口述形式，自然可以活用或簡化或甚至放棄「入話」。如李勉故事，故事開端先說落拓書生房德，如何受妻子欺壓，如何淪落匪黨，如何被捕。接著說入主題，李勉如何釋放他，自己反而獲罪去職。要說此篇沒有了「入話」，變成雙線結構的故事，當然可以；要說「房德故事」是「入話」的變體，也未嘗不可。

因為採用散漫形式結構的自由，有些作品已經超乎「現實世界」的描述。如〈獨孤生〉故事，妻子白氏想做個夢尋訪丈夫，三年有餘卻沒個真夢。清明後，動念前往尋夫，奪門私行，忽忽過了襄陽、荊州、夔府。宿神女廟，得神女託夢，知丈夫安全，遂安心返家。天晚，進不得城，被惡少戲弄，脅迫進入龍華寺，為磚瓦擊中。至此才披露她整個行程都在夢中。夢神女一段，變成了「夢中之夢」，讀者自此，才恍然大悟。類似跳脫、奇幻而極現代的自由結構，還真有趣。

就美國韓南的看法，「三言」故事已近於西方的「形式寫實主義」，而凌濛初的「兩拍」，卻又回到說書形式的「命

運喜劇」[17]。毋寧說，由於馮夢龍的努力，我們看到「話本小說」已脫開「說話」的羈絆，而有了「小說」的生命力。

（三）人物形象典型化，以及主角內心活動生動化

　　一般談論話本小說，都會讚美小說人物生動活潑。如《今古奇觀》序中說：「（三言）極摹人情世態之歧，備寫悲歡離合之致。」但如果我們拿唐人小說，尤其是傳奇作品來比較，就可以發現兩者還是有極大的不同。就拿杜子春來說吧！李復言筆下的人物，從放浪不羈、責備世態，到接受老者三次贈銀，從心中幡然的覺悟，願意離棄「世態炎涼」，做個像老者一樣無私奉獻的人。他到華山巔煉丹守爐，是甘願的。煉丹失敗，被老者提髮投入水缸之中，他是慚愧的。再探華山，面對的是滄茫世界，何等淒迷！他的靈魂是潔淨的，感情是矜持的、內斂的，表達是含蓄的，人世情愛的了解是成功的，面對人生的問題還是沒有答案的。反觀「三言」中的杜子春，他的個性是誇張的：「要學那石太尉的奢華，孟嘗君的氣概」，行動一會兒是暴發戶，一會兒是痞子。因為個性和行動被誇張了，他所以能覺悟的省思能力，就被懷疑了。華山煉丹受試煉，筆觸無法鋪開。重回華山，得老者以本尊示現，遂偕妻韋氏歡然就道。當他捐產建廟，親戚族人仍然觀望，直到他們白晝昇天，才受到感化。他的覺醒，是外在神仙的點化，認為抓住神仙的「尾巴」，就可

17　韓南原著、姜台芬譯〈凌濛初的初、二刻拍案驚奇〉，《韓南中國古典小說論集》，頁129-175。

以證道，登上仙班，缺少了從內心出發的「自覺心」，也簡化了生命的「議題」。

平心而論，「三言」故事主角內心思考豐富化了，雖然沒有什麼「深度」。但其他的角色則扁平化了。因為是配角，所以善惡二分，讓讀者容易辨識。如蘇雲蒙難的故事，對於盜匪徐能卻能撫養棄嬰、認賊作父的年輕御史如何辦案，都是精彩的衝突點。但因為都是次要角色，全被忽略了。後來御史對用善心止殺的弟弟徐用、餵奶長大的姚大及其妻，都沒有拿出適當的「回饋」，只因為他們都是賊，不容讀者「善意對待」。

就韓南引述費萊的理論，從敘述形式看人物的「型態」。則話本小說的人物，往往是「主角不超越他人或環境，他便是我們中的一份子，我們把他視作一般人看待，並要求作者把我們生活經驗的或然率法則，應用在他身上。這樣的主角屬『低等模仿』型，是喜劇及寫實小說的人物。」[18]

基本上，「三言」處理了唐人小說的英雄或文士，使他變成了我們身邊的腐敗或厄運纏身的官僚，或僥倖得到人間金錢與美色而又慇勤工作、個性開朗的小商人。

(四) 放棄了文人的「內心世界」走向庶民的「共同世界」

文人的內心，是一個怎樣的世界？在理想的狀態下，應該是情感內斂、意志堅定、洞燭生命的本然；其次是阨於現

---

18 韓南〈早期的中國短篇小說〉，頁24。

實的桎梏，走在顛簸的道上，落第失意，慕仙枉然，結結實實去感受生命的悲苦；又其次呢？

庶民的內心世界呢？在理想狀態下，是無我的、社會協和的、道德的、宗教的，他們傾向「共同擁有、共同施受」的世界。如果這個社會有人是自私的、不道德、不信神明的，這個世界就要沉淪；他們須要有「公證人」來監督這個社會。具有「絕對支配型」權力的君王，他們害怕；所以他們祈求「調節裁判型」[19]的神祇來到，說書者或小說家，正好帶來了慈眉善目的菩薩，是他們的最愛。如果主角落第失意，顯然是社會的不公。所以李白的不第，是因為高力士、楊國忠兩位考官的作梗，作者因此唉嘆：「不願文章中天下，只願文章中試官」（警 9）。獨孤生考不中，是因為直言疾諫，德宗認為「指斥朝廷，譏訕時政」，因此罷黜不用。連李勉故事中的惡人房德，也不禁自嘆：「楊國忠賄賂公行，埋沒了多少高才絕學？」（醒 30）孟浩然不被重用，自然也是玄宗的不賢明。但故事裡主角高中進士，就是「老天有眼」。傳奇中，陳義郎、崔尉子都是以落第的身分經過故鄉，婆孫得以相見；到了「三言」中，蘇知縣之子某某十七歲考中二甲進士，十九歲當了監察御史，與家人相見，才好光宗耀祖。

婚姻的問題。唐人進士與風塵女之愛的故事，大都以悲情收場。唯一的例外，是《李娃傳》，鄭生後來中進士，李

---

19 借自王鴻泰《三言兩拍的精神史研究》（臺北：臺大歷史碩士論文，1992年），頁 62。

娃還封為汧國夫人。據宋·曾慥以來的說法，此作是民間故事《一枝花》的改寫。[20]「三言」則以「姻緣天註定」來詮釋婚姻，馬周與王媼（喻 5）、申徒泰與珠娘（喻 6）、唐璧與黃小娥（喻 9）、勤自勵與林潮音（醒 25）、賣油郎與花魁女（醒 3），都是如此。蘇知縣的妻子為匪所辱，最為無辜，所以在「三言」中，讓她逃入尼姑庵，躲過十九個年頭，全家因此團圓。民間所要的，還是溫馨的結局為安。

因此，如果有道德上的缺陷，大家要「擊鼓攻之」。房德出賣恩人李勉、盜匪徐能殺人劫財，都要正法。「飲酒誤事」雖為飄逸文人的美談，但也要帶來禍害。如李白、孟浩然、馬周、盧柟，都曾飲酒誤事，受到不小的傷害。行善可以改變命運，所以裴度拾玉帶，骨相幡然改變，並做到令公。惡作劇會帶來不幸，王臣搶了妖狐的天書，被妖狐搞得家產破散。友誼值得獎勵，吳保安為友奔勞，得到義士的美名，只可惜作者無法處理吳保安同時犧牲妻子過正常家庭生活的權利。

歷史真相的問題，庶民並不在乎，因為不會影響他們的生活或信仰。高力士會不會當考官，並不重要，只要他扮演壞人，所有的壞事都可能做。唐玄宗賜給李白翰林學士的頭銜，也未嘗不可。這樣的名人，有資格頒發「榮譽學位」。

慕仙學道，對庶民而言，是安置個人生命最佳的「狀態」。因為學仙修煉如人之飲水，冷暖自知，無法告白。而

---

20 王夢鷗：〈李娃傳敘錄〉，《唐人小說校釋》（臺北：正中書局，1983 年 3 月），上集，頁 188。

「白日飛昇」的神蹟，可以「有目共睹」，就值得注意了。圓澤火化、李白騎鯨、韋恕一家十三口、杜子春夫婦與太上老君結伴、許遜、薛偉騎赤鯉、夫人駕紫霞、李八百跨白鶴，再加上李清的尸解，他們都證道而飛升去了。本文中所討論唐人小說素材二十一篇，已有七篇被添加了神蹟，佔有三分之一的數量。至於宋元明的題材，加入神道色彩，恐怕更多。這些作品雖然不見得是馮夢龍寫的，但也是經過他的「法眼」，才編輯入書的啊！

庶民的思辯法則往往是「部門邏輯」，他們營造的「共同世界」，是處於一種被「調節裁判」的狀態。可以一邊羨仙慕道，也可以同時擁有世俗的功名利祿。可以譴責科舉，也可以期望故事的主角高中狀元。可以追求愛情，也可以同時接受宿命的婚姻觀。談論友誼的時候，可以犧牲夫妻情愛。片面的相信，可以讓他們擁有更多的幸福感。

五、結論：雅正文學通俗化的意義

馮夢龍編輯《太平廣記鈔》的小引中，引了宋人一句話：「酒飯腸不用古今澆灌，則俗氣薰蒸。」他從一邊閱讀、挑選，從五百卷的古作，理出了八十卷的抄本。還仿傳奇的筆法，編寫了一本《情史》。除此之外，他又借用其中的材料，結合通俗流行的話本小說形式，完成「三言」之作。以古今故事澆灌塊磊，清除俗氣的作品，當然不能遺忘這些經由唐人小說改寫重編的作品。以雅正文學的題材，改編為通俗流行的故事，雖然不免失去原作的意旨，但也帶來

讀者一個廣闊的、嶄新的思考空間。

終究這個世界不再屬於會場時代,權威的神祇、巫師與君王,已經退位。「單戀」劇場儀式的菁英份子,也不再獨領風騷。決定生活型態與生命價值的,應該是廣大的「消費」大眾,儘管他們的流行與愛好,有時候值得商議。但「公開宣揚因果報應、成仙得道等佛道理論」,是不對的行為嗎?[21]

在明代中葉以後,李贄(1527-1602)的「童心說」,湯顯祖(1550-1616)的「人生而有情」的論點,都影響到馮夢龍的「情教觀」。[22]他本持這樣的信念,走向專業化的小說編輯工作,努力將話本小說「小說化」,使脫離「說話」的搖籃,務使雅正與通俗文學靠攏,到底成功了沒有?何以凌濛初兩本《拍案驚奇》,又將寫作的形式推回話本的原態?這些議題,值得繼續探討。

(原載《第一屆通俗文與雅正文學全國學術研討會論文集》,中興大學中文系,頁 271-312,2001 年 2 月)

---

21 歐陽代發《話本小說史》(湖北:武漢出版社,1994 年 5 月),頁 8。

22 陳清輝《李卓吾生平及其思想研究》(臺北:文津出版社,1993 年 10 月),頁 561。

「梁山泊三易其主」的
寫作技巧及其內在意義

　　論起《水滸傳》裡的人物和故事，會讓人以為只是說書人的「胡言道爾」，沒什麼根據。如果認真地想想：林沖為什麼殺王倫？晁蓋憑什麼當梁山泊寨主？宋江又如何取得梁山泊領導地位？這些問題，要是從故事情節的安排來看，沒有必然的原因會導致「梁山泊三易其主」。但如果說書人從他個人的觀點，來論斷世事的成敗得失；從社會的風習，來評定人世的是非善惡。則「梁山泊三易其主」，便值得我們深入探究了。針對上述的原因，我們可以從情節安排，來探討作者的寫作技巧；亦可以從主題及故事內容，來論斷梁山伯結義的潛意識心理。

一、就情節安排而論

　　《水滸傳》在施耐庵等人寫成定本以前[1]，它寄存在《大宋宣和遺事》裡，也曾舖衍在元雜劇中。更早之前，它可能是民間傳說或歷史軼事。本來只有盜賊三十六人，到了元朝漸漸變成了「三十六大夥，七十二小夥」；本來梁山泊是個不名之地，也被說成「縱橫河巷一千條，四下方圓八百里」；本來宋江是一小撮竄擾山東、河北的流匪，居然也置下前、後、左、右、水、主六軍寨，成為一個大軍團。梁山

1　《水滸》作者的問題，歷年考證雖多，卻無定論。大抵從高儒《百川書志》云：「錢塘施耐庵本，羅貫中編次。」何心於水滸研究（河洛圖書出版社翻印本）第二章中，論及作者，懷疑「施耐庵是否確有其人？」又言：「水滸並不是一人一手創作。」不管施耐庵是否烏有，或為某人偽託、化名，亦是一人。固本文稱之：「施耐庵等人」所作。

泊就從這些零星片斷的故事，慢慢串聯演化，再經施耐庵等人的大手筆，竟成為膾炙人口，流衍不息的民俗故事。

（一）梁山泊是一些零星片斷故事結合而成

在《大宋宣和遺事》中，描寫梁山泊事件的地方，僅見於宣和四年一條。先是李進義等十二人奉命押送花石綱，因等孫立不到，楊志一人留在穎州等他。由於旅費用罄，楊志遂上市集賣刀；不意為惡少挑釁，一時氣憤，舉刀殺人，因此被官府發配衛州軍城。孫立到後，得知事委，星夜奔歸京師，向李進義等弟兄求助。遂在黃河岸邊埋伏，搶救楊志，同往太行山落草。再次，晁蓋等八人劫掠「生辰綱」，事洩，遂糾合太行山楊志等十二人，共二十人，據梁山泊為寇。宋江則出現在另一個單獨的故事裡：自從殺了閻婆惜及其姘夫吳偉，躲到九天玄女廟，得獲天書，知道三十六人必然結義，所以領了朱全等九人上梁山泊。此時晁蓋已死，宋江受到大眾擁戴，接任寨主。其後，呼延灼、李海來討寇賊，反投降了梁山泊。末了，花和尚魯智深亦來參盟，湊足了三十六人之數。《宣和遺事》遂以張叔夜來招降作結。

這個原始的梁山泊故事，拼搭出來：人物與人物的關係不緊密；梁山泊無中生有；晁蓋無由死亡；宋江所獲天書與人物名字不盡符合；三十六人被機械地排列在一起……。許許多多不成功的情節安排，當然不能滿足大眾的視聽了。

加以戲曲、雜劇的興盛：黑旋風李逵的故事被演唱；打虎的武松被創造出來；病楊雄也上了台；浪子燕青到了同樂院上搏魚打燕……，有十幾個與梁山泊同名的人物都出現在

劇場裡。這些各自獨立的水滸故事,沒有系統的陳列著。李玄伯在《百回本水滸》中解釋:「這種傳說當然是沒有系統的,在京東的注意梁山泊,在京西的注意太行山,在兩浙的注意方臘。並且各地還有它所喜愛的中心英雄。……」那麼這些故事的說書人,採入了他們所聽聞到的故事,編纂新的題材,豐富新的情節,再經過一番整理消化。許多不合情理的結構,就被修正了。

(二) 梁山泊的故事衍化開來,重新被串聯

為什麼有些《水滸傳》裡的人物,在元雜劇中個性的表現會截然不同?水滸傳中鹵莽粗豪的黑旋風李逵,在「彆獻功」劇裡,顯得心思細膩;在「李逵負荊」劇裡,又能吟詩賞花,風流蘊藉。原來雜劇中,人物的個性是固定的、典型的:男主角是末,女主角是旦,丑角是淨…。扮末或旦角,得中規中矩的獨唱全齣戲;扮淨的,才能耍寶說笑。李逵在劇場中不是淨角,不能說諢弄粗;既為末角,也就神采倜儻了。現在,水滸傳作者,把雜劇中水滸的角色、題材吸收進來,大大改頭換面一番,才能使書中各個人物的個性統一調和。

這些故事重新編次排比,後用一個楔子串結起來。這個楔子,便是開頭「洪太尉誤放三十六天罡七十二地煞」的故事,用它來引入正文,兼以預示《水滸傳》中將有此一百零八將。前幾回[2],著墨在魯智深、林沖的個人遭遇上。第十

---

2 本文引用《水滸》回目,據金聖嘆刪節的七十回本(世界書局版、香港友

回,由柴進掩飾林沖脫罪,並使前往梁山泊,投靠白衣秀士王倫。再次,敘楊志護送生辰綱赴京,不意為晁蓋諸人所劫。第十七回,宋江走報消息,晁蓋諸人殺退官兵,卻不敢戀棧,遂逃躲梁山泊。第十八回,「林沖水寨大併火,晁蓋梁山小奪泊」,簡短一回,王倫身死,晁蓋得位。至此,水滸好漢便一一出現,並往梁山泊匯集。宋江因殺了閻婆惜,流徙至柴進莊裡,收武松為義弟,依次又會了好幾個梁山泊弟兄。及第三十八回,宋江在潯陽樓題了反詩,受了獄刑,梁山泊弟兄乃結夥劫掠法場,宋江因此上了梁山。以下,「三打祝家莊」、「陷高唐州」、「打青州」、「打大名城」諸役,又收降了不少官兵將領,來湊足天罡地煞之數。到了第五十九回,晁天王曾頭市中箭而死,宋江已掌山寨大權。第六十七回,盧俊義活捉史文恭,為晁天王報仇。依晁蓋遺言,應是盧俊義有權繼位,奈眾人都擁護宋江,盧俊義也極力相讓。第六十九回,宋江等回到梁山泊忠義堂,收降龔旺、丁得孫,又添入獸醫皇甫端,以及董平、張清二將,恰符合「一百單八員」。第七十回,倚天降石碣,上列天罡地煞諸將大名。宋江乃設筵慶賀,並親捧兵符印信,頒布號令。清朝金聖嘆刪節水滸,以「盧俊義夜夢受招安旋被斬事驚醒」,為水滸故事終結。或許最初的《水滸傳》,宋江諸人受招安後,仍續以平方臘,蓄意與大宋宣和遺事所載吻合。至於征遼、征田虎和王慶,係後人增入,最多只在舖演戰爭武功,或敘說水滸英雄的最終下場,與「水滸」的基本結

聯出版社版)。

構，無太大關係了。

（三）梁山泊三易其主的寫作技巧

水滸故事既被舖寫完成。我們或可借用「梁山泊三易其主」，來說明水滸故事撰構的技巧。

林沖自別柴進，投靠白衣秀士王倫，摸著天杜遷、雲裡金剛宋萬。點出了王倫所據的營寨，只是個搭築水泊邊的匪盜窟而已。柴進送林沖上梁山泊時，說道：「那三個好漢聚集著七八百小嘍囉打家劫舍。多有做下瀰天大罪的人，都投奔那裡躲災避難，他收留在彼。」（10 回）也間接說明了梁山泊是個窩藏盜匪的好所在。

話說王倫要林沖的「投名狀」，叫他下山殺人劫物，竟碰上路過的青面獸楊志。楊志以「花石綱」覆水，成了帶罪之身，聞說大赦，欲入東京求用，自不願委身盜窟。入京後，又為高俅太尉所難。以盤纏用罄，上市賣刀，殺了纏擾的地痞牛二，因此充配北京大名。抵北京後，得到梁中書的重用，押送金銀擔入東京，為當時宰相蔡京作壽，卻被晁蓋等七人計騙失手，只得流亡二龍山，與魯智深奪了鄧龍的山寨，暫圖落腳；爾後輾轉歸附梁山泊。增富楊志的故事，除了使情節繁複外，也給予晁蓋一個強有力的敵手。

晁蓋等七人，為了劫掠「生辰綱」而集結，動機是很明顯的；為了要掩飾這種純然的盜匪行動，所以說書人編纂了一個迷信的理由，那就是「七星聚義」（14 回），用命中註定的論調，減免了晁蓋的罪疚。晁蓋這一票歹人，經宋江私放之後，又在阮氏三兄弟的石碣村殺退追捕的官兵。到了這

種地步，只得就近投靠梁山泊。

第一任的梁山泊寨主王倫，因為怕官兵來剿晁蓋諸人，易受連累，所以無意收留。吳用用了計謀，誘使林沖殺死王倫。林沖宣言道：「我林沖雖是禁軍，遭配至此，今日為眾豪傑至此相聚，爭奈王倫心胸狹隘，嫉賢妒能，推故不納，因此火拼了這廝，非林沖要圖此位。據著我胸襟膽識，焉敢拒敵軍官，他日剷除君側元凶首惡？今有晁兄仗義疏財，智勇足備；方今天下人，聞其名無不有伏。我今日以義軍為重，立他為山寨之主，好麼？」（19 回）晁蓋便當起第二任寨主。林沖推舉晁蓋，可以因道義所激，可以因勢單力薄所迫，但拿「焉敢拒敵軍官，他日剷除君側元凶首惡」做推辭，就顯得唐突造作。說書人不忘在此埋下梁山泊的「忠義」態度，來解釋晁蓋的滔天大罪，只能委諸圖讖命定的說法了。

第二任寨主晁蓋，在梁山泊做了些什麼？他先攏絡了十位好漢，作定了地位，並且說：「你等眾人在此今日林教頭扶我做山寨之主，吳學究作軍師，公孫先生同掌兵權，林教頭共管山寨。汝等眾人各依舊職管領山前山後事務，守備寨棚灘頭，休教有失。個人務必竭力同心，共聚大義。」（19 回）這個「大義」，在晁蓋有生之年，終未舖露。

梁山泊自此組織擴大，武力增強。它能使水滸整個故事更具活動力，亦襯托出梁山泊已非昔日賊窟，更不同於桃花山、二龍山聚地劫貨的小盜匪。到了三十四回，晁蓋接納青州來奔的九條好漢，再備筵席，議定坐次；梁山泊就擁有二十一個頭領來共事。「山寨中添造大船屋宇、車輛什物；打

造槍刀軍器，鎧甲頭盔；整頓軍旗袍襖，弓弩箭矢；準備抵敵官軍，不在話下。」（34回）第三十五回，劉唐劫了被押往江州的宋江，晁蓋挽留宋江於寨，宋江卻因父命，執意不留。第三十九回，宋江在潯陽樓上題反詩，闖了大禍；晁蓋乃領著十六個頭領百餘個嘍囉，劫江州法場，救了宋江、戴宗，又在白龍廟聚合了尋陽江好漢張順等九人。此後第四十六回，一打祝家莊；五十一回，陷高唐州；五十七回，打青州；都是宋江領兵、吳用使計，晁蓋只當坐鎮寨中。及至曾頭市之役，晁蓋可坐不住了，親點二十一頭領、五千人馬下山，留宋江守寨。軍行金沙灘上，風折軍旗，預示了晁蓋敗亡的結局。這一回，「宋江回到山寨，密叫戴宗下山去探聽消息」（59回），任晁蓋去踐他的死約。

晁蓋死前，留言：「若哪個捉得射死我的，便叫他做梁山泊主。」宋江聽在心中，悶悶不樂，「每日領眾舉哀，無心管理山寨事務。」直爽的林沖，稟請宋江自立為王。憨厚滑稽的李逵，窺探宋江的心思，說道：「哥哥休說做梁山泊主，便做大宋皇帝你也肯。」（同上）

二任寨主晁蓋上山之後，穩定陣腳，便沒有別的「表現」。而宋江流徙在外，卻隱然為水滸裡的靈魂人物了。從第二十回宋江殺了閻婆惜，一直到第三十九回梁山泊好漢劫法場；整整二十回，以「巧遇」的方式，使宋江與打虎殺嫂的武松，孔太公莊的兄弟孔明、孔亮，二龍山寶珠寺的魯智深、楊志，青風山的花榮、秦明、燕順、王英、鄭天壽等人，聯繫在一起，為日後梁山泊一百零八條好漢結合的張本。

　　如何讓宋江來繼承寨主呢？說書人安排了一段複雜的過程，主要是增加故事的懸疑和曲折性，來滿足聽眾和讀者的好奇心理。先是以「兵打大名城」，延宕曾頭市的決戰；再以「關勝議取梁山泊」，把戰事帶回梁山泊水澤邊。等到大夥兒漸漸忘卻了宋江為晁蓋報仇，並即寨主之位的事件，又以「托塔天王夢中顯示」一節，重新回到復仇與即位的問題上。隨後，梁山泊好漢又去攻打凌州。如此拖延八回，總該讓宋江遂心了願吧！卻又安排盧俊義埋伏於偏遠的戰場外圍，意外的活捉射殺晁天王的史文恭。在大眾失望和不滿的怨聲中，說書人趕緊繪製李逵、劉唐、魯智深怒目咆哮的神態，盧俊義與宋江兩人自然推讓不下。宋江只得再與眾人約定，與盧俊義分頭去攻東平、東昌二府，誰先攻破，便當寨主。這回，宋江先勝了。

　　三易其主；宋江當了第三任梁山泊寨主。收伏東平、東昌二府降將，剛好湊足一百零八人。又應了神怪讖符之說，於是大醮祭祀，許陳三願：一則祈保眾弟兄身心安樂；二則惟願朝廷早降恩光，赦免逆天大罪，眾皆竭力捐軀，盡忠報國，死而後已；三則上薦晁天王早升天界，世世生生，再得相見，就行超度橫亡惡死，火燒水溺，一應無辜受害之人，俱得善道。天上便落下石碣，列著三十六天罡、七十二地煞的大名，以為「天地之意，理數所定」（70 回）於是宋江穩坐寨位，垂待招安，立誓報國。在這寨主三易的過程中，以晁蓋居位最長，計四十二回；王倫次之，佔有九回；晁蓋死後，王位虛懸十二回，到最末一回始由宋江繼任。然人物出場起迄觀之，則王倫只佔九回，最短；晁蓋四十七回，次

之；宋江六十四回，最長。如以百回本、百二十回本為例，則宋江出場後的回數仍可加長為九十回、一百一十四回。如以參予重要戰役相較：宋江最多，晁蓋次之，王倫沒有。如以流徙或遊歷各州郡縣的經驗，以及結交各地英雄豪傑的機緣上來看：宋江仍為最多，晁蓋次之，王倫一無所往。從上述統計，可以明白顯示：宋江在《水滸傳》中，佔有最重要的地位。也因為如此，他即位的歷程最費勁、最辛苦。說書人在「梁山泊三易其主」的編寫技巧上，值得嘆賞。

二、就潛意識心理而論

《水滸傳》在明朝嘉靖時已流傳在市集書坊中，為什麼他描述了這種造反叛亂的事蹟，卻能夠被廣大的社會群眾所包容？為什麼宋江會從九天玄女廟中獲天書？為什麼天門落石碣等等荒謬的事蹟，不會被懷疑？為什麼朝廷大將那麼容易的就投降了梁山泊？單從說書人編纂故事的技巧上，和廣群眾滿足想像力的需求上來解釋，似乎不夠。原來它也有特殊的時代背景所導致。它無形中成為社會現象的反映。他提出了當時社會意識及價值觀。就連「梁山泊三易其主」，也顯示了盜匪組織如何轉移權勢、謀奪首位的事實。我們可分三點談談：

（一）它無形反映了當時的社會現象

《水滸傳》中所標舉的意識型態，便是「替天行道，招納豪傑，專等招安，與國家出力」（54 回）。他們的作法，

是「翦除君側元兇首惡」（19 回）。然而，從整個故事的結構與情節安排來看，無法顯露他們忠君與報國之思。或許明朝的專制政權，廷杖責殺，殘酷已極，臣民生活在恐怖中，亦不敢對國君有所微辭。恰巧弘治朝出了劉瑾，嘉靖朝出了嚴嵩，這兩個奸臣壟斷君王視聽、陷害忠良，以逞一己之慾，後來都遭誅殺。說書人藉著這些定讞的故實，痛罵「高太尉那廝，是個心地褊窄之徒，忘人大恩，記人小過」（57 回）；或更明白的指出：「蓋為朝廷不明，縱容奸臣當道，不許忠良近身，佈滿濫官污吏，陷害天下百姓」（63 回）。在帝王專制的時代中，他們不忘高喊「忠君」；但他們指陳當時政治社會的病態，委罪於「君側元凶首惡」，便與「忠君」思想不相抵觸了。

至於書中充滿「怪力亂神」的事件，如：洪信誤走妖魔；宋江遇九天玄女；李逵謀殺羅真人；公孫勝與高廉互鬥妖法；晁天王夢中顯聖；忠義堂前天落石碣。原來明朝道教之風盛行，連皇帝亦多信奉倡行，整個社會便瀰漫著妖魔鬼怪的氣氛。水滸故事順著民眾心理，加雜神魔異聞，更能吸引大眾了。

明朝的倭患與邊寇，嘉靖朝後，益演益烈。朝廷因兵防與建醮，賦役重徵，人民不堪其苦，終流為盜賊者，不在少數。內憂外患，相積相成，不可收拾；梁山泊的盜匪故事，便是整個社會現象的縮影。

（二）它提出了當時的社會意識與價值觀念

明太祖以平民起身，能夠在群雄之中奪得江山。等到明

朝的政治腐敗、民生凋蔽，是否這種革命思想又蓬勃開展？為了謀求生存的權利，無論是公子王孫、富豪將吏，乃至漁獵各業、盜犯諸途，只要各具專長，便集聚一處，共同參加革命。聽書的人、閱讀《水滸》的人，也正是百業諸人，無形中倡導個人意識的覺醒。[3]聽聞《水滸》的人，既以村夫莽漢為主，當他們談到了潘金蓮、潘巧雲等《水滸》女性，都刻意去描寫他們的惡毒，以及它們凌遲而死的慘狀，這表現出他們將女人視為禁臠，不給予客觀公允的地位。《水滸》裡每每渲染姦夫淫婦的慘死，可以滿足村夫莽漢野蠻和虐待的心理，也顯見他們道德審判的尺度。[4]

說《水滸》的人安排了宋江「造反」的這件事，除了表露社會現象外，兼且說明了「強人自存」的心理。宋江答辯關勝時，說「濫官污吏，陷害天下百姓。宋江等替天行道，並無異心。」（63 回）「濫官污吏」，或許是當代的客觀現象；「替天行道」，可就是謊言了。宋江收留呼延灼時說：「宋江情願讓位與將軍，等朝廷見用，受了招安，那時盡忠報國，未為晚矣。」（57 回）這句話也是假話，且透露宋江「強人自存」的計謀。明代中葉以後，處處醞釀著這種心

---

3 孫述宇在六十八年某月《中國時報副刊》寫了一篇：「水滸傳──強人講給強人聽的故事」，又《中華文化復興月刊》第九卷第五期「水滸傳：法外強徒的的宣傳文學」、第六期「水滸傳的宣傳藝術──紅顏禍水」，認為水滸故事是強盜編造的，而且是講給其他的強盜聽。在邏輯的論證上，似不成立。強盜可以做說書人，但說書人不一定是強盜。何以證明編、講、聽故事的人全是強盜？

4 孫先生在上述文中，又舉水滸故事凌遲女人慘劇，以為是強盜「防閑女性」的教育心理。這種「特殊」的作用，或許有，但絕不是有僅有。

理;「盜匪哲學」也應運而生。谷應泰在《明史紀事本末》提到中原群盜,說:「乃群盜之最可恨者,窮則乞降,勝則狂進。此則投誠,彼則負固。」《水滸》人物中,何嘗不是又「忠君」,又「造反」。如阮小五在石碣村湖中唱道:「打魚一世蓼兒哇,不種青苗不種麻;酷吏贓官都殺盡,忠心報答趙官家。」(18 回) 既言忠心大宋,又要自訂律法,殺害朝廷命官,豈不自相矛盾?最能表現宋江的盜匪思想,應該是江州醉後的題壁詩:「身心山東心在吳,飄蓬江海漫嗟呼;它時若遂凌雲志,敢笑黃巢不丈夫」(38 回);酒後真言,潛意識的造反信理,暴露無遺。

(三)「梁山泊三易其主」顯示了盜匪組織的奪權辦法

我不以為說書人蓄意說明宋江謀位的奸計,以及梁山泊盜匪組織的變動;但從他們在情節的安排上,可以自然而合理的推論到「梁山泊三易其主」,實是當時盜匪奪權篡位的普遍辦法。第一任寨主王倫為什麼會被林沖所殺?薩孟武在《水滸傳與中國社會》裡說:「王倫得到梁山泊之後,就心滿意足,只求保守,不求進取,連一個林沖還不敢收留,那裡配收羅天下英才,出來逐鹿中原。」林沖投靠了梁山泊,王倫先是擯斥他,後來又想著:「若留林沖,實形容得我們不濟,不如我做個人情,並留了楊志,與他作敵。」(11 回) 無奈楊志不留,王倫計畫落空,對林沖更加不善。林沖心裡也想著:「量你是個落第窮儒,胸中又沒文學,怎做得山寨之王?」(18 回) 晁蓋等七人上了山,心知王倫不留。

吳用看林沖憤恨不平的模樣，便慫恿林沖與王倫火拼。林沖自然殺了王倫。

林沖為什麼不能當梁山泊寨主？一來他勢力孤單，寨裡的人是王倫的部下；二來晁蓋等七人又是勢大謀詐，他沒有能力奪到權位，當然只有拱手相讓了。晁蓋為什麼能當第二任梁山泊主？晁蓋本是東溪村保正，已得人望，又能攏絡吳用等六人，共劫「生辰綱」。吳用當他的軍師，公孫勝共掌兵權，林沖共管山寨。他當然能夠穩坐寨主的大位。

晁蓋為什麼死去？曾頭市一役，中箭身亡。包遵彭說：「晁蓋的中箭身死，在當時，是一場橫禍。依照現實推敲，卻可說是善終。那就省卻一番清算『立三路線』的痛苦鬥爭。」[5] 兵權早落入宋江手中，計略全出自吳用，新入伙的弟兄個個是宋江的德召恩感而來；晁蓋已是勢單力薄了。若且不死，宋江奪權的陰謀早晚要爆發的。

盧俊義為什麼不能當梁山泊寨主？晁蓋死前說：「若那個捉得射死我的，便叫他做梁山泊寨主。」（59 回）盧俊義原在平州埋伏，不可能擒獲史文恭，倒是「晁蓋陰魂纏住」（67 回），把史文恭落入盧俊義手裡。但他還是不能當王，儘管他是北京財主，又習武藝，仍敵不過宋江的潛伏勢力。這「燙手的山芋」，當然是不接才好。

吳用也不能當王。薩孟武引「秀才造反，三年不成」，來說明吳用不能當王。有謀略而無實權，只能寄生在野心家

---

5 見《大陸雜誌》第十九卷第八期、第九期「水滸傳對立代流寇影響之研究」一文。

底下。宋江比晁蓋野心大，手段又辣，吳用也就轉投為宋江的羽翼了。

宋江接掌梁山泊權柄，非一朝一夕之謀策。如果因為殺閻婆惜一事，便投靠梁山泊，充其量也與阮氏三雄平起平坐而已。如果在清風寨事件中（34回），便領花榮、秦明、燕順諸人上山，會很明顯的與晁蓋一系人對峙起來。被押解江州途中（35回），若允了晁蓋相救挽留，也只欠晁蓋人情。潯陽江樓題了反詩，梁山泊好漢前來救助（39回），宋江再沒有理由不上山了。上山未久，宋江請還家鄉省親，卻在還道村九天玄女廟中得天書三卷，娘娘告諭：「宋星主，傳汝三卷天書，汝可替天行道，為主全忠仗義，為臣輔國安民；去邪歸正，勿忘勿泄。」（41回）這位天命星主，自然比晁蓋來得更加「正統」了。大凡盜賊，矯造天命，便可誑夫愚婦，可以想見當時群眾學識的低落。宋江在那個社會裡，很容易得到迷信的群眾支持。此後宋江三番五審出征，收留諸多降將，增附他的武力。晁蓋一死，宋江為當然領袖。盧俊義也罷，吳用也罷，誰敢覬覦這個權位？

（原載《中國文化月刊》9期，頁93-104，1980年7月）

《西遊記》敘事、主題與
揶揄語氣的探討

　　《西遊記》的寫作主旨為何？明清時期的評論者多半以
「宗教證道」為論述重點，如袁于令「三教括一」、劉廷璣
「證道之書」、汪象旭「仙佛同源」、陳士斌「道教煉丹」；
也有以「心性說」為主，如陳元之「魔劫心生」、劉一明
「性命雙修」等；當然也有少數持「魔幻說」，如笑花主人
「逞臆畫鬼」、劉治襄「鬼神魔法」云云[1]。不管是「宗教
說」、「心性說」、「魔幻說」，還是脫離不了宗教文化的闡
述。到了民國以後，胡適等人考證《西遊記》作者為吳承
恩，替代了無名氏、長春真人丘處機的說法，首倡「遊戲
說」，認為《西遊記》係「帶玩世主義的滑稽小說[2]」，改變
了對《西遊記》的評價。隨著時代演替，對《西遊記》的主
題寓意，在「三教說」、「修心修身說」、「丹道說」之外，也
有「反抗鬥爭說」、「反映社會說」、「追求正義福祉說」、「哲
學思想說」、「實現理想說」等等[3]；二十世紀七〇年代以
來，大陸學者提出「市民說」、「反動說」、「矛盾說」、「歌頌
鬥爭精神，反映理想願望說」、「正邪說」、「安天醫國說」、
「遊戲說」、「哲理說」、「批判宗教說」、「情理說」[4]；也有

1　以上各家說法請參見劉蔭柏《西遊記研究資料》（上海：上海古籍出版
　　社，1990 年 8 月），或見於林雅玲《清三家《西遊》評點：《西遊證道
　　書》、《西遊真詮》、《西遊原旨》寓意詮釋研究》，東海大學博士論文，
　　2002 年 7 月。

2　胡適〈西遊記考證〉，《胡適文存》（上海：亞東圖書公司，1930 年 1 月第
　　13 版），卷 2，頁 390。

3　同註 1。

4　見《二十世紀文學研究：明代文學研究》（北京：北京出版社，2001 年），
　　第五章〈《西遊記》研究〉，第二節〈思想內容研究〉，頁 323-334。

從小說類型回歸「神魔小說」的領域來研究，有以「兒童幻想故事」或「童話」視之。然則，哪一種說法才算對呢？《西遊記》主要在「闡揚宗教觀念」？有「遊戲」的意圖嗎？還是可以兼具多項寫作意涵呢？

要討論《西遊記》的寫作意涵，還是要從版本和作者的問題開始討論，正本清源，才可以有正確的認識。

一、《西遊記》的版本：
以百回本系統為依據

從現存文獻來看，《西遊記》最早的百回讀本全名是《新刻出像官版大字西遊記》，南京唐富春世德堂刊行（以下簡稱世本），出現在萬曆二十年（西元 1592 年）[5]。書名中特別標識「新刻」、「出像」、「官版」、「大字」，是否在坊間可以得到另一種「舊刻」、「無像」、「私人版」、「小字」的版本？根據鄭明娳的考述，百回本尚有楊閩齋 1603 年清白堂《鼎鍥京本全像唐僧取經西遊記》刊本，萬曆間《二刻官版唐三藏西遊記》，泰昌天啟年間袁于令《李卓吾先生批評西遊記》刊本等三種[6]。書名題「鼎鍥」、「京本」、「全像」、

---

5 杜信孚《明代版刻綜錄》（揚州：江蘇廣陵古籍刻印社，1983 年 5 月），卷 1 頁 38。瞿冕良編著《中國古籍版刻辭典》（濟南：齊魯書社），頁 94，標註：「萬曆間金陵人唐晟字伯晟、唐昶字叔永的書坊名。」

6 鄭明娳《西遊記探源》（台北：里仁書局，2003 年 4 月），頁 21-23。所謂「二刻官版」一書係引自日人太田辰夫的考述，坊間未見。證諸李忠明《17 世紀中國通俗小說編年史》（合肥：安徽大學出版社，2003 年 3 月），頁 24、42，第 1 目無異，第 3 目設定在 1614 年左右，原因在於袁無

「二刻」、「官版」、「李卓吾先生批評」，也可以看見書商出版書籍時，為了追求市場的特殊性與佔有率，挖空心思，有時候要隱瞞書籍來源，有時候要蓄意與他家版本不同，使得後人在辨識版本源流之際，增加了許多困難。儘管困難多多，無法解開作者或版本的源流、演化，我們還是沒有權利去論述想像中而沒有「經眼」過的刊本！

　　所謂的古本、底本的界定，就更有危險了。徐少知先生受台北里仁書局之託，重新整理四川文藝出版社之《新校注本西遊記》，認為其中衍生錯誤甚多，改以《李卓吾先生批評西遊記》（以下簡稱李評本）為底本重新校刊。所謂李評本，係得自台北天一出版社影印之日本內閣文庫藏本。徐先生辨正「李評本雖刊行在後，但它據以重刻的底本卻較世本據以重刻的底本為早，或至少同時」[7]。然則李評本為袁于令（1592-1674）刊行於萬曆四十三年（1614）或稍後出版[8]，與早它 23 年前世德堂所刊行之文字頗近，要說根據另外的底本來出版，也很難令人信服。

　　《西遊記》的故事主軸在於「唐僧取經」，或見於院本、雜劇、寶卷、傳奇，所存故事零星而片段，我們只能當

涯刊《忠義水滸傳》在此年，袁刻《三國志》、《西遊記》、《列國志傳》形式相近，當在此年前後。鄭明娳則依據刻工劉君裕活動時間，斷在 1620-1627 年之間。

7　徐少知〈里仁本前言〉，《西遊記校注》（台北：里仁出版社，1996 年 2 月），頁 3。

8　李明忠《十七世紀中國通俗小說編年史》（合肥：安徽大學出版社，2002 年 3 月），頁 42，以《李卓吾先生批評忠義水滸傳》出版時間，斷定《三國》、《西遊》為姊妹作，出版時間應相近。

作是「甦型」，而不當「小說」來談論[9]。《大唐三藏取經詩
話》或《新雕大唐三藏法師取經記》，從書寫形式與篇幅長
短來看，應該屬於宋元之間的話本，接近《西遊記》的「原
型」，或許可以勉強接受[10]。至於明刊楊致和（陽至和）《新
鍥三藏出身全傳》、朱鼎臣《鼎鍥全相唐三藏西遊傳》[11]兩
個本子，出版的時間或先或後於世本？是世本的「祖本」還
是「節本」？也有許多爭議。應用編著者生卒年，來斷定出
版年代，是不準確的。可能是「舊書而編著者新印」，也有
可能是「後人追印版本」，也有可能「同時期而為書商所盜
印本」，就現存版本來看書本出版源流，簡直是「緣木求
魚」。

　　如果從回目與內容讀之，楊致和本共 4 卷 40 節，每卷
10 節。第一卷止於〈唐太宗陰司脫罪〉；第二卷為劉全進

9　金院本《唐三藏》、元吳昌齡雜劇《唐三藏西天取經》、元楊景賢雜劇《楊
　　東來批評西遊記》、銷釋真空寶卷《西遊記》、玄奘三藏度天由來緣起《西
　　遊記》、明陳龍光傳奇《西遊記》、明夏均政傳奇《西遊記》、清源妙道顯
　　聖均二郎神寶卷《西遊記》，均非小說文體，本文不論。請參見鄭明娳
　　《西遊記探源》（台北：里仁書局，2003 年 4 月），頁 6-13 所引。

10　《取經詩話》、《取經記》，只有文字小異，內容實同。見鄭明娳《西遊記
　　探源》（台北：里仁書局，2003 年 4 月），頁 5。（鄭書最早出版於台北：
　　文開出版公司，1982 年 9 月。）

11　朱鼎臣《鼎鍥全相唐三藏西遊傳》首頁題「羊城沖懷朱鼎臣編輯，書林蓮
　　台劉求茂繡梓」，每半頁三分之一為圖，三分之二為文字，分十行十七
　　字。每集末行作「西遊傳」、「釋傳」、「釋尼（厄）傳」，或缺，最末卷作
　　「釋尼傳」再加「大尾」兩字。上海古籍出版社影印，收在「古小說集
　　成」第三輯第六十九冊。此本似較完整，與鄭明娳《西遊記探源》中所載
　　今藏國家圖書館之本不同。

瓜、啟程西天、收孫悟空、收龍馬、收黑妖、收八戒，止於〈孫悟空收妖救師〉；第三卷收悟淨、五莊觀，止於〈唐三藏夢鬼說冤〉，即是烏雞國之事；第四卷過黑河、通天河，33 則以後僅剩 8 則，有觀音收妖、昴星收精、孫悟空貳心、彌勒佛收妖、過朱紫獅駝、劫難已滿，等於舖演了《西遊記》的後 50 回。

朱本共分 10 卷 67 則；前 9 卷 60 則，止於〈孫悟空收妖〉。最後 1 卷僅有 6 則，卻包含了半本的《西遊記》內容。

如果從口語化與書面語化的區別，或者是「嬰兒頭大身軀短」的概念來看，這兩個本子都可能是「祖本」。然則朱本的文字可以嵌入世本之中，表示也有可能是從世本「刪節」而成。楊本前半部有許多地方也可以鑲嵌於世本之中[12]。就現有資料，我們無從判斷哪個版本出版在先或在後[13]？只有暫時拋開楊、朱兩本的討論，而把《西遊記》的敘事技巧與寫作主旨表達，鎖定在百回本的系統討論，並以世本、李評本為準。

---

12 鄭明娳《西遊記探源》，頁 86。

13 蔡鐵鷹〈西遊記內外結構的形成〉，在《西遊記成書研究》（北京：中國文聯出版社，2001 年 12 月），對《西遊記》成書順序，一般人以筆記、說話、雜劇、評話、百回本（小說體）為序列，是一種錯誤的成說。這樣的辨正是有道理的。

二、《西遊記》的作者：
不宜肯定為吳承恩或任何人

為什麼要討論《西遊記》作者為誰呢？要確定明代四大小說的作者為誰，到目前為止，是不可能的任務。因為要拋開話本或擬話本的「說話的語言形式」，走向書本「書寫的語言形式」，有很長的道路要走的。有幾個理由不宜肯定作者為吳承恩或者是任何人：

（一）世本陳元之的序文，已經明說作者不詳。

世本秣陵陳元之的序文中，說：「《西遊》一書不知其何人所為，或曰出天潢何侯王之國，或曰出八公之徒，或曰出王自製。……舊有敘，余讀一過，亦不著其姓氏作者之名，豈嫌其丘里之言？」陳元之生平資料亦不詳，他為金陵世德堂唐晟、昶兄弟撰寫這段序文，應該是個編輯人，或隱出版來源，或誇述王侯賓客所為，都屬於促銷手段。當事者既不明說，時日久遠，證據也難保存，留下猜謎的空間，真相永遠不明。

（二）論作者為丘處機或吳承恩均為猜臆之詞。

清康熙元年（1662）汪象旭憺漪箋評、黃太鴻笑蒼印正的《新鐫出像古本西遊證道書》出版。書前有署名「翰林學士臨川邵庵虞集」的序文，序後附有〈丘長春真君傳〉、〈玄奘取經事蹟〉二則。嘉慶十五年（1810）劉一明《西遊原

旨》再版，也附有〈長春演道主教真人丘祖本末〉。丘處機為《西遊記》作者之說，成為有清一代的「主流論述」。錢大昕、俞樾則加以否定。稍後，吳玉首倡吳承恩說，阮葵生、紀昀、陸以湉、丁宴、王韜多從之[14]。民國十二年（1923），胡適撰寫〈西遊記考證〉，魯迅、趙景深續之[15]，遂為新的「主流論述」。近人汪浚、蘇興甚至認為世本校刊者「華陽洞天主人」，係祖籍江蘇句容，而徙家興化的李春芳[16]。李春芳號石麓，嘉靖二十六年進士，官至大學士。隆慶六年（1572）吳承恩曾經為李春芳的父母寫八十壽序，文中說：「建業神皋，華陽洞天[17]」。另有詩句：「移家舊記華陽洞[18]。」這兩條資料是不錯的，把《西遊記》、吳承恩、李春芳緊緊結合在一起。然則李春芳可以是「華陽洞天」，「華陽洞天」卻未必是李春芳。

　　近來持否定看法者，如章培恆、李安綱，也引起蔡鐵鷹等人的反擊[19]。

---

14 有關作者考論，詳見劉蔭柏編《西遊記研究資料》，頁 680-682。

15 《二十世紀文學研究：明代文學研究》，頁 306-308。

16 蘇興〈關於西遊記的幾個問題〉，附在胡光舟《吳承恩與西遊記》（台北：木鐸出版社，1983 年），頁 160-183。

17 〈德壽齊榮頌〉，《吳承恩詩文集》（台北：河洛圖書出版社，1975 年影印），卷 1 頁 46。

18 〈贈李石麓太史〉，《吳承恩詩文集》，卷 1 頁 26。

19 《明史文學研究》，頁 308-312。章培恆連續寫了三篇論文，收在《獻疑集》（長沙：岳麓書社，1993），頁 241-305。李安綱〈西遊記的真諦〉，收在《李安綱批評西遊記》（北京：中國社會出版社，2004 年 5 月），頁 1-17。蔡鐵鷹《西遊記成書研究》（北京：中國文聯出版社，2001 年 12 月），見網路 http://www.xyjg.com/0/21/ca/21-ca-ml.htmm。

證明吳承恩寫《西遊記》的意義何在？百回本《西遊記》真有一人編寫而成，那個人名叫「吳承恩」，或不叫「吳承恩」，又有什麼關係呢？我比較喜歡鄭明娳的說法：「推崇西遊記，當以世本為主，而其作者，吳承恩固有功焉，但與其說是他一人之力完成，倒不如說是中國民俗傳統的精華，無數無名作家心血凝聚的結晶[20]。」陳大康對「著作權」的歸屬吳承恩也有疑議，建議研究時徑稱「《西遊記》的作者」為妥當[21]。

（三）沿襲「說話形式語言」，作者並沒有表現「個人書寫意志」。

放棄吳承恩為《西遊記》的作者，有許多探討吳承恩文學成就、寫作藝術、思想模式的論述，會受到挑戰。從文本來觀察，《西遊記》留下許多「話本」的痕跡，沿襲「說話形式語言」，可以看見「共同潛意識」的文化意涵，作者「個人書寫意志」的表現，並未鮮明。王平論述中國古代小說敘事，曾經區分「敘事者」為史官式、傳奇式、說話式、個性化等四種方式；所謂「四大奇書」，包含《西遊記》仍留在「說話式」的舊習中，甚至連能夠表現作者個性的作品，如《儒林外史》、《紅樓夢》，敘事者仍不時露出說書人的口吻[22]。

---

20 〈民間智慧的精粹〉，《西遊記探源》，頁 158。

21 陳大康《明代小說史》（上海：上海文藝出版社，2000 年 10 月），頁406。

22 王平《中國古代小說敘事研究》（石家莊：河北人民出版社，2001 年 12

　　《西遊記》的敘事技巧,當然不能以現代小說的型態來要求。但全書讀來,確實殘存了太多「說書」的痕跡,要肯定這本書就是吳承恩創作的小說,無疑宣告吳承恩尚不能獨樹一格,為中國小說的寫作開創新局。

三、《西遊記》的敘事:
不脫「說書」的模式

　　《西遊記》既以神魔故事為背景,建構在敘述者與聽講者的想像世界中,脫不開說書、演劇、筆記等相關文類的糾結。如今以「章回小說」的文類出現,表述者變成書寫者,聽講人便成閱讀人,展現的場所從公開場合的瓦子堆走進了私人場所的家庭或書齋。我認為以「小說」的一般概念來觀察,仍留有「說書」文體的特質。

(一)《西遊記》的基本結構,可分為首、頸、身三部份

　　《西遊記》開端介紹孫悟空之由來,作為結構的「頭部」,以觀音尋找取經人為「頸部」,以八十一難的過程為「身軀」。這樣的故事結構,殘存著「說書」習慣,說書者須等候聽眾一一到場,不可以直接切入「三藏取經」的本題,因此以副支線「孫悟空事蹟」為「序曲」,以「魏徵夢斬涇龍王」、「太宗入冥」、「劉全進瓜」、「觀音進長安」為

月),第 1 章第 3 節〈說話式敘事者〉,頁 31。

「前戲」。然而全書為 20 卷 100 回，要怎樣處理八十一難的
進展呢？

（二）八十一難的組成，分為六個段落

第一段落，從 13 回至 23 回，三藏取經出發，太白金星
救助於虎、熊、牛精，劉伯欽救助於虎害。通過雙叉嶺，巧
妙地從現實界過度到想像的神魔世界。到了兩界山，悟空代
替了伯欽，鷹愁澗龍馬代替了白馬，在神怪魔幻世界中，取
經團得到了自由。之後，收伏八戒、沙僧等人，中間夾著黑
風山黑熊精、黃風嶺貂鼠。收結於觀音、黎山老姆、普賢、
文殊四人化為女生來試煉取經團的決心。這 11 回是為取經
團成員到位而設。

第二段落，從 24 回至 43 回，依序為五莊觀、白骨精、
寶象國、金銀角大王、烏雞國、紅孩兒，而止於單回的黑水
河鼉龍故事。

第三段落，從 44 回至 64 回，依次為車遲國、通天河、
青牛怪、女兒國、真假悟空、火焰山、祭賽國，止於單回的
木仙庵談詩。

第四段落，從 65 回至 86 回，依次為假佛寺、稀柿衖、
朱紫國、蜘蛛與蜈蚣精、獅駝嶺、比丘國、白鼠精、滅法
國，止於打死艾葉花皮豹子精。

第五段落，從 87 回至 97 回，係進入天竺國故事，從鳳仙
郡除旱、玉華府傳授徒弟、金平府觀燈遇假佛、青龍山捉犀
怪、祇園遇真公主、天竺國解玉兔劫，止於銅臺府寇家劫
難。

尾曲，98 回至 100 回，從凌雲脫渡、雷音寺取經、數算劫難、墜落通天河、回歸東土。

我們先把論述焦點放在八十一難當中。造難者有佛道界神仙童子、坐騎，天界星宿，修煉精怪，動物精怪，只有少數是自然動物，以及人間盜匪。解難者，為南天門玉皇宮內眾神仙、西天佛祖、羅漢，其中以太白金星、南海觀音為最。他們的出場被概略地接近平均的分布在各災難場中，並沒有特殊之處。然而就經歷的國家，有寶象國、烏雞國、車遲國、女兒國、祭賽國、朱紫國、比丘國、滅法國、天竺國等九國，發生的事件多半涉及國王情感、婚嫁、延壽、律法、宗教信仰等問題；雜次在九國之中的事件，則以戲弄或虐待唐僧、悟空、八戒、土地公、妖怪為樂，如白骨精、金銀角大王、紅孩兒、鼉龍、金魚精、青牛怪、牛魔王、鐵扇公主、木精、黃袍小兒、蜘蛛精、蜈蚣精、狐狸精、白鼠精、黑熊精、豹子精，這些精怪和情節除外，尚有車遲國的虎、鹿、羊精以及鬥法，其實都有戲謔趣味，或「卡通化」意圖，來滿足兒童或大多數讀者的閱讀樂趣。從雙叉嶺、兩界山，進入幻想世界；離開五莊觀之後，很少嗅到現實的莊園描寫，僅見通天河陳家莊、七絕山駝羅莊兩處，一直到取經團進入天竺，人世的氣息才漸漸濃郁，如描寫給孤園、祇園、玉華縣、銅臺府。

這樣的組構是一種機械的拼排，企圖做出故事的主軸點，讓書中所有的事件可以從軸心點向前後延伸並且對

稱[23]。但是用西方小說的敘事技巧來看，情節與非情節文字的糾結，敘事焦點不集中，主題表現試圖多元化，卻又有交疊重出的現象，顯然過於鬆散。

（三）孫悟空故事是副線結構

有些評論者認為《西遊記》的主角其實是孫悟空，孫悟空歷經「本我、自我、超我」（ID-Ego-Super Ego）的修煉過程，而煉就了「人生」。這樣的寫作意圖，當然是存在的。孫悟空發現水濂洞，成為猴王；三五百年後，忽然憂惱，渴望長生不死。他參訪須菩提祖師、眾海龍王、十殿閻王，又大鬧天宮，尿撒佛手。他樂意斬魔除妖，主持正義，卻受制於佛祖、觀音與唐僧的緊箍咒，甚至是八戒的造謠中傷，蒙受許多冤枉委屈。

除了孫悟空的心路歷練之外，正如中國書畫的「多重視角」觀念。孫悟空有時候只是配角，有時候是作者藉以傳導信息的角色，也有時候還變成唐三藏的啟蒙導師。這種角色作用的多重變化，還是「說書」習慣所造成的影響，對於孫悟空的個性養成或心路歷程的一貫性，反而是種遺憾。

（四）插入非情節性文字太多

就第 8 回到 12 回，觀音奉旨入長安，尋訪取經僧人，以便將佛法傳入中國。何以插入三回非情節因素的故事？張

23　（日）中美野代子〈西遊記西天取經故事的構成：對稱性原理〉，王秀文譯，《西遊記的秘密（外二種）》（北京：中華書局，2002 年 12 月），頁585-596。

稍與李定的「漁樵對話」，是一種標準的入話模式。又連續牽扯「龍王問卜」、「行雨差池」、「魏徵斬龍王」、「太宗入冥」、「崔珏塗改生死簿」、「相良借庫銀」、「劉全進瓜」、「翠蓮還魂」，串聯成更大的「故事型入話」，最後再返歸「觀音進長安」的本事。

儘管汪象旭《證道書》以來，認為〈陳光蕊赴任逢災，江流僧復仇報本〉，交代三藏身世，是古本原有內容。然而陳光蕊被劉洪投江十八年，並沒有影響故事情節的進展時序。光蕊之事的插入，只是後人任意添綴內容的其中一例而已。

至於每回故事的開端，或者是孫悟空、豬八戒、沙悟淨與妖魔戰鬥之前的敵我對陣，或者是事件進展的轉折點，作者均以長篇詩詞吟詠，對於故事敘述正常的時間流程，均有不良影響。

（五）故事時間總流程與敘事時間並不統一

唐三藏於貞觀十三年九月十二日出關，歷經劫難，二十七年歸來。用個平均數來算，85 回的長度，耗時 5040 天，約為 14 年光陰，大概每 6 回須費時 1 年。然則《西遊記》的時間流程，大概是敘述一次劫難，歷時約一週，平均花用三回的篇幅；走進下個劫難，歷時三個月，只用一頁篇幅。嚴格上來說，全部行程最多只須要八至九年的時光。

從以上的討論可知，《西遊記》存有大量「說書」的痕跡，不斷的使用入話技巧，來增加作者與讀者間的互動，造

成非情節要素的敘述太多，時間流程的掌握不精確。我們可以從《西遊記》的拼合局幅、寫作主旨，以及傳導的意圖，來述說全書的壯闊瑰麗，但就是不能夠說它的結構精良。

四、《西遊記》的主題：娛樂與文化的傳導並存

以現代小說情節安排與結構的觀念，來讀《西遊記》，是不容易有好的評價。然則《西遊記》既已存在，而且已經傳諸四百餘年，出版商反覆出版，讀者代代相承，其閱讀的內在價值，不能忽視。如果從文學傳導的角度來觀察，娛樂性與追求文化認同的活動，是同時存在的。

（一）娛樂性：文學傳導的動機

「娛樂」是文學閱讀的重要動機吧。尤其是小說文體，可以提供讀者一個想像的世界，通過「志怪」的鬼神附會、「傳奇」的獨行奇遇、「講古」的歷史描述、「世情」的社會百態，使讀者在遊歷、冒險與發現的過程，得到知識、經驗或心靈上的滿足，再回歸於一成不變的日常生活中。

《西遊記》的趣味性、遊戲性，胡適說得最透徹。他說：「幾百年來，讀《西遊記》的人都不太聰明了，都不肯領略那極淺極明白的滑稽意味與玩世精神，都要妄想透過紙背去尋那微言大意，遂把一部《西遊記》罩上了儒釋道三教的袍子，因此我不能不用我的笨眼光，指出《西遊記》有了幾百年逐漸演化的歷史；指出這部書起於民間的傳說和神

話，並無微言大意可說；指出現在的《西遊記》小說的作者
是一位放浪詩酒、復善諧謔的大文豪作的，我們看他的詩，
曉得他卻有斬鬼的清興，而絕無金丹的道心；指出這部《西
遊記》至多不過是很有趣味的滑稽小說、神話小說；他並沒
有什麼微妙的意思。他至多不過是有一點愛罵人的玩世主
義[24]。」魯迅稍後也曾引述胡適之語，說作者稟性復善諧劇
（謔），故雖述變幻恍惚之事，亦每雜解頤之言，使神魔皆
有人情，精魅亦通世故，而玩世不恭之意寓焉[25]。」顯然胡
適、魯迅等人，從「玩世主義」來探討文學作品書寫與閱讀
的娛樂性，是很明確的看法。

（二）文化性：文學傳導的潛在目的

然而文學的閱讀，只有玩世精神，只有自我娛樂嗎？它
必然有閱讀的價值吧。李安綱說：「元明清小說，尤其是四
大名著，每一部都有自己所承載的『道』。……《西遊記》
的一切美妙，都被淡化和醜化；所有與儒、道、佛、易、
醫、金丹大道、生命學問有關的人生智慧，都被閹割殆盡，
只剩下了一個『滑稽』、『幽默』、『好玩』而已[26]。」李安綱
的反駁，極具震撼力；這樣的論點，也合乎於大陸改革開放

---

24 胡適〈西遊記考證〉，《胡適文存》（上海：亞東圖書公司，1930 年 1 月第
　13 版），卷 2，頁 390。

25 魯迅〈明之神魔小說中〉，《中國小說史略》（影印 1930 年 11 月序刊本），
　頁 173。

26 李安綱〈西遊記的真諦〉，《李安綱批評西遊記》（北京：中國社會出版
　社，2004 年 5 月），頁 1-2。

之後，對宗教與傳統文化意識的再包容。不談「微言大意」，我們從敘事中仔細探討《西遊記》，其實也可以發覺豐富的文化內涵。

1. 對宇宙、人生的認知與闡述

《西遊記》對上下四方、古往今來的描述，從第 1 回起，它已經說明了傳統中國文化中的宇宙觀。天地之數極大，地支、五行支配運行，盤古開闢，三皇治世，五帝定倫。世界地理因此再分四大部洲，人居其間[27]。在想像的神佛與人間空間，卻是相對應而生。玉皇大帝本屬道教「三清」下的「四御」之一，在《西遊記》中變成仙界的主神，道教教主太上老君，則為玉皇大帝的臣屬[28]；而佛教教主如來佛祖居於對應的西天極樂世界，觀音設於南海普陀山，玄天居北方。人界與仙界中，也有蓬萊仙島介於其中。人界之外，有海界、冥界。海自有海龍王，四海則有四海龍王，對應而生；而河中便有河龍王，井中也有井龍王，相衍而生。冥間一個閻王不夠，衍生出十殿閻王，各有名姓，如何？各界領域與人馬，都在這種對應演替的理念而生發。

這些對應而生的觀念，可以應用在宇宙、天地、人種、萬物、萬事之上，人間的陰陽、男女、善惡、美醜、貴賤、

27　（日）中美野代子〈孫悟空的誕生：猴的民間文學與西遊記〉，王秀文譯，《西遊記的秘密（外二種）》（北京：中華書局，2002 年 12 月），頁 374-375，談西遊記的宇宙論，引述了定方晟《須彌山與極樂》、海野一隆《西遊記的世界像》之見。

28　陳文新、閻東平《佛門俗影：西遊記與民俗文化》（哈爾濱：黑龍江人民出版社，2003 年 5 月），第 4 章，〈玉帝老兒〉，頁 64。

是非、好壞、壽夭等等事物，都可以得到相對應而生的理念。如果再搭配五行、八卦之說，更可以圓通解釋宇宙萬物生發、相剋之理。五行為木、火、土、金、水；以木生火，火生土，土生金，金生水，水生木，為相生之序；又以金剋木，木剋土，土剋水，水剋火，火剋金為相剋之理。八卦，以東為震，為雷，為木，為春，曖昧、萌芽，為生命之始；以東南為巽，為風，猶豫、不決，萬物生長之時；以南為離，為火，為夏，濃郁、溽熱，生命愈形苦壯；以西南為坤，為地，順從、承受，以養其成；以西為兌，為澤，為金，為秋，實現、收成，為秋天蕭瑟之端；以西北為乾，為天，剛健、恆久，顯示大道循環之理；以北為坎，為水，為冬，為危險、陷入；以東北為艮，為山，為固執、拒絕，萬物靜止不動。

我們如果以五行、八卦來觀察《西遊記》，在書中回目：有〈蓮花洞木母逢災〉（32 回）、〈金木參玄見真假〉（38 回）、〈猿馬刀歸木母空〉（40 回）、〈木母被魔擒〉（41 回）、〈金木垂慈救小童〉（47 回）、〈木母同降怪體真〉（76 回）、〈心猿妒木母〉（85 回）、〈木母助威征怪物，金公施法滅妖邪〉（86 回）、〈心猿木土受門人〉（88 回）、〈金木土計鬧豹頭山〉（89 回）。文中悟空離去，八戒、悟淨取水不得，亦有詩云：「土木無功金水絕」（57 回）。可知，孫悟空為金，個性急躁、剛烈。豬八戒為木，個性貪吃、懶做。沙悟淨為土，個性木訥、苦做。唐三藏呢？三藏為水，江流僧也，個性猶豫、荏弱，似若水性。放諸五行排列，都已經合位了。那麼火呢？張靜二云書中稱悟空為「心猿」十數次，

心屬火，所以悟空再佔火行[29]。這個說法雖然有些超越文本的演繹，但也說得過去。

不僅是人物依「五行」的對應生衍，故事情節也試圖對應而生，唐僧的父親陳光蕊「繡球結親」，三藏在天竺國（93 回）也被繡球拋中，父子同運命。孫悟空為此想了個「倚婚降怪」之計；在女兒國（54 回）女王招親，孫悟空用了個「假親脫網」之計，兩計都功敗垂成。日人中美野代子特別標出了西天取經故事的對稱性原理，做了深入的探討[30]。

浦安迪指出中國敘事文學的連貫性，非在「架構」之中，而在「間織」之內。他又說：「中國文學裡所呈現的『綿延交替』及『反覆循環』等概念，實不外乎陰陽五行的基本模型，那也就是由《易經》至理學各種思潮的基礎[31]。」他特別指出「二元補襯」（complementary bipolarity）和「多項週旋」（multiple periodicity），如同中國文化中的盈虛、漲退，以及四時循環的理念，都影響到情節或主題的闡釋。他也曾探討《西遊記》的寓意，強調：「中國『寓言』小說家的藝術精神，不在於辨別真偽或佈置形象啟示，而是將所有經驗一概融入龐大宇宙和反覆週旋的萬象之中，並由此表達

---

29 張靜二〈西遊記的幾個問題（下）〉，《中外文學》12 卷 6 期，1983 年 11 月，頁 52-63。

30 （日）中美野代子〈西遊記西天取經故事的構成：對稱性原理〉，王秀文譯，《西遊記的秘密（外二種）》（北京：中華書局，2002 年 12 月），頁 585-596。

31 浦安迪〈談中國長篇小說的結構問題〉，孫康宜譯，《文學評論》（台北：書評書目社，1976 年 6 月）第 3 集，頁 53-62。

其作品的意義。」所謂「二元補襯」，是「把所有生命經驗都由成雙的、相對的理念去理解，事實上，每一成雙的概念都可以看做是一個連續的整體，因為凡事都是『無窮的交替』，當『一端』消失時，便暗示『另一端』即將出現，反之亦然。」浦安迪指出《西遊記》的作者，主要用意「乃在於用五行的循環，來表物與物相互聯繫的關係，並非拘泥於某一特定的行位。」浦安迪特別強調《西遊記》的寫作寓意多是「意在言外」，雖然用許多幽默的手段，強調「不可將作者用以形容取經過程的釋道教看得過分認真」，其實仍是「借寓言方式來闡明學人修道的過程」[32]。

八卦的涵義，也是從陰陽、五行演化而出，從震卦順時鐘方向觀察一圈，可以發現「動、入、麗、養、悅、健、險、止」，正是生命循環的一個輪迴。《西遊記》取經之旅完成了，然而經書卻落水，曬書時又缺損了一頁，說明「求全與不全」的觀念，不斷的在宇宙中交互演替。故事在老讀者的記憶中逐漸褪色；而新來的讀者在閱讀中，也將不斷地、依序地跟隨《西遊記》的取經腳步，重新在陰陽、正邪、神魔、是非之間，去自行尋訪自己的人生意義，代代不息。

2. 對民間宗教信仰的闡釋

同理可證，人間宗教也是交互演替而來。儒家本來不屬宗教，而是中國人政治、文化、教育理念的本體，在民間被抽離為一種「信仰、教化」，或稱儒教；道教則早已脫離道

---

32 以上論見均為[美]浦（蒲）安迪〈西遊記、紅樓夢的寓意探討〉，孫康宜譯，《中外文學》8 卷 2 期（86 期），1979 年 7 月，頁 36-62。

家之學,成宗立派而為中國民間信仰的本宗;但如果向西求取經典,引入佛教信仰,使儒、釋、道三家匯通,是否可以為中國人的人生寄託,取得「三重保險」?多數人,如同《西遊記》中老猿之謂,渴望參學「佛與仙與神聖三者,躲過輪迴,不生不滅,與天地山川同壽」(第1回)。

在人間自有儒家信仰者,也有道教徒、佛教徒,有佛道混合信仰者,有以佛釋儒者,以道釋儒者,甚至有三教混融的信仰者,或也有無神論者,至少有八種信仰不同的派別發生。這八派人馬,對《西遊記》宗教傾向的解釋會一致嗎?再者,傳教人以及信眾各有不同,在不同地域傳述教理,橫向發展,自有不同。而同一地方由於時間先後不同的教派,受制於時間縱向的影響,也會有不同。此所以《西遊記》一書,有汪象旭、含晶子以道教釋之,張書紳以儒家學說釋之,宗派不同之故。然而多數的人如陳士斌、劉一明、張含章、釋懷明等,均以「三教一家」釋之。要認真來推敲,《西遊記》中表現的宗教形式,其實包含了佛教、道教,或民間「三教歸一」的混融信仰,雜次其間,難以分明。舉悟空的師父須菩提祖師為例,書中說他是佛祖十大弟子之一,卻揉合了佛、道的兩種形象。要嚴格區分宗派信仰,是有困難的。

3. 對社會行為的規約與人性道德的勸喻

《西遊記》談論「修心」的觀念,貫穿全書的。誦《心經》可以除災去禍。除「多心」、「二心」,成為「一心」、「智慧心」、「無心」才是最高境界。比丘國變身為國丈的白鹿精,要吃三藏的「黑心」。化身為三藏的悟空,當場剖開

了腹腔，把胸肚裡的心，有紅心、白心、黃心、慳貪心、利名心、嫉妒心、計較心、好勝心、望高心、侮慢心、殺害心、狠毒心、恐怖心、邪妄心、無名隱暗之心、種種不善之心，更無一個黑心。（79 回）修心養性，為了什麼？

書中強調戒除色慾、物慾與貪念，否則連妖魔也會陷入。奎木狼星與玉女得情慾，下凡化作黃袍怪與寶象公主以續舊情，仍然要接受生離死別的苦難（28-31 回）。三藏躲過四聖試煉（23 回）、蠍子精（55 回）、杏樹精（64 回）、蜘蛛精（72 回）、白鼠精（82 回）、玉兔精（94 回）的色誘，終能求得正果。

與人結怨，小是大忌。月宮素娥打了玉兔一掌，私來凡間，投胎為天竺國公主，玉兔因此懷恨前仇，偷開玉關金鎖，將公主攝拋荒野，自己則變形為公主（95 回），冤冤相報未了時。

所謂六賊，係指眼、耳、鼻、舌、身、意六根，接觸外界的色、聲、香、味、觸、法六塵，所造成的弊端。能夠將眼看喜、耳聽怒、鼻嗅愛、舌嘗思、意見欲、身本憂的「六賊」消滅，人才能修煉脫解。

至於物慾、貪念、自誇，都會帶來災難。書中描述觀音院悟空展示袈裟而惹禍，和尚貪得袈裟，而毀道行（16 回）。至於取經團於五莊觀盜人參果，惹禍上身（24 回）；貪穿背心，為青牛精所縛（51 回）；八戒忘形，遭致蜘蛛精所困（72 回）；好名收徒，失卻兵器（90 回）。

修心、學道，是立身之方。但如果只是以道德教化為前提，《西遊記》的閱讀趣味一定被傷損不少。

4. 對民間百工知識的描述

《西遊記》的讀者對象為社會大眾,如果在書中描述生活所見,百工所依,相信更容易引起讀者的興趣。譬如,談起武器,鞭、簡、爪、鎚、刀、鎗、鉞、斧、劍、戟、矛、鐮(29 回);提及有火的器物,火鎗、火刀、火弓、火箭、火鴉、火龍、火馬、火車、火葫蘆(51 回)等等名物,逐一出籠。說起生物,藉著二郎神與孫悟空變身鬥法的場合,說明雀鷹可以剋麻雀、大海鶴剋大鷺老、魚鷹剋魚、灰鶴剋水蛇、彈弓打花鴇(6回),倒不失隨機教育的作用。

生活經驗的傳述,也是常見。如通天河冰上行走,八戒便用「稻草包裹馬蹄,避免滑倒」(49 回),又教三藏「橫杖走冰凌,以免落水」(49 回)。從這些地方,確實表現了八戒曾為高家莊莊稼漢的特質。

至於百工技藝,舉醫藥知識的傳述為例。取經團經過朱紫國,國王久病求醫。孫悟空毛遂自薦,並演述道:「醫門理法至微玄,大要心中有轉旋。望聞問切四般事,缺一之時不備全。第一望他神氣色,潤枯肥瘦起和眠;第二聞聲清與濁,聽他真語與狂言;三問病原經幾日,如何飲食怎生便?四才切脈明經絡,浮沉表裡是何般?」(68 回)談把脈,得按手上寸、關、尺三脈來診斷(69 回)。至於八百八味藥,藥性、調配、服飲,也說了幾項。但在正經八百述說中,突然跑出無俚頭事物。故事中建議國王使用「六物」當用藥引子。「六物」是半空飛的老鴉屁、緊水負的鯉魚尿、王母娘娘擦臉粉、老君爐裡煉丹灰、玉皇戴破的頭巾要三塊,還要五根困龍鬚。這種突然來的胡搞,破壞了莊重的知識傳授,

它真正的作用是什麼？

　　我們可以肯定《西遊記》的敘述者，包括後來的改寫完成者，與聽眾或讀者之間的互動，試圖傳導若干宗教信仰、百工、文化等知識，一邊也有娛樂讀者的意圖。在生硬的知識傳導之後，也不忘娛樂的作用，故意用胡鬧、瞎扯的手段，來增加大眾聽講與閱讀的樂趣。

五、《西遊記》中含有特殊的　　敘述語調：揶揄

　　從以上的討論，《西遊記》從話本形式演進為小說文體；玄奘取經故事也從歷史故事，轉變為神魔故事。齊裕焜在《中國古代小說演變史》書中談到《西遊記》的敘述藝術，特別標舉「對立統一的辯證藝術」，分四項要點：（一）以幻想的形式表現真實的內容。（二）以具體的描繪象徵抽象的哲理。（三）以美醜的外型對應醜美的內質。（四）以詼諧的筆調寄寓嚴肅的諷刺[33]。齊裕焜後來在《明代小說史》中，另外述說《西遊記》具有「奇幻詼諧的美學風格」，提出五項要點：（一）奇詭變幻的神話世界。（二）神性、人性、動物性結合的人物形象。（三）以詼諧的筆調寄寓嚴肅的諷刺。（四）巧妙曲折的藝術結構。（五）風趣詼諧的語言風格[34]。在這兩本前後相差七年的著述中，齊裕焜標示了《西

---

[33] 齊裕焜《中國古代小說演變史》（蘭州：敦煌文藝出版社，1990 年 9 月），第 5 章〈神魔小說〉，頁 286-292。

[34] 齊裕焜《明代小說史》（杭州：浙江古籍出版社，1997 年 6 月），第 6 章

遊記》的敘述風格，可以歸納為：奇詭、幻想、詼諧、諷刺。

對於「諷刺」議題，齊裕焜有深入的探討。他說：「顯露邪惡與愚蠢，從而達到教化的目的，是界定諷刺小說的第一依據。」又說：「諷刺、滑稽、幽默、荒誕、機智都是喜劇的基本型態。」他還特別討論諷刺與機智、滑稽、荒誕、幽默組合的特質[35]。我們可以接受揭發愚行、改正惡行、革新社會，是諷刺小說最大的目的。然則，《西遊記》的寫作意涵，是以「社會諷刺」為主要目的嗎？

近人劉燕萍以「怪誕諷刺」（grotesque satire）的角度，來探討「明清通俗小說」的特質。她修正魯迅諷刺小說的看法，認為諷刺小說可以分為溫婉的諷刺，如《儒林外史》；辛辣的嘲弄，如《官場現形記》；諷刺寓言，如《斬鬼傳》等。在第二章〈迷離惝恍的神魔世界〉，她討論百回本的《西遊記》，認為：「《西遊記》在幽默中夾雜揶揄，風格別樹一幟，因而成為神魔小說的經典著作[36]」。幽默、揶揄，顯然是超出「諷刺」的界定。

「揶揄」，《辭海》作「舉手嘲侮也」；《詞彙》作「戲弄嘲笑」。劉燕萍還引述吳達芸云：《西遊記》有對政治的揶

〈西遊記〉，頁 248-264。

35 齊裕焜、陳惠琴《中國諷刺小說史》（瀋陽：遼寧人民出版社，1993.5），引言，頁 3-11。此書在台灣出版，改版為《鏡與劍——中國諷刺小說史略》（台北：文津出版社，1995.9），文字有小小變動。

36 劉燕萍《怪誕與諷刺：明清通俗小說詮釋》（上海：學林出版社，2003 年7 月），頁 69。

揄；另外引述朱其鎧云：《西遊記》中神佛也受到作者的戲
謔[37]。她試圖指出揶揄、戲謔，與諷刺的涵義不同。

《西遊記》作者如何揶揄、戲謔、嘲弄神佛呢？揶揄、
戲謔、嘲弄，是否可以使人們更接近神佛，而無距離呢？

如來佛祖為書中第一號人物，當然不能放過。獅駝嶺獅
王、象王、大鵬造禍。孫悟空控訴妖精與如來有親戚關係。
如來自己承認，混沌初分時，曾被孔雀吸下肚內。欲從孔雀
肛門鑽出，害怕沾污身體，因此剖開孔雀背脊而出。既然從
孔雀身上生出，所以拜孔雀為母親；而大鵬鳥為孔雀兄妹，
佛祖自然要稱大鵬為舅。（77 回）以「敵人為母親」要有很
大的寬諒心情，也可能是原生傳說的一種變形。但佛祖要從
鳳凰肛門鑽出，或是成為大鵬妖魔的外甥，就有嘲弄玩笑的
意味了。當阿儺、伽葉索討人事（紅包），給了三藏「無字
天書」，佛祖知道，卻說：「經不可輕傳，亦不可空取」。被
在場眾人譏笑佛祖等人索討紅包。（98 回）

觀音呢？觀音會講不正經的話捉弄悟空？她將淨瓶水拿
給悟空去降服紅孩兒，居然說：「待要著善財龍女與你同
去，你卻又不是好心，專一只會騙人。你見我這龍女貌美，
淨瓶又是個寶物，你假若騙了去，卻哪有功夫又來尋你？」
（42 回）觀音聽說紅孩兒變作她的模樣，便大怒摔瓶，一
副潑婦之狀。（同回）通天河之難，悟空至普陀請觀音。觀

---

37 同上。引述吳達芸〈天地不全──《西遊記》主題試探〉，《中外文學》10
卷 11 期，1982 年 4 月，頁 87。又引述朱其鎧〈論《西遊記》的滑稽詼
諧〉，《山東師大學報》社科版，1987 年 1 期，頁 84。其他相關引述，請
見劉燕萍書中，頁 70。

音待在竹林裡，悟空向眾人說：「菩薩今日又重置家事哩。怎麼不做蓮台，不妝飾，不喜歡，在竹林裡削篾作甚？」菩薩出來未著衣就上路，八戒與悟淨看見，說：「（師兄）把一個未梳妝的菩薩逼將來也。」（49 回）

觀音怎麼會如此潑辣？怎麼會尚未梳妝著衣就趕著出門呢？

太上老君是天界與孫悟空間的和事佬，卻被悟空盜吃仙丹（5 回），拘禁悟空的八卦金爐又被推倒破壞（7 回）。金角、銀角大王造難，悟空向太上老君咆哮：「你這老官兒著實無理，縱放家屬為邪，該問個鈐束不嚴的罪名（35 回）。座騎青牛偷走金剛琢下凡造亂，經過如來暗中幫忙，悟空發現又是太上老君的屬下惹禍（52 回）。

作者還嘲弄毗藍婆是母雞，因為她是昴日星官公雞的母親（73 回）。嘲弄李靖與二郎神楊戩為白毛老鼠精的父親、哥哥，還要寫狀子去告玉皇大帝（83 回）。嘲弄三藏領導無方，不識賢愚，遇見困難只會叫「土地（徒弟）」幫忙。當三藏被紅孩兒攝走，沙僧說：「（三藏）是個燈草做的，想被一陣風捲去也」（40 回）。當三藏掉進通天河裡，八戒說：「師父姓『陳』名『到底』了。」（48 回）嘲弄八戒的貪吃、貪睡、貪財、貪色，揶揄他的自私、嫉妒、造謠中傷。書中所有角色，包括悟空、悟淨、龍馬，或國王、百姓，沒有人不成為「揶揄」的對象。

要爬梳全書中有關「揶揄」的語氣運用，恐怕掛一漏萬，不是本文做得到的功課。許多學者也曾舉例論述。如齊裕焜說：「《西遊記》的作者卻極輕鬆地揭露了教義與行為、

行為與效果間的矛盾，在引人發笑中，一針見血地戳穿了宗教的虛偽。同時對仙宗佛祖，作者也常常給予揶揄和嘲弄，如第七回孫悟空在如來手指邊撒尿留名的場面；第二十五回寫捉弄鹿力、虎力、羊力大仙喝尿的情節。於是至高無上的形象，在作者的利筆下，在讀者的笑聲中失去了尊嚴[38]。」在《明代小說史》書中，齊裕焜又說：「《西遊記》存在的另一個矛盾是作品對宗教的態度。它是一部描寫西天取經的小說，一方面難以擺脫取經故事的框架，另一方面又對宗教採取了揶揄諷刺的態度[39]。」一邊寫取經故事，一邊卻嘲諷宗教信仰，這是作者矛盾的心情嗎？

袁世碩說：「宗教故事題材，包孕了嘲謔宗教的內容。《西遊記》中對神佛的揶揄，表現了一定程度的離經叛道性。孫悟空對神佛的調侃嘲弄，這種大不敬，顯示著對宗教的嘲謔，並在一定程度上顯示著宗教偶像的虛假性[40]。」

顯然齊裕焜將「揶揄」等同於「諷刺」，認為《西遊記》作者企圖對「宗教」做致命式的打擊。袁世碩基本上同意這種書寫含有「諷刺宗教」的意涵。

寧宗一、羅德榮也同意「對宗教神學的揶揄」，他們說：「《西遊記》是以莊嚴神聖的取經的宗教故事為題材，但在具體描繪時卻使宗教喪失莊嚴的神聖性；他寫了神與魔之

---

38 齊裕焜、陳惠琴《中國諷刺小說史》（台北：文津出版社，1995.9），頁37-38。

39 齊裕焜《明代小說史》（杭州：浙江古籍出版社，1997年6月），頁239。

40 袁世碩〈宗教故事題材包孕了嘲謔宗教的內容〉，《文科月刊》1985年第4期。引述自《明代文學研究》，頁338。

爭，但又沒有嚴格按正與邪、善與惡、順與逆劃分陣營；它挪揄了神，也嘲笑了魔；它有時把愛心投向魔，又不時把憎惡拋擲給神；對佛、道兩家也未把摯愛完全偏向於一方。[41]」寧、羅兩人已經指出《西遊記》作者對正邪兩端一視同仁加以嘲弄的矛盾現象，卻沒有提出合理的解釋。

如果我們接受莊子「齊物」的觀念，神佛界的至尊、地上的君王、陰間的閻王、判官，他們嚴正的執行公權力，自然是人間所崇拜景仰的對象。但他們不會有七情六慾嗎？會不會有徇私、枉法、舞弊，更改生死簿，接受賄賂，縱容家屬，傷害無辜的時候呢？封建王朝時代，自然如此。我們可以讀出《西遊記》反映了明代政治擅權、社會腐敗，與民心所向；然則身處於現代民主法治的國家，類近的社會弊端，就不曾發生嗎？心生，則種種魔生；心滅，則種種魔滅。神、魔、佛與人，充其量也是一線之隔；孰貴孰賤？孰是孰非？芸芸眾生之中，在三教九流的思想學派中，如何抓到一個「絕對」的座標？美佛抑道？崇道貶佛？揚善抑惡？是永遠辨正不完的功課。

《西遊記》的作者嘗試超越權力結構的主流論述，提供一個述說「真理」的可能，容許神、佛、君、臣、人、魔、妖的「犯錯」。用一種無俚頭的言語挪揄，來嘲弄這個不全的天地，不完美的取經行程，不甚高明的神佛指導員，甚至

---

41 寧宗一、羅德榮〈論《西遊記》的整體意識及其對宗教神學的挪揄〉，《天津師範大學學報》1988 年第 3 期。引自《明代文學研究》，頁 339。

是不和諧的取經團員。所有是非、善惡、好壞的判斷，均在作者與讀者們當下的慧眼進行，不能以權勢、親情、信譽，而得到豁免。當犯錯者自責、悔改，受到言語的揶揄，或實質的懲罰時，讀者們會諒解的。正如這些讀者們在七情六慾的洪流中浮沉，在違犯人間情理之時，也渴望得到若干的寬恕或救贖。

揶揄的語氣，似乎使神、佛或權力的主流論述者「矮化」，但確實可以化「嚴肅」於無形，化「權威」於無影，而使神佛更貼近於芸芸眾生。所以說，這種揶揄的態度，不但沒有減低聽眾或讀者對神佛及宗教的禮敬，反而增加了神人、說者聽眾、撰者讀者之間的親密關係，使文化、宗教與生活知識的傳導，得到良好互動的管道。

六、結論

本文試圖超脫歷來《西遊記》版本、作者的討論議題，直接從《西遊記》敘事技巧，以及主題的探究為主。

以小說創作的動機來看，《西遊記》的娛樂性無庸置疑。然則《西遊記》作者傳導宇宙、人生、宗教，以及生活中的知識和經驗的企圖，顯而易見。作者透過取經故事，嘗試揭發當時政治、社會黑暗的一面，抨擊神佛、君王也有徇私、枉法、舞弊的時候，似乎也有強烈諷刺宗教的意圖。以說書現場的氛圍，直陳、婉曲、諷刺、反諷的各種語氣，皆可能運用。仔細推敲，作者更擅於應用揶揄的口吻，來嘲弄書中神佛、仙道、君王、取經團等大部分的角色，帶給讀者

更大的閱讀樂趣。俗語說：「神仙打鼓也有錯著」，通過神仙犯錯、悔改、補過或者是接受懲罰的過程，讀者在寬恕與救贖的過程中，得到了認同和洗禮。在每次的災難之後，讀者也都引領期待救苦救難大慈大悲的神仙菩薩或龍王現身，接受他們的膜拜。這種「請仙」活動，或許也是讀者在閱讀中的一種期待。揶揄神佛、仙道的口吻，並不是「諷刺宗教」，也不會影響人們對神佛、仙道的禮敬。

（原載《明代文學、思想與宗教國際學術研討會文集》，南華大學文學系，頁 81-92，2005 年 8 月）

跋　語

　　我是在《周成過台灣》、《虎姑婆》的故事中渡過童年，由於家庭的紛擾，也使得驚悚、恐懼與不安的氣氛，無日不具。直到讀書識字，卡洛柯洛迪的《木偶奇遇記》，適時進入我的生命。人應該仁慈、善良、堅忍、努力，即使偶爾犯錯也要懂得悔改，成為我的信條。進入東海大學求學，幸運的在圖書館裡工讀六年，只要有閒暇我就陶醉在世界文學的瀚海裡。羅曼羅蘭的《約翰克里斯朵夫》、朱生豪譯的《莎士比亞戲劇》等書，都變成了我認識這個世界的窗扇。慚愧的是，當年閱讀曹雪芹的《紅樓夢》，只勾動了我年少對情慾的想像。

　　初讀唐代傳奇作品，似乎也有相同的感覺。功名、情愛、豪氣、永恆、生死、蜉蟻、成仙、問道，人總是在生命的坎陷中打轉。等到走進教室執教，每年重覆去閱讀相同的文本，紅襦李娃、鶯鶯崔氏、霍王小女、范陽盧生、滎陽鄭生、華山杜子、南柯淳于一一欺身而來，變成永恆不滅的形象，也成為無法拋卻割離的好友。我理解了人生困境其實只有「愛戀」與「死生」兩關，什麼時候參悟，什麼時候就可以解脫。

　　幾番閱讀，我也開始從故事中理解大唐盛世的榮光。來自各國的使者、商人、學者，他們聚集在長安、洛陽等地，從事政治、商業、學術活動，帶來大量財富，也匯集了各國不同的宗教、文化與思想於一爐。活在那個時代的讀書人，可真得意！他們閱歷大格局、大世面，培養了自信和追求榮譽的性格，又在科舉考試制度之下，從平民身分轉而得到一官半職的機會。這些讀書人閒暇之餘，著書自娛。他們不像

漢、魏以前的人，在比較單調的旋律中，吟唱古詩；在分不清鬼神和人類界限的信仰中，寫出了零星的鬼怪故事。他們完成了節奏比較複雜的律詩、絕句，成就了「唐詩」的歷史地位。他們接受社會事件的刺激，透過想像的手段，表達個人對人世情愛、慾望、責任、抱負，以及生命價值的看法，寫下了豪俠、愛情、神怪、歷史等精采的故事。儘管他們的故事常常悲劇收場，更可以讓讀者體會生命的無常與無奈！

　　我開始對大唐文化、史地以及人文信仰，有了很大的興趣。這期間閱讀劉開榮、劉瑛、王夢鷗、羅聯添等先生的著作，了解傳統以來敘述唐傳奇興盛的原因，如溫卷、科舉、佛教、古文運動，都是間接而不可全信的推斷；最直接的原因，應該是「故事文體的變化與成熟」，反而較少被人談論。譬如提起《霍小玉傳》、《白猿傳》就要歸結於牛李黨爭，推斷是文人的惡意攻訐。可是我在這些作品中發現，從「賦、判、傳」三向度來展現作者詩才、議論與描寫的能力，才值得我們擊節嘆賞。對於歷史考述、地理印證、基型溯源，以及故事人物的潛意識心理探索，我也在傳統的訓詁考據工程，以及人情世故的理解中，向前走了一步。

　　對馮夢龍的好奇，始於胡萬川先生的影響。那時候，胡萬川先生在靜宜大學主持古典小說研究計畫，出版論文集，寫過好幾篇有關馮夢龍及其著作的研究。馮夢龍在小說中的地位，一如元末明初的羅貫中；幸運的是，我們可以確認他的努力成果，也幫他編輯了詳實的全集。馮夢龍對小說文體的認識是讓人佩服的，舉凡佚聞、趣譚、傳奇、擬話本、中篇小說、長篇小說，都能明確的辨析與掌握。馮氏集一生之

力,倡導「情教觀」;他在編選《古今小說》時又說:「唐人選言,入於人心,宋人通俗,諧於里耳」。我看見了他的用心以及對庶民的關切;仔細觀察,馮氏的努力已經展現了完熟的「接受美學」與「讀者觀點」。在馮氏筆下,我感受庶民渴求「家庭幸福、富而多金、長壽成仙」的人生價值理念,他們從來沒有「其生也有涯,其學也無涯」的喟嘆。作為庶民,是有權利去完成世俗的想望!而作為知識份子,如何為庶民保有幸福,是個努力未逮的課題。

重讀《紅樓》,或者說開始教讀,人生的「死生」與「情愛」又重現眼前。我喜歡跟聽眾或讀者說,賈寶玉、林黛玉是真實的,而我們是虛無的。因為百年後我們都不在了,無聞了,而薛、賈、林的三角故事仍然被讀者閱讀,也在新劇中重新被扮演。

我是個雜學者,只要是「文學」,無論古今中外,都唷噬不放。從明代文學研究,跨進了古典小說、現代小說。因為陪著孩子讀書,又跌入兒童文學的領域裡。孩子長大離開,進入環保公衛的領域。而我仍然抱持著「少年小說」、「兒童電影」,陶然自得。通過情感與想像,我喜歡在故事裡優遊,也願意把我的理解傳述給熱愛文學的讀者。

這次韓國中國學會舉辦第 30 屆中國學國際學術大會,因為成功大學益源教授、延世大學祥馥教授的推荐,而獲得參加的機會。檢視行篋,要拿什麼作品來與與會學者分享?屬於中國文學,有思想性,有生命經驗的啟示,當然以古典小說為首選。在我腦海裡還有幾篇作品,如《柳毅傳》、《任氏傳》的琢磨,有不寫不快的感覺,但是在這場盛會之前是

不可能寫成了。

　　集稿成書之前，我還是要感謝益源教授、祥馥教授的催促，讓我的小作有了問世的機會。也要感謝萬卷樓的朋友們，在盛夏溽暑揮汗完成此書的出版。

許建崑

寫於 2010 年 7 月 7 日
東海大學人文大樓 510 室

附錄：

許建崑著作目錄

一、明代文學

* 〈閩中詩學曹學佺資料的勘誤、搜佚與重建〉，明代文學與思想國際學術研討會，嘉義：南華大學中文系，2009年11月。

* 〈《明史‧文苑傳》歸有光、王世貞之爭重探〉，《東海學報》第46卷，頁71-94，台中：東海大學文學院，2005年7月。

* 〈文學大眾化與大眾文學化：重構明代文學史論述的主軸〉，明清文學與思想國際學術研討會，嘉義：南華大學中文系，2004年4月。

* 〈洪芳洲先生詩文交誼考〉，《洪芳洲研究論文集》，頁229-258，台北：洪芳洲研究會，1998年6月。（另見《東海中文學報》12期，頁51-66。）

* 〈焦竑文教事業考述〉，《東海學報》34卷，頁79-98，台中：東海大學文學院，1993年6月。

* 〈李攀龍評傳〉，《書和人》第621期，頁1-2，台北：國語日報社，1989年5月。

* 〈李攀龍的文學主張〉，《東海中文學報》第7期，頁93-105，台中：東海大學中文系，1987年7月。

＊〈李攀龍古今詩刪與相關唐詩選各版本的比較〉，《東海中文學報》第 6 期，頁 99-114，台中：東海大學中文系，1986 年 4 月。

＊〈增埔《明人傳記索引》二：前七子集部分〉，《東海中文學報》第 5 期，頁 73-98，台中：東海大學中文系，1985 年 6 月。

＊〈增埔《明人傳記索引》——下：後七子集部分〉，《東海中文學報》第 4 期，頁 87-102，台中：東海大學中文系，1983 年 6 月。

＊〈增埔《明人傳記索引》——上：後七子集部分〉，《東海中文學報》第 3 期，頁 169-202，台中：東海大學中文系，1982 年 6 月。

＊〈宗臣評傳〉，《書和人》第 383 期，頁 1-8，台北：國語日報社，1980 年 2 月。

＊〈後七子交誼考〉，《東海中文學報》第 1 期，頁 79-92，台中：東海大學中文系，1979 年 11 月。

＊〈李攀龍與鍾惺選唐詩格的異同〉，《幼獅月刊》46 卷第 4 期，頁 31-35，台北：幼獅文化，1977 年 10 月。

二、古典小說

＊〈唐傳奇歷史素材的借取與再創：以王維、王之渙故事為例〉，《東海中文學報》第 20 期，頁 9-28，台中：東海大學中文系，2008 年 7 月。

＊〈《西遊記》敘事、主題與揶揄語氣的探討〉，明代文學、思想與宗教國際學術研討會論文集，頁 85-112，嘉

義：南華大學文學系，2005 年 8 月。

＊〈我走進了大觀園：劉老老三進大觀園評析〉，《國文新天地》7 期，頁 41-47，台北：龍騰文化，2004 年 3 月。

＊〈小說文體的閱讀與考據：以虬髯客為例〉，《國文新天地》6 期，頁 6-10，台北：龍騰文化，2003 年 12 月。

＊〈「三言」故事對唐人小說素材的借取與再造〉，《第一屆通俗文與雅正文學全國學術研討會論文集》，頁 271-312， 台中：中興大學中文系，2001 年 10 月。

＊〈馮夢龍《太平廣記鈔》初探〉，中國古典文學研究會主編《古典文學》第 15 集，頁 329-358，台北：台灣學生，2000 年 9 月。

＊〈杜子春傳的寫作技巧及其神人關係的探討〉，台中：《東海學報》38 卷 1 期，頁 27-38，1997 年 7 月。

＊〈霍小玉傳深層心理結構探析〉，《東海學報》37 卷，頁 93-105，台中：東海大學文學院，1996 年 7 月。

＊〈虬髯客傳肌理結構探析〉，《東海中文學報》11 期，頁 61-72，台中：東海大學中文系，1994 年 12 月。（2000 年 1 月改修訂。）

＊〈試論唐傳奇中所表現的愛情情態〉，《東海文藝季刊》第 30 期，頁 120-127，台中：東海大學，1988 年 12 月。

＊〈梁山泊三易其主的寫作技巧及其內在意義〉，《中國文化月刊》第 9 期，頁 93-104，台中：東海大學文學院，1980 年 7 月。

三、現代文學

* 〈孤絕與再生：從白先勇筆下到曹瑞元鏡頭下的《孽子》〉，台中市，《東海大學文學院學報》第 49 卷，頁 225-243，東海大學文學院，2008 年 7 月。

* 〈尋找 X 點，或者孤獨向前？——試論劉克襄自然寫作的認知與建構〉，《東海大學中文系自然生態寫作論文集》，頁 94-114，台北：文津，2001 年 12 月。

* 〈文化現場的再造與迷失——論余秋雨散文二書所表現的文人情懷〉，《東海大學中文系旅遊文學論文集》，頁 206-231，台北：文津，2001 年 1 月。

* 〈流泉與燈火——試論林海音兒童文學作品中的風格特質〉，第一屆資深兒童文作家研討會論文，頁 1-8，台北：中華民國兒童文學學會，1999 年 10 月。

* 〈長髮為君剪——楊德昌《海灘的一天》觀後〉，《東海文藝》第 11 期，頁 46-55，台中：東海大學，1984 年 3 月。

* 〈每家人都費了一番精神——評張系國的《昨日之怒》〉，《書評書目》第 74 期，頁 96-105，台北：書評書目社，1979 年 6 月。

四、兒童文學

* 〈台灣兒童文學學術發展情況與今後努力的方向〉，《中國兒童文化》第 4 輯，杭州：浙江少年兒童出版社，頁 115-127，浙江師範大學兒童文化研究院兒童文學研究所，2008 年 2 月。

＊〈童心、原創與鄉土：鄭清文的童話圖譜〉,《東海中文學報》第 19 期,頁 285-302,台中：東海大學中文系,2007 年 11 月。

＊〈台灣兒童文學學術發展的多方向〉,台東大學主編《兒童文學學刊》第 11 期,頁 85-112,台北：萬卷樓,2004 年 7 月。

＊〈陳素宜作品中的守望與介入──兼論女性作家寫作的優勢〉,《東海學報》第 45 卷,頁 313-328,台中：東海大學文學院,2004 年 7 月。

＊〈六○年代台灣中長篇少年小說作品評析〉,第九次中華文化與文學學術研討會：戰後初期台灣文學與思潮國際學術研討會,頁 291-313,台中：東海大學中文系,2003 年 11 月。

＊〈展開夢幻飛行的翅膀──試論班馬的兒童文學理論與作品〉,靜宜大學文學院主編《第五屆兒童文學與兒童語言學術研討會論文集》,頁 359-379,台北：富春文化,2003 年 11 月。

＊〈自覺、探索與開拓──試探周曉、沈碧娟主編的《中國大陸少年小說選》〉,台東師院主編《兒童文學學刊》第 8 期,頁 433-460,台北：萬卷樓,2002 年 11 月。

＊〈試論張之路少年小說的作品特質〉,《東海中文學報》第 14 期,頁 165-185,台中：東海大學中文系,2002 年 7 月。

＊〈成長的苦澀與瑰麗──曹文軒為孩子刻畫的文學世界〉,《東海學報》第 43 卷,頁 87-106,台中：東海大學

文學院，2002 年 7 月。

＊〈「郢書燕說」也是一種讀法－閱讀沈石溪動物小說　所引發的聯想〉，靜宜大學文學院主編《第四屆兒童文學與兒童語言學術研討會》，頁 188-207，台北：富春文化，2002 年 5 月。

＊〈陷圍的旗手——李潼「台灣的兒女」系列作品的成就與困境〉，台東師院主編《兒童文學學刊》第 6 集，頁 22-61，台北：天衛文化，2001 年 11 月。

＊〈在野性與人性之間的拔河——試論沈石溪創作動物小說的成就與困境〉，兩岸兒童文學研究發展研討會，台北：中華民國兒童文學學會，1999 年 8 月。

＊〈少年小說創作的多向性與永恆性〉，《浙江師大學報(社會科學版)》總 99 期，頁 19-23，金華：浙江師範大學，1999 年 7 月。

＊〈少年小說中的四大天王〉，《兒童文學研究》第 3 期，上海：上海少年兒童出版社，1998 年 9 月。

＊〈魔笛魅力今何在——試論當代童話的特質與傳播〉，1998 海峽兩岸童話學術研討會，頁 17-27，台北：中國海峽兩岸兒童文學研究會，1998 年 6 月。

＊〈在對抗、復仇、寬恕與悲憫之間的抉擇——談十一部有關抗日戰爭的少年小說〉，台北：《兒童文學家》季刊第 23 號，頁 18-33，1997 年 12 月。

＊〈開闢一條文學創作的新徑——兒童文學教學經驗報告〉，《兒童文學學術研討會論文集——兒童文學教育》頁 73-87，台東：台東師範學院，1994 年 2 月。

＊〈檢視國內少年小說的一塊里程碑——試析歷屆洪建全文
　學獎少年小說得獎出版作品〉,《兒童文學學術研討會論
　文集——少年小說》,頁 111-147,台東:台東師範學院,
　1992 年 6 月。

五、其他相關論文

＊〈傳奇與敘史:《三六九小報・史遺》之探析〉,台灣古
　典散文學術研討會,台中:東海大學中文系,2009 年 12
　月。

＊〈孫克寬先生行誼考述〉,《東海中文學報》第 18 期,頁
　79-112,台中:東海大學中文系,2006 年 7 月。

＊〈九二一地震的記憶書寫與瞻望〉,九二一震災與社會文
　化重建研討會論文,頁 1-14,台中:中央研究院民族研
　究所,2001 年 10 月。

＊〈國殤乃祭祀戰死楚境之敵國軍士說〉,《傳統文學的現
　代詮釋論文集》,頁 246-260,台中:東海大學中文系,
　1998 年 6 月。

＊〈試探中國圖書分類現象及其意義〉,《東海中文學報》
　第 2 期,頁 133-149,台中:東海大學中文系,1981 年 4
　月。

六、專書出版

＊《閱讀新視野:文學與電影的對話》,台北:幼獅文化,
　2009 年 4 月。

＊《閱讀的苗圃:我的讀書單》,台北:幼獅文化,2007 年

11 月。

* 《拜訪兒童文學家族：少年小說、童話》，台北：世新大
  學，2002 年 5 月。

* 《牛車上的舞台》，台中市籍作家作品集，台中：台中市
  文化中心，1994 年 6 月。（早期文學創作集）

* 《李攀龍文學研究》，台北：文史哲，1987 年 2 月。（副
  教授升等論文）

* 《張衡傳》，世界兒童傳記文學，台北：光復書局，1985
  年 6 月。（兒童歷史小說）

* 《王世貞評傳》，1976 年 2 月。（碩士論文）

七、主編

* 《兒童讀物》，與林文寶等人合編，台北縣蘆洲市：空中
  大學，2008 年 2 月。

* 《古話新說：古典短篇小說選讀》，與林碧慧等人合編，
  台北市：洪葉，2007 年 9 月。

* 《海納百川：知性散文選》，與周芬伶、彭錦堂、阮桃園
  合編，台北市：聯經，2005 年 6 月。

* 《台灣後現代小說選》，與周芬伶、彭錦堂、阮桃園合
  編，台北市：二魚，2004 年 6 月。

* 《寫作教室：閱讀文學名家》，與周芬伶、彭錦堂、阮桃
  園合編，台北市：麥田，2004 年 3 月。

* 《林鍾隆先生作品討論會論文集》，台北：富春，2001 年
  10 月。

* 《認識童話》，台北：天衛文化，1998 年 12 月。

J108

情感、想像與詮釋：古典小說論集

作　　者	許建崑	
責任編輯	游依玲	
發 行 人	林慶彰	
總 經 理	梁錦興	
總 編 輯	張晏瑞	
編 輯 所	萬卷樓圖書(股)公司	

臺北市羅斯福路二段 41 號 6 樓之 3
電話 (02)23216565
傳真 (02)23218698

發　　行　萬卷樓圖書(股)公司
臺北市羅斯福路二段 41 號 6 樓之 3
電話 (02)23216565
傳真 (02)23218698
電郵 SERVICE@WANJUAN.COM.TW
香港經銷
香港聯合書刊物流有限公司
電話 (852)21502100
傳真 (852)23560735

ISBN 978-957-739-685-3
2021 年 6 月 初版三版
2012 年 6 月 初版二版
2010 年 8 月 初版
定價：新臺幣 240 元

如何購買本書：
1. 劃撥購書，請透過以下帳號
   帳號：15624015
   戶名：萬卷樓圖書股份有限公司
2. 轉帳購書，請透過以下帳戶
   合作金庫銀行 古亭分行
   戶名：萬卷樓圖書股份有限公司
   帳號：0877717092596
3. 網路購書，請透過萬卷樓網站
   網址 WWW.WANJUAN.COM.TW
大量購書，請直接聯繫，將有專人
為您服務。(02)23216565 分機 610

如有缺頁、破損或裝訂錯誤，請寄
回更換

國家圖書館出版品預行編目資料

情感、想像與詮釋：古典小說論集 /
許建崑著. -- 初版. -- 臺北市：萬卷樓,
2010.08
　　面；　　公分

ISBN 978-957-739-685-3(平裝)

1.古典小說 2.文學評論 3.文集

827.207　　　　　　　　　　99013832